EL ÚLTIMO TANGO DE SALVADOR ALLENDE

Roberto Ampuero

◆—❦—◆

Roberto Ampuero (Valparaíso, 1953) es uno de los escritores chilenos más reconocidos y cosmopolitas. Ha vivido en Chile, Cuba, Alemania, Suecia y Estados Unidos. Recibió el premio de la revista de libros *El Mercurio* por *¿Quién mató a Cristián Kustermann?* y el de mejor novela publicada en español durante el año por *Pasiones griegas*, otorgado por la Editorial Popular y la Asociación de Hispanistas de China. *El caso Neruda* fue nombrada una de las diez mejores novelas publicadas en alemán por la revista *Buchkultur*.

Su obra ha sido traducida al alemán, francés, inglés, italiano, chino, portugués, griego y croata. Es autor de *Boleros en La Habana*, *El alemán de Atacama*, *Cita en el Azul Profundo*, *Halcones de la noche*, *Nuestros años verde olivo*, *Los amantes de Estocolmo* y *La otra mujer*, entre otros. Es profesor de escritura creativa en las universidades de Iowa y Finis Terrae, y columnista de *El Mercurio*.

EL ÚLTIMO TANGO DE SALVADOR ALLENDE

EL ÚLTIMO TANGO DE SALVADOR ALLENDE

Roberto Ampuero

VINTAGE ESPAÑOL
Una división de Random House LLC
Nueva York

PRIMERA EDICIÓN VINTAGE ESPAÑOL, MARZO 2014

Copyright © 2011 por Roberto Ampuero

Todos los derechos reservados. Publicado en coedición con
Penguin Random House Grupo Editorial, S. A., Barcelona, en los
Estados Unidos de América por Vintage Español, una división de
Random House LLC, Nueva York, y en Canadá por Random House
of Canada Limited, Toronto, compañías Penguin Random House.
Originalmente publicado en español en España como *El último tango de
Salvador Allende* por Penguin Random House Grupo Editorial, S. A.,
Barcelona, en 2012. Copyright de la presente edición © 2012 por
Penguin Random House Grupo Editorial, S. A.

Vintage es una marca registrada y Vintage Español y su colofón
son marcas de Random House LLC.

Información de catalogación de publicaciones disponible en la
Biblioteca del Congreso de los Estados Unidos.

Vintage ISBN en tapa blanda: 978-0-8041-6962-2
Vintage eBook ISBN: 978-0-8041-7203-5

Para venta exclusiva en EE.UU., Canadá, Puerto Rico y Filipinas.

www.vintageespanol.com

Impreso en los Estados Unidos de América
10 9 8 7 6 5 4 3 2 1

¿Ficción? ¿Realidad? Aunque se apoye en la agitada historia reciente de Chile y en una profunda investigación del autor, este libro es una novela, y como tal habrá que leerla.

A las víctimas de la violencia política
del último medio siglo en Chile,
patria de todos, donde nadie sobra

Sé que he perdido tantas cosas que no podría contarlas y que esas perdiciones, ahora, son lo que es mío.

JORGE LUIS BORGES,
Posesión del ayer

EL ÚLTIMO TANGO DE
SALVADOR ALLENDE

1

Envuelto en la capa alba que flamea al viento del crepúsculo, el Doctor vuela sobre las callejuelas, los pasajes y las escaleras que bajan serpenteando hacia el Pacífico. Cruza hasta las herrumbrosas naves atracadas en el puerto, continúa por el aire hacia la fuente con los peces de colores de la plaza Echaurren y desde el cielo admira no solo las coronas de las palmeras centenarias y el estruendo de las olas que rompen en los roquedales que anuncian la agreste severidad de las lomas, sino también el amplio arco que describe su propio vuelo.

Aunque un aleteo de picaflores agita su estómago, porque desde la infancia le causa vértigo la altura, sonríe al divisar una bandada de pelícanos que se desliza a ras del océano. El Doctor inhala la fragancia a algas y se encamina hacia la iglesia de La Matriz, donde intenta posar sus mocasines de gamuza junto al campanario coronado con la cruz de madera, que dejó inclinada el último terremoto.

El chasquido de las palomas que despegan del campanario aborta su intento de poner pie sobre las tejuelas. Tarda en constatar que su fracaso no se debe a los pájaros, sino al timbrazo del teléfono que ahora busca a tientas en la oscuridad del dormitorio. El despertador del velador indica que faltan cuatro minutos para las cinco de la mañana del once de septiembre de 1973. Se lleva el auricular al oído.

—Desplazamientos sospechosos de la Armada en Valparaíso —le anuncia una voz.

El Doctor enciende la lamparita y se calza los anteojos con la convicción de que ese día morirá. Está solo en su dormitorio de la avenida Tomás Moro 200, en Santiago de Chile, lejos de su puerto natal de Valparaíso, en un espacio que más parece la modesta celda de un monje franciscano. El cuarto da a la biblioteca, donde lo esperan el ajedrez de marfil y, junto a la puerta que se abre a la terraza con baldosas moriscas y la piscina con el cocodrilo embalsamado, su amada colección de huacos peruanos. Se queda quieto y piensa en la sonrisa delicada de su esposa, que duerme en el dormitorio del segundo nivel. Imagina la respiración espaciada y cadenciosa de Hortensia. Imagina que ella sueña que son novios. Imagina que ella sueña que vuelven a compartir el lecho. Admite que ella seguirá habitando en su memoria como la beldad de tez pálida y cabellera oscura cuyos ojos claros lo cautivaron la noche en que él, hace más de cuarenta años, en medio de un terremoto, huía despavorido a una calle de Santiago desde las bancas de un templo masónico.

—Sea más específico —dice el Doctor al auricular. Los rumores de alzamientos militares son el pan diario desde que asumió la presidencia, tres años atrás.

—La Armada zarpó anoche a reunirse con la flota estadounidense para realizar las maniobras conjuntas de Unitas —explica la voz.

—Eso lo autoricé yo mismo —repone el Doctor, y restriega el talón de un pie contra el empeine del otro en la agradable calidez de las sábanas.

—Lo que pasa es que la flota se está devolviendo —añade la voz, ahora trémula—. Apenas vislumbro las naves en la oscuridad, pero están sin luces en la bahía, espiando la ciudad. Podrían bombardearnos en cualquier momento.

—¿Algo más, compañero? —El Doctor deja la cama y se despoja del piyama de franela frente al espejo del ropero que le muestra el ligero promontorio de su abdomen y la pálida delgadez de sus muslos.

—Hay infantes de Marina en los principales cruces de la ciudad. En tenida de combate...

—¿Consultaron a la comandancia naval? —Tras activar el altavoz del teléfono, el Doctor recoge del suelo el calzoncillo del día anterior y se lo pone sin perder el equilibrio. Luego saca del ropero a la rápida un pantalón, una camisa y un suéter a rombos, y se viste con premura.

—Nadie contesta en la Armada, Doctor.

—¿Y en el Ministerio de Defensa?

—Allá no están atendiendo.

—¿Y no ubicaron a los comandantes en jefe? —Se calza unos zapatos negros.

—Nadie responde ni en sus casas, Doctor.

—Entonces voy a palacio —anuncia el Doctor y, tras colgar, alerta por el citófono a los escoltas.

Se afeita en seco y a la rápida con *gillete*, descuelga un saco de tweed y pasa a la biblioteca, donde agarra el fusil Aka que le obsequió Fidel Castro. Toma un buche de café frío en la penumbra de la cocina y sale a la rotonda, donde cuatro autos Fiat 125 azules y una camioneta calientan motores. La caravana sale entonces rugiendo de Tomás Moro y, antes de que los guardias cierren el portón, el Doctor dirige una última mirada a la casona blanca con tejas de greda, que permanece a oscuras, y a las dos palmeras que flanquean la puerta de entrada y parecen vigilar el paso del tiempo.

2

In a gadda da vida, honey
Don't you know that I'm lovin' you
In a gadda da vida, baby
Don't you know that I'll always be true.

IRON BUTTERFLY, *In A Gadda Da Vida*

—¿Y esto, señor?

El inspector de aduana del aeropuerto de Santiago de Chile alzó el pequeño recipiente de plástico gris hasta la altura de mis ojos.

—Cenizas —repuse, impertérrito.

El aduanero abrió la tapa.

—¿Cenizas? —Observó el interior—. ¿Esto es suyo?

—Sí.

—Sígame, por favor.

Lo seguí. Un cuarto de siglo atrás llegué por primera vez a este país sin que nadie inspeccionara mi equipaje. Los muchachos de mi embajada se encargaron de eso. Ahora cruzo entre las filas de pasajeros empujando mis maletas y arribo a una oficina. El agente me indica que tome asiento y sale por una puerta con mis documentos.

Minutos después me lleva ante un hombre de terno y corbata, apoltronado detrás de un ordenador. Calculo que ha terminado de chequear mis antecedentes en la pantalla de Interpol. Sobre el escritorio yace mi recipiente.

—¿Puede explicarme qué es esto? —preguntó.

—Cenizas.

—¿Cenizas? —Hay recelo en su mirada.

—En efecto.

—¿De qué?

—Son cenizas de Victoria —aclaro.

Carraspea y se ajusta el nudo de la corbata dirigiéndole una mirada de zozobra al recipiente, que en rigor es una urna color marfil del tamaño de un joyero.

—¿Quién es Victoria? —Saca un pañuelo y se suena con un trompeteo. La raya que parte su cabellera es un surco recto en un campo azabache.

—Mi hija.

—Su hija.

—Así es.

—¿Trajo los certificados? —pregunta.

Busco en la chaqueta y se los entrego. Otro oficial ingresa a la oficina.

—No se preocupe. Es un procedimiento de rutina —aclara el tipo del ordenador mientras el otro se lleva el recipiente—. ¿Por qué trae a Victoria a Chile?

—Vivió años aquí. —La emoción me humedece los ojos—. Años felices.

—Entiendo. —Se me queda mirando pensativo. Luego teclea algo en el ordenador.

Una hora más tarde me permitieron salir con todo mi equipaje de la aduana. En una mesa del Au bon Pain volví a acomodar la urna en el maletín de mano junto al cuaderno escolar con la cubierta de Vladimir Ilich Lenin, el diccionario español-inglés de Langenscheidt y otros libros. Salí del aeropuerto en busca de un taxi que me llevara al hotel.

3

De mis páginas vividas
siempre guardo un gran recuerdo;
mi emoción no las olvida,
pasa el tiempo y más me acuerdo.

DOMINGO ENRIQUE CADÍCAMO,
ROSENDO LUNA, *Tres amigos*

Fue una mañana tibia de 1972 en que el presidente arribó a mi barrio de Santiago. Salimos todos a recibirlo con banderas rojas y verdes, bombos y platillos y gran algarabía. Lo trajo una caravana de Fiat azules rebajados, de llantas gruesas, que a su llegada arremolinaron el polvo, rugieron como autos de carrera y arrancaron gritos a los niños y alegres ladridos a los perros de la población.

El presidente emergió del asiento trasero de un auto vistiendo chaqueta de cuero y un chaleco de cuello alto negro, y los vecinos coreaban su nombre y se abalanzaban sobre él para tocarlo, estrecharle la mano, regalarle o pedirle algo, en medio de sus espigados escoltas, de terno, corbata y anteojos de sol, que trataban de impedir que la gente lo apretujara en demasía.

No olvidaré esa mañana. El calor, mi emoción, el cielo limpio, la dicha que colmó al barrio entero. Recuerdo cada uno de los detalles, el perfume de la tierra seca, el sudor de la gente, la música en la calle; y como temo olvidarlos algún día, los apunto en este cuaderno escolar con el rostro de Vladimir Ilich Lenin, impreso en la Unión Soviética. Los reparten en las escuelas públicas debido a la escasez de papel que enfrentamos. A mí, por ejemplo, me lo dio un vecino a cambio de seis empanadas de pino, hechas en mi horno. Contemplé desde la puerta de la panadería la bienvenida al presidente. Yo andaba de pechera, coscacho y alpargatas, y llevaba el rostro maquillado por la harina, así que no me atreví a acercarme a su persona.

Fue entonces que el presidente hizo un giro y comenzó a avanzar en dirección contraria a la plataforma del camión donde cantaba un grupo folclórico de ponchos negros y donde él pronunciaría un discurso sobre la necesidad de que los obreros mantuvieran la producción en las empresas del área social. Caminó repartiendo apretones de mano y palabras de aliento, llevando la espalda recta y la cabeza erguida mientras la gente lo avivaba y los niños y perros zigzagueaban entre los mayores.

—¿Cómo va la producción de pan, compañero? —me preguntó el presidente acercándose, atraído tal vez por el resplandor de mi blanco traje de panadero y el aroma a pan caliente que emanaba del horno. Me apretó la mano y me abrazó, y su fina chaqueta de cuero quedó impregnada de harina.

—Aquí me tiene, horneando pan para el mediodía, aunque no sé si habrá para la cena —le dije mientras con mis manos le desempolvaba las solapas, en un revoloteo que los escoltas siguieron con las cejas alzadas.

—¿Y entonces qué van a comer los compañeros pobladores para las once? —me preguntó con seriedad.

—Tecito puro, nomás, pues, presidente. Y eso si es que aún queda té en los almacenes.

—¿Y pan?

—Pero si no hay harina, presidente, ¿qué quiere que amase? —le repliqué con franqueza aunque sin faltarle el respeto, en el instante en que un escolta me propinaba un codazo disimulado.

—Hay que combatir el mercado negro, compañero —dijo el presidente—. Por ahí el enemigo nos puede liquidar.

Y fue entonces que me atreví a preguntarle:

—¿Usted ya no se acuerda de mí, presidente?

Apartando al escolta que se interponía entre nosotros, clavó su mirada de ojos pequeños y vivaces en los míos. Yo pude ver claramente sus pupilas color café sumergidas en el fondo de las gruesas dioptrías de sus gafas negras.

—¿Cómo te llamas? —me preguntó entre los vivas y empujones de los pobladores, justo cuando una vieja le acercó una empanada frita y un acordeonista ciego le entregó una carta.

Le dije mi nombre, pero él no reaccionó. Peor, me dio la impresión de que solo estaba interesado en reanudar la marcha y alcanzar la plataforma del camión, donde ya terminaba el concierto de charangos, bombos y quenas. Fue entonces que agregué:

—¿No se acuerda de Juan Demarchi?

—¿El zapatero anarquista? —preguntó el presidente, sorprendido.

—El mismo.

—Claro que me acuerdo —repuso el presidente en voz alta, agitando una mano en el aire mientras la masa lo alejaba de mí—. Fue mi maestro de la juventud. Tenía su taller en el cerro Cordillera de Valparaíso.

—Yo soy el Cachafaz —grité a todo pulmón y con orgullo—. ¿No se acuerda de mí?

Ahora el presidente era un náufrago a la deriva, porque la

marea de pobladores lo arrastraba hacia el improvisado escenario. Yo permanecí aferrado al árbol que le brinda sombra a mi negocio. Solo mucho más tarde, cuando apilaba la leña para la horneada siguiente, un tipo de anteojos de sol, terno y corbata, llegó hasta el mostrador a preguntar por el Cachafaz.

—Su servidor —dije sacudiéndome las manos.

—Le traigo un encargo del presidente —anunció el hombre sin inmutarse. Sentí que el corazón se me escapaba por la boca—. Lo espera el próximo lunes, a las seis de la tarde, en el Palacio de La Moneda.

4

What would you think if I sang out of tune,
would you stand up and walk out on me?
Lend me your ears and I'll sing you a song,
and I'll try not to sing out of key.

THE BEATLES,
A Little Help From My Friends

—¿Papi? ¿Estás allí? —preguntó la voz de Victoria.

Varias horas de vigilia llevaba yo sentado frente a la cama de mi hija en el Abbott Northwestern Hospital, de Mineápolis. Tom, mi yerno, se había marchado a casa para ducharse, sacar a pasear a la perrita y mudarse de ropa, tras estar días junto a su esposa moribunda.

—Estoy contigo —respondí y caminé hasta la cabecera de la cama, sorprendido de que Victoria, conectada por tubos y magnetos a distintos aparatos, hubiese recuperado la conciencia. Tomé su mano entre las mías y contemplé su rostro ceniciento y enjuto, bajo el cual afloraba ya la calavera que todos llevamos dentro.

—Qué bueno... —murmuró Victoria sin abrir los ojos.

—¿Necesitas algo, corazón?

Tragó saliva con dificultad y apretó sus labios partidos. Le apliqué crema de cacao en ellos, y un beso en su frente sudorosa le arrancó una sonrisa leve, en rigor un gesto nimio en vez de una sonrisa propiamente tal. Luego, dirigió su vista a través de la ventana hacia los lagos que exploramos en los veranos de su infancia, hacia la pasmosa vastedad de la pradera del Midwest, que se desperfila a la distancia bajo la nieve.

—Necesito que me hagas un favor —susurró Victoria.

—Dime, corazón.

—Pero es un secreto solo entre tú y yo.

Aunque soy un hombre duro y, según mi mujer, que en paz descanse, uno insensible que reprime sus sentimientos y jamás llora, me estremecí.

—Pierde cuidado. ¿De qué se trata? —pregunté, sintiendo que el aire calefaccionado de la habitación demoraba en bajar hasta mis pulmones.

—Se trata de cuando yo muera, papá.

—No hables de eso, corazón. Mientras hay vida, hay esperanza.

—No te engañes —dijo Victoria y abrió unos ojos extenuados, ya sin brillo ni ilusiones—. Sé que no me queda mucho tiempo, así que escúchame.

Me senté en la cama sin soltarle la mano. Desde lejos creí escuchar el blues *Trouble on your hands*, y me pareció que la voz del afroamericano que cantaba y la armónica que lo acompañaba se confabulaban para aumentar mi melancolía.

—Dime, Victoria...

—Es un deseo mío y debes cumplirlo.

—Dime.

—Es un viejo anhelo, papá. Júrame antes que lo cumplirás. —Sus ojos verdes me miraron implorantes.

—Sí, hija, pierde cuidado. Lo que tú quieras.

—¿Me lo juras?

—Te lo juro.

—¿Por mamá?

—Te lo juro por mamá. —El juramento me oprimió la garganta.

—Sabía que no me fallarías —dijo apretándome una mano—. Es sencillo. Cuando muera y mi cuerpo sea cremado, busca un cofre que aparté en el sótano de mi casa para ti. Está a la bajada de la escalera, a la izquierda, en una repisa metálica, a la altura de tu cabeza, detrás de unos diccionarios.

—¿Un cofre?

—Un cofrecito, más bien. Es tuyo. Cuando Tom esté conmigo, ve a mi casa y llévatelo. Pero debes abrirlo solo una vez que yo haya muerto. ¿Me escuchas? —Cerró los ojos.

—Estoy contigo —balbuceé.

—Sigue las instrucciones de la carta que hay en su interior.

—¿Puedo preguntarte algo?

—No ahora. Estoy cansada, papá. Y tú tendrás que ir lejos. —Su frente afiebrada resplandecía bajo los tubos fluorescentes del cuarto.

—¿A qué te refieres?

—Tendrás que ir a Chile.

Me impresionó que el nombre de ese país del fin del mundo volviera a emerger en la familia.

—¿Cumplirás mi deseo? En la carta está todo, papá —continuó.

—Lo haré —repuse sin poder contener las lágrimas.

—Sabía que podía contar contigo. —Volvió a abrir sus ojos y me dedicó una sonrisa tierna—. Las llaves del cofre están en mi cartera.

Saqué la cartera del velador y hurgué en ella hasta que mis dedos se toparon con una llave cruzada por una argolla de metal.

—Ya la tengo —dije y la guardé en mi pantalón—. Te juro por mamá que haré lo que me pides.

Fue la última vez que vi a Victoria con vida.

5

Desempaqué mis valijas en el hotel Los Españoles. Solo respiré tranquilo cuando puse sobre el escritorio de mi cuarto la carta de mi hija, el cuaderno con la cubierta de Lenin y la foto en blanco y negro en la que Victoria aparece junto a tres jóvenes que yo no conocía. Después me puse a pensar en el trayecto del aeropuerto a este hotel de Providencia.

La capital chilena ha cambiado una enormidad con respecto a la que dejé en diciembre de 1973. Ahora, Santiago —o al menos estos barrios— es una ciudad moderna, próspera y casi alegre, con indudable aspecto de Primer Mundo. En cambio, la capital a la que llegué en enero de 1970, simulando ser un fotógrafo y vendedor de cámaras fotográficas, era gris, chata, triste y tercermundista, y estaba dividida a muerte entre quienes deseaban que Chile siguiese un desarrollo tradicional y quienes, inspirados en la Revolución cubana, anhelaban cambiar drásticamente las reglas del juego. La interminable fosa excavada en Santiago para construir el futuro tren metropolitano era entonces la mejor metáfora de la profunda división del país.

En esos años, el país, fundado en las desigualdades sociales y de oportunidades, comenzaba a ceder ante las demandas revolucionarias de obreros y campesinos que estimulaba una izquierda que aspiraba a barrer el viejo orden y construir una utopía socialista. Salvador Allende era su líder indiscutido, un hombre que despertaba desconfianza y temor en el centro y la derecha. Cuando llegué con mi mujer y mi hija a Santiago y nos instalamos en una casa de estilo francés en la calle Pedro de Valdivia, el país estaba en las vísperas de la elección presidencial en que ese cuatro de septiembre ganaría Allende. El médico de bigote y anteojos de gruesos marcos negros provocaba expectativas desmesuradas entre los pobres, que exigían la nacionalización del cobre, la expropiación de fábricas, bancos y haciendas, demandas que sembraban el pánico entre los ricos y en Washington, porque el país podía convertirse en otra Cuba y aliarse con la Unión Soviética. Para impedirlo, la Compañía envió a Chile a centenares de expertos bajo falsa cobertura. Yo figuraba entre ellos. Pero no he regresado a este país más de veinte años después de mi sigilosa partida para analizar su política, ni para reclutar agentes ni instalar una fachada al amparo de la representación diplomática —hoy convertida en un búnker de granito junto al río Mapocho—, ni tampoco para convencer a nadie de la necesidad de obstaculizar el acceso al poder de un socialista, me dije sentado al escritorio junto a la ventana que da a una calle arbolada.

Destapé una botella de scotch, me solté el nudo de la corbata y, recostado en la cama, con un temblor de manos, bebí un sorbo y volví a examinar la vieja foto en blanco y negro en que Victoria aparece con unos amigos aparentemente chilenos. Allí está ella, como de diecinueve o veinte años, cuando estudiaba arqueología en la Universidad de Chile, en 1972 o 1973. Yo tenía entonces poco más de cuarenta años, mi bella y dulce Audrey aún vivía, y ambos formábamos un matrimonio feliz, a pesar de que yo dedicaba la mayor parte del tiempo a resolver los encargos de la Compañía, una carrera que me sedujo desde que vi las primeras películas de la Segunda Guerra Mundial en mi adolescencia en Minnesota.

Victoria sonríe en la foto. Tiene la boca grande, los ojos tiernos y los labios carnosos. Inclina la cabeza de modo que su larga cabellera clara se derrama sobre uno de sus hombros. Me gusta en la imagen. Es la más bella del grupo. Viste una parka estudiantil y refleja un aire despreocupado al igual que el resto de sus acompañantes: una muchacha de sombrero de ala ancha, a lo Joan Báez, y dos muchachos de melena oscura, aspecto mediterráneo y chaquetón de cuello levantado. Bromean ante una cámara, en poder de un fotógrafo anónimo, incapaz de enfocar y encuadrar bien, en una calle que yo jamás podría identificar.

Supongo que se trata de universitarios porque por su edad no parecen alumnos del Nido de Águilas, el exclusivo colegio donde Victoria cursó sus últimos años de enseñanza media. Después empezó a estudiar arqueología en la Universidad de Chile, en Santiago, lo que a Audrey y a mí nos desconcertó, pues hubiésemos preferido que ella regresara a Minnesota, o hubiese ido a Virginia, cerca de los *headquarters* de la Compañía.

Recuerdo que el Departamento de Antropología y Arqueología quedaba en una antigua casona de dos pisos del barrio Macul. Era un espacio transitorio que se volvió permanente, como tantas cosas en este país. Había allí oficinas y salas de clases, que en invierno olían, según Victoria, a la parafina con que las entibiaban mientras sobre la capital caía una lluvia fría y persistente.

Examiné el cuaderno de cien páginas, en cuya portada amarillenta aparecen, en blanco y negro, el rostro de Lenin, el fundador de la Unión Soviética, y especificaciones escritas en ruso. En su interior, casi ilegible, debido a una caligrafía confusa y al grafito que palidece con el tiempo, hay un diario de vida escrito en español. En los años setenta yo podía hablar ese idioma, defenderme, como dicen por aquí, pero por desgracia lo fui perdiendo durante mis posteriores misiones en Europa del Este.

No dejo, sin embargo, que eso me amilane. Tengo que cumplir de alguna forma el encargo de Victoria. En ese sentido sigo siendo un agente disciplinado. Por eso, y en la medida de mis posibilidades, comencé a traducir yo mismo ese texto anónimo, pero cuyo autor Victoria seguro conoció, porque de lo contrario ella no habría atesorado ese cuaderno durante tanto tiempo en su cofre. Decidí entonces explorarlo por mi cuenta, valiéndome de los retazos de español que aún conservo y un diccionario Langenscheidt que adquirí en Mineápolis.

Y en el escritorio reposa también la carta de Victoria. Es una misiva amarga e inesperada, que me ha valido desvelos y malos ratos, y también mucho dolor. En ella me ruega cumplir un acto estremecedor, casi inaudito, apenas discernible: que entregue, sin que Tom se percate, una parte de sus cenizas a Héctor Aníbal, un joven chileno que conoció mientras vivimos en Santiago.

Nada más ajeno a mí que la mojigatería, pero jamás imaginé que mi hija hubiese tenido un amante. Nunca percibí en ella actitudes que permitieran suponerlo, ni creo que tuviese la pasta de mujer, ¿cómo decirlo?, casquivana. Hasta que leí su carta. Porque pensaba que era una esposa fiel, apegada a sus convicciones religiosas, una mujer realizada junto a su marido, una madre preocupada de su hija, que estudia leyes en Notre Dame. Es cierto, nunca me pareció en extremo dichosa, pero al menos creí que vivía agradecida de tener un marido correcto y buen proveedor, con un promisorio cargo en un banco, una hija sana e inteligente, un empleo grato en una editorial de revistas femeninas, y una casa en una próspera *gated community* de los suburbios de Mineápolis. Yo no podía sospechar, desde luego, que detrás de todo aquello guardase un secreto que al final compartió conmigo.

Y ahora me corresponde ubicar a Héctor Aníbal. Primero creí que Aníbal era su apellido, después, consultando la guía telefónica, constaté que solo podía tratarse de su nombre; y que Victoria, en el estado final de su enfermedad, que la sumergía a ratos en fiebre y delirios, trance que se agravó en los últimos días de su vida, cuando confundía los recuerdos con las pesadillas y la realidad con la fantasía, olvidó precisar por escrito. Me pareció una broma macabra. Mi hija había redactado un mensaje a medias antes de marcharse para siempre.

Mientras Tom estaba en el banco, aproveché para ir a su casa vacía. Hurgué en gavetas, armarios y cajas, examiné cartas, dedicatorias de libros y agendas en una búsqueda infructuosa por encontrar la pista que me condujese hacia Héctor. No me atreví, desde luego, a tocar el tema con Tom, pues mis preguntas habrían despertado su suspicacia.

Y ahora que estoy en Santiago de Chile, tumbado en una cama como una estatua derribada, y me llega a través de radio Oasis *Morir un poco*, la canción de una película chilena que me transporta precisamente a los años setenta de esta capital, me atormenta la insoportable sensación de que será imposible cumplir el encargo que Victoria me encomendó en su lecho de muerte.

6

Uno busca lleno de esperanzas
el camino que los sueños
prometieron a sus ansias.

Enrique Santos Discépolo,
Mariano Mores, *Uno*

Cuando llegué al portón, los espigados guardias de carabineros me impidieron entrar al palacio, pero no hubo más que explicarles que iba por petición del mismísimo señor presidente para que me ofrecieran un asiento en una sala ubicada a la izquierda de la entrada. Una mujer me condujo después al segundo piso por unas escaleras de piedra que ascienden como una garganta por el interior de La Moneda.

Arriba, junto a la primera puerta, había un carabinero de guardia y a su lado un hombre de terno y corbata, como el que me llevó la invitación a la panadería. La mujer me guió por un pasillo y entramos a un salón espacioso, con cuadros, alfombra y cortinajes, por no hablar de la lámpara de bronce y cristal anclada en el cielo. Pasaba por allí gente presurosa, de ceño fruncido y aire preocupado, portando documentos bajo el brazo, muy bien trajeada.

—Tome asiento, por favor —me indicó la mujer antes de

salir por una puerta grande. Pensé emocionado que nunca antes nadie de mi familia ni yo habíamos sido invitados por un presidente de la República a palacio ni a parte alguna.

Al rato reapareció la mujer. Me pidió que la siguiera. Cruzamos varias puertas y de pronto, sin previo aviso, me encontré en el despacho presidencial o, mejor dicho, con el presidente mismo, que estaba sentado detrás de un escritorio donde había teléfonos y una pila de documentos que examinaba concentrado.

—Siéntate mientras firmo estos papeles, Cachafaz —me dijo levantando fugazmente la vista de los documentos.

Lo espié a mi gusto desde mi silla forrada en terciopelo. Los cristales de sus gafas lucen impecables, su piel es aún rosada y su bigote encanece ya en la parte superior. Lleva un buen corte de pelo, se peina hacia atrás, disimulando los rulos a fuerza de gomina, y cada vez que firma un documento al pie de página, sus mancuernas doradas raspan el borde torneado del escritorio. Es un hombre elegante. Luce bien con el terno oscuro de tela fina, la camisa alba y la corbata de seda, fijada con un prendedor dorado. Parece un burgués.

Al fin y al cabo es el presidente de la República, me dije mirándolo sin poder creerlo, pellizcándome la mano para cerciorarme de que no soñaba. Es el centro mismo del poder de este país. Seguía inclinado sobre la mesa, la espalda algo curvada, los hombros erguidos, sobrevolando con la pluma destapada los textos antes de aprobarlos. Paseé la vista por las paredes del despacho, cuyas ventanas dan a la plaza de la Constitución. Raro esto de espiar a un presidente desde tan cerca, me dije, no sé si alegre o emocionado, raro eso de mirar a alguien tan importante en medio de sus labores cotidianas, como si uno fuese un óleo más de los que ahí están colgados. Harto jodido el trabajo de un presidente, pensé. No es solo hablar, cortar cintas de inauguración, pronunciar discursos e impartir órdenes, sino también aquello que yo estaba viendo desde mi silla: garrapatear papeles como un escolar que hace tareas emperrado en casa, atender llamados telefónicos, recibir a mucha gente. Y más extraño aún era saber que nadie me miraba a mí observando al presidente.

—Te hice venir, Cachafaz —me dijo al rato con su voz grave y nasal mientras se ponía de pie y me estrechaba la mano y una secretaria retiraba los documentos de su escritorio y salía después por una puerta angosta—, porque nunca más supe del zapatero Demarchi. Y quiero decirte que sus lecciones sobre anarquismo y marxismo han sido claves en mi vida.

—Usted siempre se destacó como alumno —dije, incómodo, pues no creí que ese fuera el motivo para sacarme de la panadería y recibirme en La Moneda—. Usted siempre fue el mejor de todos.

—Inolvidables las clases de Demarchi en su luminoso taller del cerro Cordillera, impregnado del olor a tinte y betún —comentó él, tomando asiento en un sofá conchevino, a la vez que me invitaba a mí a sentarme más cerca de él, en un sillón parecido. Me sentí en el palacio de Versalles que aparece en las películas.

—El taller estaba en la calle Sócrates, cerca del edificio de la Unión Obrera —dije yo.

—Allí escuché por primera vez hablar de Proudhon y Malatesta —agregó el presidente—. Éramos unos niños. ¿Un café o un té?

Un mozo de chaqueta blanca apareció sigiloso a mi espalda. Pedí café porque en mi barrio desapareció hace tiempo de los almacenes. Es una suerte que aún haya café en la casa de los presidentes de Chile.

—Ha pasado más de medio siglo de todo eso —continuó

él—. Éramos muchachos entonces, andábamos todavía entre los soldaditos de plomo y las manifestaciones políticas —subrayó soltándose un botón de la chaqueta—, pero anhelábamos aprender de los obreros y saber cómo se hace la revolución. ¿Qué fue de los demás?

—Danilo murió hace diez años, alcoholizado y pobre —le expliqué—. Ni me enteré de su funeral.

—¿Y quién era el cuarto, uno medio rubio de ojos claros?

—El Pelluco, presidente. A ese le perdí la pista hace mucho tiempo, cuando se fue de Valparaíso a trabajar de pirquinero a las minas del norte.

Tomamos el café en tacitas de porcelana con el escudo de Chile pintado sobre una franja azul. Bebimos en silencio. El presidente usaba zapatos negros de lacitos, puntiagudos, muy bien lustrados. Me repetí el café, pero esta vez vertí yo mismo tres cucharaditas del polvo en mi taza y aproveché de echarle varios terroncitos de azúcar, que también escaseaban. Después el presidente me preguntó cómo marchaban las cosas en mi negocio y yo, que no me ando con chicas y digo lo que pienso, le conté de frentón que mal, porque simplemente no había harina.

—¿Nada? —preguntó.

—Nada.

Mientras apuntaba algo en una tarjeta, tal vez lo que yo le decía, afirmó que la situación mejoraría gracias al combate reforzado que libraba el pueblo contra el mercado negro, noticia que desde luego me alivió. Estaba yo explicándole cómo se amasa la hallulla a diferencia de la colisa, cuando entró un hombre alto, esmirriado, de barbita de chivo, con aspecto de Don Quijote, que le habló al oído. El presidente se quedó pensativo por unos instantes, se puso de pie y luego me dijo:

—Lo siento, Cachafaz, pero tengo que irme. Los camioneros iniciaron un paro nacional en contra del gobierno popular y dicen que será hasta las últimas consecuencias. Si necesitas algo, llama a este número —me pasó una tarjeta— y explica de qué se trata. Otro día hablaremos con calma de nuestro amigo el zapatero anarquista.

7

La vida está hecha de recuerdos, no de lo que acontece día a día ni de lo que uno sueña o añora. Esa es la verdad, pensé la mañana en que salí del hotel Los Españoles a reunirme con Margot Husemann, quien me esperaba en el Café Tavelli. No nos veíamos desde 1973, cuando tuvimos una aventura fugaz en Santiago. Margot estaba casada con un industrial metalmecánico y era madre de Ema, alumna del Nido de Águilas, que estaba un curso por encima de Victoria.

Probablemente no logré disimular la impresión que me causó ver los estragos del tiempo en la piel reseca de su rostro. En rigor, envejecemos con cada hora que pasa, pero solo cuando dos personas dejan de verse, como en el caso nuestro, es cuando los años se notan de forma dramática. Margot aún tenía la cabellera rubia de antes, pero ahora no aleonada como yo la recordaba, y sus ojos azules brillaban con menos fuerza y aparecían sitiados por arrugas profundas. Solo perduraba su voz grave y sensual, me dije mientras tomaba asiento después de besarnos en las mejillas.

—Increíble que hayas vuelto a Santiago después de tantos años —exclamó ella.

—Vine a explorar mi pasado —expliqué.

—¿Andas en la etapa *new age*? Le bajó de golpe a nuestra generación. ¡Quién lo iba a decir! Pero te conservas espléndido, David, ni siquiera has engordado —comentó mientras encendía un cigarrillo.

—Y tú estás igualita —afirmé con esfuerzo y una sonrisa—. Te hubiese reconocido en cualquier aeropuerto del mundo. Los años no te hacen mella.

Se separó hace siete años, cuando descubrió que su esposo tenía de amante a su secretaria de toda la vida, me contó. Me pregunto si ese paso ha valido la pena, porque después de todo, Margot tampoco era un dechado de fidelidad. Se divorciaron discretamente, aliviados ambos por el hecho de haber convertido a su hija en una profesional destacada, que se casó y les dio nietos, me aseguró.

Fue entonces cuando Margot me preguntó por Victoria y le conté todo. Vamos, todo lo de su enfermedad y su muerte, y cambié de tema cuando el mozo nos trajo las copas de Sandeman. Sentí que Margot me agradecía ese gesto porque debe haber temido que yo fuese a insistir en la pérdida de mi hija. Pero no tenía nada que temer. En Estados Unidos la muerte no es lo mismo que en América Latina. En este extremo del mundo, la enfermedad y la muerte son temas usuales y recurrentes en las conversaciones entre amigos. A cualquiera se lo hace partícipe de los males que a uno lo aquejan, y los muertos continúan viviendo en las conversaciones de los sobrevivientes. Aquí la muerte es omnipresente. Está en los noticiarios y las entrevistas, en las cenas y las confesiones, entre los amigos y los socios, los cónyuges y los amantes. En Estados Unidos, en cambio, la muerte es una presencia efímera y el funeral la última ocasión en que se habla del muerto.

Siempre me impresionaron aquí las caravanas de automóviles y buses que siguen por la ciudad al coche que transporta el féretro. Son procesiones que cruzan las calles y las plazas interrumpiendo el tránsito y arrancando el silencio y el temor entre los transeúntes. Claro, no es la omnipresencia de la muerte que uno observa en México, donde abundan las calaveras, los esqueletos y el culto a la muerte, pero en todo caso en Chile el catolicismo conserva a los muertos en el reino de los vivos por mucho tiempo, algo que en Estados Unidos no ocurre de la misma forma. En mi país, entre los anglosajones protestantes como yo, la muerte es un acontecimiento natural, del cual pronto se deja de hablar. En verdad, se recuerda con alegría e incluso bromas a la persona recién muerta durante su funeral. Hay incluso ceremonias con aire festivo antes de que el finado transite a su eterno reposo en el olvido, premisa insoslayable para que nada obstaculice el vértigo que rige nuestras vidas.

—¿Y qué te trae por acá? —pregunta Margot con la copa de oporto junto a los labios.

Prefiero no contarle la verdad. Sé que, de hacerlo, ella se burlaría de mí. ¿Cruzar el continente en busca de una persona de la cual apenas tenía sus nombres de pila? ¿Revelarle que mi hija, a pesar de haber estado casada con un hombre bueno y destacado, había estado enamorada en verdad de alguien que vivía en el extremo sur del mundo y de quien su marido no había escuchado una palabra?

—Ya te dije, exploro mi pasado. Vivimos aquí durante tres años en los setenta y nunca más regresé —dije alzando mi copa.

—¡Qué época! —exclamó Margot—. Cuando la repaso, prefiero olvidarla.

—Quiero volver a mis huellas...

—En esa época se comentaba en el colegio que eras agente de la CIA, no fotógrafo...

—Siempre afirman eso de los norteamericanos que llegan a países en crisis. Pero lo cierto es que mi trabajo me permitía mezclar la curiosidad política, la sensibilidad artística y la obligación de mantener a mi familia. Me hubiese encantado ser de la CIA, al menos mi vida habría estado llena de emociones y de cierta seguridad.

—Da lo mismo. —Margot colocó la copa sobre una servilleta—. Todos los agentes de la CIA tienen como primera tarea negar que lo son. Pero, dime, ¿qué parte de tu pasado pretendes explorar?

Pensé en las cenizas, en el rostro sorprendido del oficial de aduanas y en que la ciudad era ahora un laberinto donde ya no me quedaban amigos, salvo Margot, con quien me unía el secreto de una traición. De haber estado ahora en servicio activo podría recurrir a la embajada, pero una vez jubilado, toda colaboración se vuelve improbable e indeseada. Como todo queda registrado, nadie se atreve a realizar un favor privado a un oficial retirado. No, ahora yo era un simple agente por cuenta propia.

—No busco nada específico —aseguré—. Me conformo con recorrer el barrio donde vivimos, hacer el trayecto de la casa a la tienda que tenía en Providencia, visitar el colegio de Victoria, conversar con sus amigos, conseguir fotos de ella...

—Entonces tendrás que ir al Nido de Águilas. Mi hija se reúne cada cinco años con sus antiguos compañeros de curso. Seguro que se acuerdan de Victoria. Tal vez puedo ayudarte.

Le mostré con cierta esperanza la foto en blanco y negro que encontré en el cofre de Victoria. Margot se calzó sus espejuelos para examinarla.

—Reconozco a tu hija, tan linda ella, pero a nadie más —concluyó. Me miró a través de los cristales y luego añadió—: Estoy segura de que sus acompañantes no son alumnos del Nido de Águilas. No, en esa foto no reconozco a nadie más de allí, David.

8

A veces me pregunto si no será mi sombra que siempre me persigue, o un ser sin voluntad.

Elizardo Martínez, Elías Rubinstein,
Así se baila el tango

Tengo suerte, no tanto como el Doctor, que se convirtió en presidente de la República, pero no puedo quejarme, porque al final la vida siempre me sonríe. Soy hijo de un zapatero que tenía su taller en la subida Cajilla, en el puerto de Valparaíso, en un local que debí haber heredado. Eso no ocurrió, pero hoy me digo que estuvo bien que fuera así. No tuve un mal pasar con mis padres. Mi madre lavaba para otras casas. No nos daba para lujos, pero nunca pasamos hambre y siempre tuvimos un techo sobre la cabeza. Aprendí a leer y escribir en una escuela financiada por los masones.

Las cosas comenzaron a andar mal cuando mi padre se enfermó de los pulmones. Tenía entonces cincuenta años. Su esforzada vida en Capitán Pastene, esa zona fría y lluviosa del sur de Chile, a la cual llegó de Italia, lo dejó marcado. Cuando yo era un niño, emigró con la familia del clima austral para instalarse en una casa en las soleadas lomas del puerto. Su fin comenzó con un resfrío que no lo abandonó, continuó con una tos y una flema que empeoraron sin dar tregua, y que el médico diagnosticó como un cáncer al pulmón causado por las tinturas con que trabajaba en el taller. Un día no pudo levantarse más. La tos le descerrajaba el pecho, las piernas se le agarrotaron, se puso color de cera y la piel se le resecó. Y otro día amaneció muerto en su cama. Con mamá y mis tres hermanos nos quedamos de brazos cruzados.

Cuando quisimos abrir de nuevo el taller, nos encontramos con que el dueño —yo pensaba que pertenecía a mi padre— lo había convertido en una bodega de abarrotes. Llévense los zapatos, el cuero y las herramientas, nos ordenó cuando fuimos a reclamarle, y añadió que no había podido esperar más porque mi padre estaba atrasado varios meses con el pago del arriendo.

—Y den gracias a Dios que no los demande por lo adeudado —nos amenazó mientras nosotros volvíamos a nuestra casa de Torquemada, en el cerro Toro, cargando los remanentes del antiguo taller de mi padre.

Nunca más fuimos los de antes: no volvimos a competir con volantines con hilo curado ni a jugar al palo encebado, ni nos lanzamos en chancha por las inclinadas calles de Valparaíso. Tenía quince años y comencé a trabajar. Primero lo hice como zapatero, luego como cocinero en un barco ballenero y, en los últimos veinte años, como panadero, vamos, como dueño de mi propia panadería en un barrio proletario de la capital. Mi trabajo es amasar pan y meterlo en el horno de barro con piso de cerámica que construí en el patio trasero de mi casa.

No hay nada más grato y sosegado que hacer pan. Si tienes pan fresco en tu mesa todos los días, el mundo es otro. En mi familia soy el único que optó por este oficio. Uno de mis hermanos se fue al norte a buscar suerte como calichero, el otro consiguió pega como estibador en el puerto y el tercero se marchó a la Patagonia argentina y nunca más supe de él.

Yo aprendí mi oficio en la panadería Ibérica, que está en diagonal al antiguo taller de mi padre.

Antes de eso trabajé donde me necesitaran y pagaran mejor. Hasta que pude construir mi propio horno. Invertí en él una parte de mis ahorros y un crédito que me brindaron los amigos. El negocio no es para hacerse rico, pero no tardé en devolver lo adeudado. Me ha ido bien. Mejor de lo esperado. No tengo motivos para quejarme. Bueno, hasta el año pasado, cuando desapareció la harina y surgió el mercado negro. Mi negocio zozobra ahora. No puedo pagar la harina al precio que exigen los especuladores porque en mi barrio no puedo cobrar el pan al precio que saldría. Nadie lo pagaría. Me apedrearían. Si la harina sigue escaseando, tendré que cerrar y buscar otros horizontes, algo difícil cuando se ha pasado los sesenta.

Mi vida ha sido de luz y de sombras. He pasado por momentos de abundancia y de escasez, de alegrías y tristezas, por altos y bajos, como el equipo de fútbol de mis amores, el Wanderers de Valparaíso. A veces la fortuna se encariña conmigo por un tiempo prolongado y es por eso que me considero un tipo con buena suerte. Por desgracia, en estos últimos meses, bajo el gobierno de mi amigo el presidente, las cosas no se me han dado como quisiera. Al principio creí que con el tiempo todos íbamos a prosperar, pero el paisaje se nubló para alguien como yo, propietario de una panadería.

Sin embargo, no me quejo. La vida es una lotería y cualquier día cambia. Como decía, a menudo me toca la buena estrella, claro que no una tan buena como la que le toca al Doctor, que entró a la historia por la puerta ancha. Pero no me quejo, pues la ambición siempre termina por romper el saco. Me pregunto cómo será ser presidente de un país y saber que nunca más te olvidarán, que tirios y troyanos no te apartarán la mirada, y que aun después de muerto los libros continuarán hablando de ti. Para ser franco, prefiero el anonimato de mi oficio, eso de ser solo conocido en el barrio y mi casa, donde vivo con Amanda, a que periodistas, historiadores y políticos digan lo que se les antoje sobre mí. Es preferible estar al mando de un horno como el mío que de un país que de pronto, vaya uno a saber, no tiene dirección ni arreglo. Porque los países son como las familias y los parientes, y hay familias y parientes que simplemente jamás recapacitan ni enrumban.

Fue una suerte haber conocido a Demarchi cuando yo era un muchacho. Es uno de los buenos números que me tocó en esta lotería de la vida. Sin el zapatero no habría entendido nada del mundo en que vivo. Los pobres como yo o mi padre carecemos de las herramientas para descifrar el mundo, nos la pasamos peleando con sus sombras y fantasmas, mientras los otros, que nacen en cuna de oro y viven en casitas del barrio alto y van a buenos colegios y a la universidad, atisban los senderos de la vida desde la infancia.

En verdad, sin esa instrucción que nos dio Demarchi yo hubiese vivido como los chincoles o zorzales, que se la pasan el santo día buscando semillas, agüita fresca o algún brote nuevo, muertos de susto de que de pronto se los zampe un cernícalo o un gato. ¡Qué digo los pajaritos! Si ellos al menos son libres para posarse en cualquier rama, contemplar el mundo por el tiempo que quieran y gorjear de puro gusto. Por eso me sirvió haber conocido a Demarchi en su taller de la calle Sócrates, donde sus manos teñidas por la tintura reparaban la suela, los tacos y las puntillas de los zapatos del barrio. Él fue quien me convenció de que yo algún día debía conquistar mi libertad y conducir hacia ella a los míos.

Confieso que nunca creí en eso por completo. Después renegué de la teoría que me comprometía a liberar a mis hermanos de clase para que yo, y el país completo, fuésemos libres. Lo de la anarquía no iba conmigo. En una ocasión, al discutir con los vecinos del barrio, entre los cuales estaba mi hermano el estibador, me di cuenta de que ni para el día del juicio final convencería a esa gente de la necesidad de rebelarse en contra del Estado para liberarnos por completo. No, me dije, esa alternativa es una maratón y tú das a lo sumo para carreras de cien o doscientos metros. No tienes tiempo para correr tanto en esta vida, y menos si sigues aspirando las tinturas de tu taller. Desde entonces mi teoría se circunscribió a tratar de ser libre yo mismo, a escapar de la condición de asalariado y abrir mi propio negocio. Así soñé con tener una panadería, por chica y modesta que fuese. Es la papa misma, me dije, pues la gente tiene que comer pan todos los días y no puede sentarse a la mesa sin un batido, una hallulla o una colisa. No hay otra pega más segura, pensé. Si en Chile dejan de comer pan, es porque el país paró las chalupas, y en un Chile así no vale la pena seguir viviendo.

Demarchi venía de Italia como mi padre. Era anarquista, aunque de buena familia. Simpatizaba con Garibaldi y había crecido en la Toscana, por eso hablaba atarantado el español. Su taller estaba en el primer piso de una casa revestida con planchas de zinc, donde vivía con su mujer, doña Gioconda. La casa tenía suelo de tablas y se alzaba en la ladera del cerro. Si uno miraba en diagonal por la ventana del taller se divisaban la bahía, el dique y el molo de abrigo, y sentía la caricia salada de la brisa del Pacífico que entraba trayendo el eco de cadenas y pitazos del puerto.

Demarchi nos esperaba allí los jueves por la tarde para contar, con las puntillas negras entre los labios y un formón en la mano, sobre las revoluciones obreras y campesinas de Europa y Rusia, de Marx, Proudhon, Bakunin y Malatesta, de los rebeldes del siglo pasado y de los comunistas que per-

43

seguían por encargo de Lenin y Stalin a los anarquistas. El anarquismo pretendía, afirmaba el zapatero, construir un mundo fraternal, sin pobres ni explotados, donde las fábricas y los campos perteneciesen a todos, como el aire y el agua de los ríos, y no hubiese necesidad de Ejército ni policía, y las mujeres practicasen el amor libre y los niños fuesen educados por el Estado y la comunidad.

Éramos jóvenes entonces. Tres éramos hijos de obreros, no así el Doctor, que desafinaba por su pose, estilo y vestimenta. Él pertenecía a una distinguida familia que residía en una de las casonas de las calles adoquinadas del Cerro Alegre, no lejos de la iglesia de San Luis Gonzaga. Supongo que asistía a las sesiones de Demarchi para entender el mundo desde la perspectiva de los pobres y transformarlo en favor de los oprimidos, como decía.

Fue en ese taller donde lo conocí.

9

Every man has a guiding star
and he knows what he's gonna get
when he's going too far.

ABBA, Every Good Man

Me cuesta traducir el cuaderno. No solo porque hay palabras cuyo significado ignoro y me veo obligado a desentrañar mediante el diccionario, sino también porque no siempre comprendo la letra escrita con un grafito pálido sobre páginas ya quebradizas y amarillentas. Hay además pasajes poco airosos que me veo obligado a retocar. Pero en la medida en que avanzo en la lectura y la traducción, compruebo impresionado cómo la historia siempre se burla de nosotros: por cuanto relata, el texto de Cachafaz habría sido el botín soñado para los oficiales de la Compañía en esa época.

Me alivia no tener que compartir con mis antiguos colegas el documento ni los resultados de esta búsqueda. El cuaderno contiene una descripción fresca y original, aunque fantasiosa, del hombre al que derrocamos, un recuento que me imagino no guarda relación con la historia que en efecto ocurrió, pero que cautiva como si hubiese acaecido. Miles de dólares hubiésemos desembolsado entonces por este cuaderno.

Mientras avanzo a paso de tortuga en estas memorias,

siento el rumor sostenido del río de automóviles que fluye ante mi ventana. Me consuela que este descubrimiento y esfuerzo vaya aplacando al menos el dolor que me causa la pérdida de mi hija. Supongo que Victoria amaba a ese hombre del cual lo ignoro todo, y que se casó con el pobre de Tom para olvidar su amor verdadero. ¿Por qué otro motivo su deseo postrero iba a ser que sus cenizas llegasen a manos de Héctor Aníbal? Ese era un mensaje del más allá, el más estremecedor que alguien puede recibir de su antiguo amante.

¿Aparecerá Héctor Aníbal en este texto? Lo he hojeado en su totalidad, leyéndolo a la rápida, en diagonal, sin aliento ni posibilidad de entenderlo a fondo, pero sin hallar su nombre en una sola línea. Tal vez se me pasó o está oculto en un intersticio de lo relatado. ¿O Cachafaz es Héctor Aníbal? ¿Mi hija se enamoró de un panadero chileno? ¿O Héctor Aníbal es otra persona, alguien que no tiene nada que ver con el cuaderno, alguien que traicionó a Victoria casándose con otra mujer? Me siento como uno de esos felinos que huelen su presa en la penumbra de la jungla pero no logran ubicarla. Abro el minirrefrigerador, destapo una botellita de Johnnie Walker, vierto su líquido en un vaso con cubos de hielo y me bebo todo de un tirón. El whisky fluye encendiéndome las entrañas, haciéndome llevadera la soledad.

Aunque a veces cumplí misiones que iban contra mis principios religiosos y mi sensibilidad de hombre decente, no dejo de tener corazón, memoria y remordimiento. Nunca fue fácil hacer todo lo que me exigieron. Tampoco en Chile. Pero de qué hablo, carajo. Me estoy convirtiendo en un viejo llorón y sentimental con la cabeza llena de bruma. La Guerra Fría fue la Guerra Fría. Lo hecho, hecho está, y ya no hay arrepentimiento que remedie ni cancele las acciones. En la vida no hay *rewind*. ¿Qué hago realmente aquí, a miles de millas de casa, lejos de mi campo de golf, del juego de canasta, de los paseos en jeans y zapatillas por el mall más grande del mundo, que suelo coronar con mis amigos en el Red Lobster? ¿Qué hago, por el contrario, en este país del fin del mundo, zangoloteado por terremotos, habitado por hispanos agobiados por el exceso de trabajo, los bajos sueldos y la curiosidad de saber qué se opina de ellos en el extranjero?

Lo que liquidó a este país en los setenta fue su veneración por los dogmas venidos de afuera, su intolerancia mal disimulada, su incapacidad para aceptar sus propias raíces. Su carencia de imaginación y la ligereza con que copia modelos foráneos. No sabe refugiarse en lo propio. No sabe hacerlo ni en las épocas de frustración ni en las de prosperidad. Carece de equilibrio y por ello siempre está expuesto como alguien que se asoma en exceso por un balcón y siempre corre el peligro de zozobrar. Vive sentado sobre un volcán en ebullición, en los extremos de un balancín que sube y baja sin aviso. ¿Qué hago aquí si no soy de aquí? ¿Por qué no regreso mejor a Minnesota con el cuaderno, las cenizas y la foto de Victoria, y sigo disfrutando día a día lo que me resta de jubilación con la cabeza todavía en orden y el cuerpo aún sin achaques?

10

*Decime
si conocés la armonía,
la dulce policromía
de las tardes de arrabal,
cuando van las fabriqueras
tentadoras y diqueras
bajo el sonoro percal.*

CELEDONIO ESTEBAN FLORES,
EDGARDO DONATO,
Muchacho

Desde joven se vistió elegante el Doctor. Demarchi le decía Pije. En realidad, era el único palta de los que asistíamos al taller del zapatero a escuchar sus lecciones sobre sindicalismo, revolución y anarquismo. El resto éramos hijos de trabajadores esforzados, gente modesta y sufrida, proletarios que solo podíamos soñar con la vida que llevaba el Doctor.

El zapatero tenía unas manos enormes, manchadas de betún, uñas sucias, pelo lacio y canoso, y unos ojos azules que yo asociaba con los lagos del sur, que nunca he visto, pero imagino, pues esto de vivir al dos y al cuatro impide liberarse del único privilegio que uno tiene en el capitalismo: trabajar como burro de sol a sol, como decía Demarchi.

El Doctor pertenecía a otra clase y eso lo sabíamos tanto él como nosotros. Por eso, cuando se iba, los muchachos nos preguntábamos qué diablos buscaba allí, entre los pobres, si él lo tenía todo y de sobra: bisabuelos, abuelos y tíos que aparecían en los libros de historia por haber luchado por la independencia o por convertir a Chile en una república socialista, experimento que apenas duró unos días en los años treinta.

Demarchi nos decía que el Doctor era, en el mejor sentido de la palabra, un desclasado, pues no defendía sus propios intereses, sino los de la clase antagónica, la obrera, la misma que lo sepultaría cuando triunfase la revolución mundial. Y por eso nos recomendaba tratarlo con respeto y comprensión, sin sectarismo ni genuflexiones, como si mereciera el perdón por no saber lo que hacía. A su juicio, el Doctor era un aliado objetivo de la clase obrera y de los campesinos en su lucha por la emancipación social y la conquista del poder.

El Doctor asistía a un exclusivo colegio francés, privado, si no me equivoco, y pretendía estudiar medicina o abogacía, algo vedado para nosotros, que íbamos a la escuela pública, teníamos solo un par de zapatos y carecíamos de familiares influyentes. Él se esmeraba por leer los textos que mencionaba Demarchi, y corría a encargarlos a una librería del plano de la ciudad y luego de leerlos nos los prestaba, subrayados con lápiz rojo. Era pije ya entonces porque solía llevar pantalones con bombachas, chaqueta tweed y un pañuelo al cuello o bien una fina corbata de seda italiana y, en días soleados, sombrero, porque siempre ha sido delicado de cutis, lo cual confirmé ahora que vi de cerca su piel rosada, casi translúcida, como la de quien ha evitado exponerse al sol a lo largo de su vida. También era aplicado y más estudioso que el resto de nosotros.

—Ustedes, compañeros, estudian menos por una razón muy simple: porque la vida como hijos de obreros, campesinos, trabajadores, padres estibadores o madres lavanderas les enseña cada día lo que yo solo puedo aprender de los libros —nos explicó una tarde invernal, cuando compartíamos un mate en el taller de Demarchi.

La primera vez que escuché hablar al Doctor como parlamentario me di cuenta de que ya pensaba en los discursos del futuro, en las palabras y en los giros que un día lo instalarían en esa casa donde tanto se sufre. Cuando una tarde visitó nuestro hogar de Torquemada, en el cerro Toro, ya tramaba su devenir político. Llegó a mi calle tal como lo hizo al barrio donde vivo ahora: de chaqueta tweed, pantalón oscuro y zapatos de suela gruesa —porque así disimula su escasa estatura—, luciendo camisa blanca y corbata burdeos, y se presentó por su nombre afirmando que un día nos representaría en el Congreso. Era joven entonces. Solía repetir que de los pobladores, los trabajadores, los obreros, los campesinos, la mujer de su casa, la pobladora modesta que se levanta con el alba y el hombre que busca empleo aunque le paguen una miseria (así habló, enumerando, como si mediante las palabras pudiese abarcar todo el universo), nadie se preocupaba de verdad. Me hizo pasar vergüenza en el cerro, porque me acusaron de ser amigo de un pituco que me utilizaría para conectarse con los pobres, conseguir votos y un cargo en el Congreso, y luego se olvidaría de mí.

—Servir de puente para que los ricos crucen el río de sus ambiciones es el destino de muchos pobres —me dijo Gricel, la pobre Gricel, la única mujer que en verdad he amado, la que me dio un hijo y la que se fue tan temprano—. No te hagas ilusiones con él. Cuando consiga lo que busca, te hará la desconocida.

Pero a lo mejor Gricel se equivocó entonces y esta vez el rico sí puede ir en ayuda del pobre, es decir, puede convertirse en mi puente para que yo conserve mi panadería en estos tiempos difíciles. El domingo debería ir al cementerio y llevarle a Gricel un ramo de claveles blancos, que tanto le gustaban. Ella amaba el perfume de esas flores pues la contagiaban de vida, y el blanco porque le recordaba el color de mi delantal y la harina con que hago el pan. Iré este domingo al cementerio con un ramo de claveles blancos, y solo después me reuniré con mis compinches en el bar de San Diego, procurando, como lo he hecho a lo largo de los años, que Amanda no se entere de que aún siento lo que siento por Gricel. No podría confesarle que el gran amor solo se da una vez y que los demás, los que encontramos cuando el gran amor se ha perdido, son apenas premios de consuelo, mentiras piadosas que nos contamos para levantarnos con el alba, como diría el Doctor, vestirnos, ir al trabajo y sumergir las manos limpias en esa masa moldeable que es la vida.

A lo mejor Gricel se equivocaba en este punto y yo debiera pedirle ayuda al Doctor, decirle que me suministre harina y manteca a través de las empresas estatales de distribución porque, si se agrava el desabastecimiento, voy a tener que cerrar el boliche y buscar otra pega, cuando lo más difícil es conseguir trabajo a mi edad, la misma del Doctor, quien encontró la mejor pega a la que uno puede aspirar en este país, ser el mandamás de todos nosotros.

O tal vez Gricel tenía razón y la vida es como ella decía, y el Doctor se olvidó de nuestras sesiones y nuestras partidas de ajedrez en el Valparaíso de la juventud. Y entonces, cuando le pida ayuda, va a salir con excusas o simplemente no me va a recibir, y de nada habrá servido haber participado en las lecciones que nos impartió el zapatero en la calle Sócrates ni haberlo presentado a los vecinos de mi cerro, donde obtuvo sus primeras adhesiones en una marcha que lo condujo finalmente, después de varios decenios y cuatro postulaciones, a la casa donde tanto se sufre.

11

Base Aérea de Concepción.
Martes, 11 de septiembre, 1973, 4.57 h

Trotas en tu mono junto a los demás pilotos por los pasillos de la base aérea. Las paredes de concreto te devuel-
ven el eco de tus pasos mientras avanzas bañado en sudor
bajo la luz blanquecina de los tubos de neón. Trotas entre
banderas, distinciones, certificados y diarios murales. Sabes
que afuera todavía está oscuro y que las estrellas fulguran
nerviosas en el cielo, aunque por la cordillera ya repta el primer resplandor matutino, esa retorcida filigrana de fuego que
se posará en los picos andinos anunciando el nuevo día.

Sigues marcando el paso, cumpliendo con aire marcial el
guión que conoces de los entrenamientos. Te sacaron hace
quince minutos de la cama y ya estás en tenida de combate y
dispuesto a cumplir las órdenes que te han de impartir. Un-
dos, un-dos, un-dos-tres, desciendes con los tuyos a un laberinto de pasillos e ingresas al túnel que hay debajo de la pista
de la base aérea.

Un-dos, un-dos, un-dos-tres. El mono, los guantes y el
casco te protegen del frío matinal. Ahora asciendes por las
escaleras de concreto y al emerger a la pista te sobrecoge el
espectáculo silencioso del inmenso cielo todavía estrellado,
donde por el este dialogan la noche y la alborada. Sabes que

dentro de poco esta la apuñalará. Ahí afuera solo estáis tú, tus camaradas y los remanentes de la noche. Pronto un filete de luz arderá como una brasa sobre el perfil de la montaña, y los Hawker Hunter comenzarán a refulgir alineados para que los piloteen hacia sus objetivos.

Intuyes que se avecina algo grande, inédito, estremecedor, pero ignoras qué es. El país está dividido, a punto de quebrarse en una guerra civil, sin alimentos ni transportes, con una inflación galopante y en peligro de ser agredido por sus vecinos. El corazón se te agita y el pecho se te llena de orgullo al pensar que actuarás en nombre de la patria.

Cuando llegas hasta el primer Hawker Hunter, ves al general. Al igual que tú, viste uniforme de combate. Está junto al ala de tu nave. Porta unos sobres en las manos enguantadas. Lo secundan dos ayudantes. Te cuadras con tus tres camaradas ante él y el general les entrega la orden del día. La lees en silencio. Recién ahora comprendes que a partir de este instante dejas de ser para siempre un hombre inocente.

12

Si soy así,
¿qué voy a hacer?
Nací buenmozo y embalao para el querer.
Si soy así,
¿qué voy a hacer?

Antonio Botta, Juan Lomuto,
Si soy así

Y ahora me viene a decir, compañero, que se jodió su panadería y necesita trabajo? —me preguntó el Doctor, anudándose la corbata.

Eran las cinco de la tarde en Tomás Moro 200, y el Doctor estaba por ir a inaugurar unas bodegas populares en una comuna del norte de Santiago. El mismo escolta que me contactó en la panadería me había pasado al repostero de la casa presidencial segundos antes de que entrara el Doctor, serio y presuroso, en pantalón y camisa, con la corbata entre los dedos.

—Así es, Doctor, necesito trabajo —dije yo.

—¿Y eso?

—Porque el panadero dura mientras haya harina —repuse sin achicarme—. Llevo semanas sin recibir harina, y mejor ni hablar de manteca o levadura. Y con los precios del mercado negro solo podría hacer pan para los ricos, imperdonable en el barrio. Y lo peor es que esto no tiene para cuándo arreglarse.

El Doctor miró a su alrededor y luego a través de la puerta hacia la cocina, cerciorándose de que no hubiese nadie cerca. Me hizo un guiño para que lo siguiera al escritorio. Atravesamos el piso de madera de la casona y llegamos a una sala amplia, de paredes claras y cuadros bellamente enmarcados, donde había un tablero de ajedrez de grandes piezas labradas en marfil y una colección de figuras de greda, que él dice que son huacos peruanos de antes de que Colón llegara a América. Se detuvo junto a la puerta que da al jardín y la piscina, donde la luz del día le arrancó fulgores a sus espejuelos. Siempre le han gustado los espacios iluminados. En el taller de Demarchi solía sentarse al lado de la ventana. El amor por la luz le viene de las casas de Valparaíso, que miran al Pacífico empinándose por sobre los techos de otras casas de la ciudad. Se acarició el bigote, parpadeó tras las gafas y luego estiró el cuello y me dijo en tono grave:

—Le recuerdo, compañero, que está hablando con el presidente de Chile y no con una agencia de empleos. La historia me colocó en el sillón de O'Higgins para conducir al país hacia un futuro promisorio y luminoso, no para resolverle los problemas domésticos, por dramáticos que sean, a una sola persona.

—Discúlpeme, Doctor, pero usted sigue siendo igualito a como era en el taller del zapatero. Hasta sigue jugando al ajedrez —indiqué con las cejas hacia el tablero— como cuando éramos amigos en el cerro Cordillera y yo lo derrotaba en todas las partidas...

—¿A qué se refiere? —Se detuvo en medio de la sala con las palmas de las manos apoyadas en los riñones, mirándome entre picado y curioso.

—A que allá también era buenazo para la teoría, Doctor. Se aprendía de memoria los textos que nos recomendaba Demarchi y repetía sus ideas y hablaba harto florido. Discúlpeme que le diga todo esto con la confianza que me da haberlo conocido en otras circunstancias. Pero de la vida misma, de la calle, de la pega, del dolor y la angustia de la gente de carne y hueso de las barriadas, usted no sabía mucho...

—¿Vino usted acaso, compañero, hasta la residencia de los presidentes de Chile a llamarme la atención? —Agitó un índice, airado—. No se lo voy a permitir por ningún motivo, ni siquiera por la historia que nos une. Me paso noches en vela tratando de resolver los problemas que nos causan la reacción y el imperialismo, no pego pestaña tratando de sacar al país del subdesarrollo y la explotación y de superar sus paupérrimos índices socioeconómicos y sus escandalosas diferencias sociales, así que no estoy para que me falten el respeto, compañero.

—¿Ve lo que le digo, Doctor?

—¿Cómo? ¿Me lo puede explicar? —Su tono se volvió amable.

—Yo le digo que no tengo harina y usted me responde con el subdesarrollo, yo le digo que me quedé sin panadería, y usted me responde con las diferencias entre pobres y ricos, yo le digo que no tengo con qué parar la olla y usted me responde con la explotación social...

—Siéntese, compañero —repuso tras soltar un suspiro. Me indicó la silla cerca del ajedrez mientras se detenía junto a una mesa de patas altas, con figuras de porcelana blanca, y se cruzaba de brazos—. Me temo que usted se convirtió en un pequeñoburgués por culpa de la panadería. Si ya hasta piensa y habla como un pequeñoburgués.

—Solo estoy hablando como el dueño, harto jodido, por lo demás, de una pequeña panadería, Doctor.

—Los problemas del país se deben a que enfrentamos un período de aguda lucha de clases porque queremos construir una sociedad nueva, más justa y humana, a lo que la burguesía y el imperialismo se oponen con todas sus fuerzas. ¿O ya se le olvidaron las lecciones del viejo Demarchi?

—Yo no necesitaba libros para entender mi vida, Doctor.

—¡Mejor aún! Y como estamos en esta etapa álgida, bloqueados además financieramente y de forma implacable por las potencias occidentales, y sufriendo el acaparamiento estimulado por los ricos, enfrentamos graves problemas de abastecimiento. ¿Le cuaja por lo menos esa explicación?

—Me cuaja, pero no me llena el plato, Doctor.

Soltó un resoplido. Esta vez de impaciencia. Sé que es el presidente de la República y yo un simple panadero, pero tengo mi dignidad. Allí estaba él, escrutándome a través de los cristales, perdiendo su tiempo, sin poder irse, como si un poderoso hilo invisible nos atara. Mientras me miraba con sus ojos oscuros, ladeaba la cabeza como un zorzal que busca lombrices en la tierra, incómodo desde luego conmigo, pero sospecho que más incómodo consigo mismo.

—Este sí es un juego de ajedrez, Doctor —comenté apuntando al tablero para suavizar la conversación.

—Hecho a mano. Marfil de la India —dijo con orgullo—. Ya jugaremos algún día una partida.

—Le ganaré como cuando éramos jóvenes —afirmé sonriendo.

Él se limitó a rascarse el cuello, no muy feliz. Luego sacudió la cabeza como si espantara zancudos o un mal recuerdo, y se acercó al tablero a coger el rey blanco.

—Mire, compañero —me dijo serio—, ahora tengo un compromiso ineludible, pero en estos días voy a ver qué puedo hacer por usted. Y no se haga ilusiones, que a estas alturas de la vida no me gana ni a cañones.

13

Regrets I've had a few
But then again too few to mention
I did what I had to do
And saw it through without exemption.

FRANK SINATRA, *My Way*

¿Dónde me oculto?, me pregunté, aterrado. Un Stealth de ventanillas negras me perseguía a altura rasante. Yo intentaba esquivarlo conduciendo un coche contra el tránsito, cruzando puentes y túneles, avanzando como un bólido por vías elevadas, girando en edificios de estacionamientos en medio del chirrido de neumáticos. El avión, sin embargo, me seguía con su mirada negra, dispuesto a disparar sus misiles. Alcancé a llegar a mi casa en Mineápolis y me refugié debajo de la mesa de billar, a la espera de una muerte segura.

Fue en eso que desperté. El corazón me galopaba. Yo sudaba agitado y con las manos crispadas en mi cuarto de hotel... La pesadilla había sido más real que la vida misma. Me levanté a mojarme la cara y cuando lo hice, me vi en el espejo del baño, pálido, ojeroso y demacrado. El viaje al sur del mundo no me estaba haciendo bien. Abrí el refrigerador y me zumbé como desayuno una botellita de Johnnie Walker al seco.

¿Qué hacía en un país del cual no conservaba buenos recuerdos? Los rayos de sol traspasaban las persianas. Caían en diagonal sobre la alfombra y el cubrecama. Yo estaba buscando a un hombre misterioso, traducía al inglés un cuaderno escrito con una letra endemoniada y trataba de cumplir el encargo de mi hija. Esa es la verdad, eso es lo que hago, me dije, sentado ante el escritorio, mirando hacia la calle.

¿Dónde estaría el joven, hoy de seguro un hombre maduro, del cual, imagino, Victoria se había enamorado cuando estudiaba en la escuela de antropología y arqueología en Santiago de Chile? Porque no podía sino haberse enamorado perdidamente de él si me había entregado la misión que ahora yo me esmeraba en cumplir. Me angustiaba que mi hija no me hubiese mencionado nunca que en los setenta tuvo una pareja chilena. ¿Lo había ocultado a propósito o yo andaba tan sumido en mis conspiraciones que no tenía tiempo para escuchar a Victoria? Me estremecí ante la pregunta mientras veía los automóviles que pasaban raudos en esa ciudad ahora próspera, moderna, vertiginosa, lo que demuestra que no nos equivocamos al destruir el comunismo y contribuir a levantar este modelo de libre mercado en beneficio de los chilenos.

Gente como yo también tiene su corazoncito y sus sentimientos, sus gustos y preferencias. No somos las bestias negras que pintan los comunistas. Ahora, sin ir más lejos, pienso en mi hija y el silencio que guardó sobre su vida. También yo tengo corazón. Gozo del jazz, disfruto del saxo de Coleman Hawkins y Ben Webster, adoro la trompeta de Lester Young, el piano de Gardner y el trombón de Jack Teagarden, y sucumbo ante la voz gruesa y entonada de Louis Armstrong. Pero en este instante me envuelve esta soledad funesta que jamás podré superar.

La conversación con mi antigua amante no condujo a parte alguna, como no fuera a la manida conclusión de que los años dejan su huella cruel. Hoy me cuesta concebir que en una época deseé ese cuerpo, esa piel y ese rostro hoy avejentados, a esa mujer que aún se ve bien conservada y elegante, pero que ya es simplemente mayor. Ahora me hallo frente al obstáculo que yo mismo contribuí a levantar: una ciudad que no reconozco a causa de sus rascacielos y barrios nuevos, que ya no domino porque perdí en parte su lengua debido a mis ausencias y la inmensa melancolía que siempre termina envolviendo la profesión del espía.

«Al agente lo espera una vejez pletórica de recuerdos que no podrá compartir con nadie», decía Bruce Morgan, mi amigo de Boston, que sirvió toda su vida a la Compañía y que hoy yace bajo una lápida de mármol en un pequeño cementerio de la East Coast.

Tal vez fue un error viajar a esta ciudad con la ilusión de que se abriría como el mar ante Moisés para conducirme a la orilla que busco. En lugar de estar aquí podría hallarme ahora mismo sentado frente a un café en un Starbucks de Mineápolis, hojeando libros en un Barnes & Noble o jugando al bridge en un crucero por el Caribe.

Aparté la urna con las cenizas de Victoria con una emoción que humedeció mis ojos, y me arrepentí. En rigor, no hay alternativa frente a lo que hice, admití mientras abría el cuaderno para examinar una vez más la letra endemoniada de quien lo escribió con fantasía y realismo. Supuse que solo el esmero en la traducción podría quizás ayudarme a ubicar indicios que condujeran a Héctor Aníbal.

Pero este país no me hace bien, pensé al apartar el diccionario hacia un extremo del escritorio. Mejor dicho: recordar mi pasado me perjudica, porque emerge cuajado de lealtades simuladas, de amistades artificiales, de cenas que deseaban quebrar voluntades o arrancar confesiones, de gestiones supuestamente personales que en verdad eran encargadas por Langley. Se trataba de acciones que buscaban desestabilizar al Chile de comienzos de los setenta, un país agobiado por el posible ascenso de Allende a la presidencia.

Entonces fingí ser un fotógrafo canadiense que vendía cámaras fotográficas y suministraba imágenes a revistas internacionales. Por razones de comodidad y conveniencia, me instalé con la familia en una casa situada no muy lejos del hotel en el que ahora me hospedo. Esto último no fue casual. Lo tramé así desde el comienzo. Quiero habitar en el mismo barrio donde viví más de dos decenios atrás con mi familia. Entonces mi misión consistía en impedir lo que la Casa Blanca consideraba inaceptable: que Salvador Allende, un marxista enemigo de Estados Unidos y aliado de Cuba y la Unión Soviética, ascendiera al poder por la vía democrática. Me enviaron en 1970 con el fin de que no se concretara lo que el secretario de Estado estimaba una irresponsabilidad —optar por el comunismo— de un país que históricamente había sido un aliado confiable de Estados Unidos. Extraje otra minibotella de Johnnie Walker, consciente de que a este ritmo podría recaer en los excesos del pasado. No hay espía invicto, pensé. Ni siquiera en las novelas de John Le Carré. En rigor, al espía lo desgarran hasta la tumba sus múltiples identidades, sus dobleces y pretextos, sus deseos irreprimibles por ser un día él mismo.

Sonó el teléfono. Atendí. Era mi antigua amante.

—Mi marido se está duchando. Ya ubiqué a la Keka Repnik del Río —anunció.

—¿A la Keka?

—Es la madre de una amiga de Victoria de la época del Nido de Águilas. Una de las pocas apoderadas que aún vive en Chile. Acuérdate de que los padres en su mayoría eran diplomáticos y ejecutivos de empresas internacionales.

—Me parece —dije sin disimular mi escepticismo.

—Lamenta mucho la muerte de tu hija y tu esposa. Le parece estupendo reunirse contigo cuando vuelva de Buenos Aires, donde anda comprando antigüedades.

14

Y allá un reloj que lejos da
las dos de la mañana...
Un arrabal obrero,
una esquina de recuerdos y un farol...

HOMERO EXPÓSITO,
VIRGILIO EXPÓSITO, *Farol*

¿Yo, un pequeñoburgués, porque tengo este boliche con el cual me gano la vida con mi mujer haciendo a diario batidos, hallullas y colisas, y el domingo pan amasado y empanadas de pino? ¿Pequeñoburgués? No ha entrado jamás a mi casita de bloques y techo de zinc, no tiene idea del frío que nos pasma aquí en el invierno ni del calor que nos achicharra en el verano, ignora cuánto me ha costado construir estas piezas y el baño, y el horno de barro, y me trata a mí de pequeñoburgués. Él, que nació en cuna de oro y a quien jamás le faltó un peso para vestir elegante y vivir en barrios exclusivos, ¿me acusa a mí de pequeñoburgués? Lo cierto es que sin harina ni manteca un panadero es como un pez sin agua. Y sin la panadería no podré comprar ni siquiera la bencina para mi noble y vieja camioneta, que ya está lista para el desguace.

De puro picado fui a ver a mi vecino, obrero de una industria metalmecánica y militante del Partido Comunista, ducho en asuntos ideológicos. Le pregunté qué es ser un pequeñoburgués, porque en verdad el Doctor me dejó metido con esa palabra, tan en boga en estos días.

—Está jodido eso —comentó Simón cuando salimos un momento a la puerta del bar, donde bebía cerveza y jugaba al dominó con unos compañeros. Lo noté incómodo, pues prefiere que no lo vean conmigo, un tipo que fue anarquista y hoy tiene un boliche propio, aunque la breve conversación con el presidente el otro día en el barrio me elevó los bonos.

—¿Por qué está jodido? —pregunté yo, soltando un eructo de cerveza.

—Lo explica Lenin al comienzo de la Revolución rusa en un discurso sobre eso y los mencheviques —agregó bajando la voz, asumiendo un aire conspirativo—. Pequeñoburgués es un profesional o pequeño comerciante que, a pesar de tener conflictos antagónicos objetivos con la gran burguesía y el imperialismo, se asocia a ellos y se deja llevar por sus aguas.

—¿Por sus aguas? —Miré el cielo. Estaba azul, despejado como tras una lluvia.

—Es una forma de decir.

—Una forma de explicar.

—Son sectores que vacilan, compañero. Gente en la cual la clase obrera no puede confiar porque se siente superior a los trabajadores y los desprecia. Lo advertimos en la actitud beligerante que muestran hoy los comerciantes y los transportistas, los agricultores y los colegios profesionales hacia el gobierno popular.

—¿Todos los comerciantes? —pregunté con las manos metidas en los bolsillos como si allí pudiera hallar migajas de explicación. En ese instante reparé en que mi blanca indumentaria de panadero hería los ojos de Simón bajo la luminosidad del día.

—Bueno, no todos. Pero sí los que apoyan a Rafael Cumsille, el líder fascista de los comerciantes.

—¿Y los panaderos con quién están?

Me clavó una mirada henchida de reproche.

—Los dueños de grandes panaderías son burgueses de tomo y lomo, y los de panaderías pequeñas son pequeñoburgueses —aclaró.

—Entonces yo soy un pequeñoburgués —concluí desalentado.

—Si vives de la plusvalía de tu mujer, así es...

—Pero lo cierto es que ambos vivimos de nuestro trabajo.

—Entonces no sé bien, porque si vives de la plusvalía de tus trabajadores... En verdad no sé —agregó encogiéndose de hombros—. Estas son ya cosas teóricas harto complicadas...

Le pedí que me dijera francamente si pensaba que yo, con mi panadería, era un pequeñoburgués, porque yo no lo sentía así o, mejor dicho, me sentía tan pobre y jodido como cualquier obrero de nuestra población. Se me quedó mirando un rato con sus ojos oscuros instalados bajo la frente encogida por el nacimiento de una cabellera negra, chusca y espesa. Jamás iba a quedarse calvo con ese escobillón en la testa, pensé.

—Mire, mi amigo, para qué vamos a decir una cosa por otra. Usted, sin darse cuenta, ya es un pequeñoburgués si vive del sudor de su esposa, siente como capitalista y le hace olitas al gobierno popular. —Simón sonrió entre los dientes—. Y si ahora deja de hacer pan para acaparar harina y revenderla en el mercado negro, capaz que sea no solo un pequeñoburgués vacilante de los que habla el camarada Lenin, sino también objetivamente un enemigo de la revolución...

15

I am sailing, I am sailing,
home again, 'cross the sea.
I am sailing, stormy waters,
to be near you, to be free.

SMOKIE, *Sailing*

La Keka. No la había visto nunca. Pero ella se acordaba de mí como si hubiésemos sido amigos un cuarto de siglo atrás, cuando Victoria asistía al Nido de Águilas. Era gruesa, de ojos verdes y pelo canoso, tenía las manos descuidadas y su mirada penetrante intimidaba. Mientras almorzaba con ambas mujeres en el restaurante Agua de la zona oriente de Santiago, intuí que Margot la había mantenido al tanto de nuestra relación de amantes y que por eso me recordaba con nitidez.

—¿Entonces ustedes se conocen desde la época del Nido de Águilas? —pregunté tratando de decir algo cuerdo mientras nos servían las copas de pisco sour.

—De toda la vida —afirmó la Keka antes de encender un cigarrillo, y en ese instante me percaté de que tenía unos dientes pequeños, amarillentos.

—Y no lo vas a creer —añadió Margot—, somos las únicas madres chilenas del curso de nuestras hijas. Las demás eran extranjeras y obviamente se marcharon del país.

—¿Pero siguen en contacto con algunas de ellas?

Respondieron que a lo lejos y luego Margot alzó la copa anunciando que brindaba por la memoria de mi mujer y de mi hija, y por mi retorno a la ciudad donde yo había pasado años imperecederos. Así mismo dijo y lo apunto tal cual. Bebimos en silencio. El pisco sour estaba en su punto, ideal para ese caluroso día veraniego en la zona central. Luego cambié de tema para no continuar hablando de la muerte.

—Cuenta con toda mi ayuda en tu búsqueda —dijo al rato la Keka, apartando con los dedos un trocito de picadura de tabaco de entre sus labios.

Ordenamos lo mismo: de entrada locos, corvina grillé de fondo, y no costó nada seleccionar un sauvignon blanc Montes Alpha. En el estacionamiento frente al ventanal del restaurante hacían nata los Mercedes, BMW y Cadillac último modelo, algunos con chofer de traje y corbata, como si la vista de los coches pudiese estimular el apetito. Después de paladear las láminas de loco, Margot me pidió que les mostrara la foto de mi hija con sus compañeros. La Keka la tomó con una mano, en la otra sostenía un cigarrillo, la estudió durante unos instantes y dijo a través de una voluta de humo:

—Tu hija es la del costado.

—Cierto —dije yo.

—Me acuerdo perfectamente de Victoria, aunque mi hija estaba un curso por encima de ella —afirmó Margot—. Tu hija era una muchacha especial. A pesar de ser gringa, tocaba guitarra, usaba en el invierno un gorrito boliviano de alpaca y, si no me equivoco, terminó estudiando sociología en la Universidad de Chile.

—Arqueología.

—La hija de un tipo que suponíamos de la CIA no era para nada una gringa típica.

Solté una carcajada.

—¿De la CIA? —repetí—. Pasé años difíciles tratando de vender cámaras fotográficas en un país que se caía a pedazos. Me salvaron las fotos que me compraron periódicos de Estados Unidos y Europa. Agradezco que me hayan atribuido una ocupación tan apasionante.

Mantuve la sonrisa por unos segundos, admitiendo en mi fuero interno que ese es el destino final de quien se dedica a lo que yo me dediqué: negar su verdadera labor a lo largo de la vida, simular que su existencia fue monótona, insignificante y triste, ajena a los vaivenes y golpes de adrenalina del espionaje. En esas circunstancias lo más indicado es pasar por un tipo inepto e inseguro, al que desbordan los asuntos prácticos de la vida cotidiana.

—Vamos, que eso no te lo cree nadie —retrucó la Keka—. Los agentes de la CIA nunca reconocen que son de la CIA. Además, aunque llegaste como canadiense, terminaste viviendo en Estados Unidos.

—Eso fue después —afirmé condescendiente—. Me instalé en Minnesota, donde prosperó mi negocio de cámaras, por lo que me quedé allí y me hice ciudadano.

Seguí sonriendo, pero no por mi antigua labor de espía sino por algo más profundo y emocionante: ahora se me hacía evidente que con mi mujer logramos que Victoria fuese una chica auténtica, honesta y útil a la sociedad. Siempre nos preocupó que la naturaleza de mi profesión, nutrida por el engaño y la simulación, contagiase de mala manera a nuestra hija.

—Victoria era muy especial —insistió la Keka—. Pero te quiero decir algo más: ninguno de los jóvenes que aparecen en la foto perteneció al Nido de Águilas.

—Es lo que también opina Margot —dije yo.

—De eso estoy segura. —La Keka apartó su plato—. No reconozco en ellos a alumnos de la época. Y tengo muy buena memoria. ¿De cuándo es esta foto?

Al reverso no había anotación alguna. Los jóvenes simplemente aparecen en esa borrosa foto en blanco y negro. Sonríen hacia el lente, embutidos en sus parkas, en un día invernal delante de una casa de dos pisos con una reja alta en la que se trenza una flor del inca, que podría estar casi en cualquier ciudad de Chile.

—No tengo idea de cuándo es la foto —expliqué. La Keka apagó el cigarrillo y dirigió su atención a la corvina que llegaba ahora a la mesa—. Pero me gustaría saber quiénes son los que la acompañan.

—¿Por qué? —preguntó esta vez Margot.

—¿Pero no escuchas lo que te digo? —reclamó airada mi examante—. David está tratando de reconstruir la vida de su hija en Santiago.

—Así es —tercié yo, suave.

—Perdóname, pero ¿no vivían en la misma casa? —inquirió la Keka.

—Claro que sí, y éramos una familia feliz —dije yo, lanzándole una indirecta a mi examante—. Pero hoy necesito saber más de la vida de Victoria. Necesito indagar en esos temas y detalles que no se abordan en las familias porque se supone que más adelante habrá tiempo para hacerlo... en fin, cosas que ya no puedo preguntarle a mi hija.

—No entiendo mucho —repuso la Keka sacudiendo la cabeza, antes de probar el sauvignon blanc—, pero voy a insistir en algo, David Kurtz.

—Tú dirás...

—Los rostros de esos jóvenes no corresponden a alumnos del Nido de Águilas.

16

¿Dónde comienzo a buscar a una persona llamada Héctor en una ciudad de seis millones de habitantes, cuya arquitectura y trazado apenas reconozco? Toda mi vida hice indagaciones respaldado por la Compañía. Mis pesquisas se iniciaban con un dossier que llegaba a mi escritorio con preguntas, pistas, datos y sugerencias. Era un esquema incompleto al que yo debía añadir fotos, comentarios, descripciones físicas o sicológicas de cierta persona o asunto, un apretado resumen de opiniones sobre algunas materias. Jamás comencé algo de la nada y por mi cuenta en un territorio hostil, como lo hago ahora.

Me levanté temprano y seguí traduciendo el cuaderno, pero ya no sabía qué pensar. Pese a la impericia del narrador, se trata de un relato vivo que me remite a una atmósfera verosímil. No soy ducho en el arte de las ficciones literarias, pero me pasé decenios escribiendo informes, porque al final a eso se reduce la labor de un espía, a redactar informes minuciosos, atestados de datos confiables, despojados de suposiciones. Se trata de presentar sobre la mesa un hueso bien roído de especulaciones. Por eso, lo que tal vez me anima a seguir traduciendo este texto es imaginar que los ojos de Victoria recorrieron antes que los míos esas mismas frases escritas con lápiz grafito, que se me antojan un sendero que se hunde como un cuchillo o un haz de luz por una selva espesa que al final permitirá nuestro reencuentro.

Algo más tarde me subí a un taxi para ir al barrio Macul, a la vieja casona que alberga la escuela de antropología y arqueología de la Universidad de Chile, donde estudió Victoria entre 1972 y 1973. Al bajarme comprobé que ya no es la sede de la escuela y que el barrio cambió de aspecto en forma radical. Un muro coronado de alambradas rodea hoy la construcción de dos pisos, almenas, balcón de concreto y tejado, que pertenece a una empresa electrónica.

Caminé hasta un café que queda frente a lo que era entonces el Instituto Pedagógico, y me senté a una mesa de la terraza, bajo un toldo de la Coca-Cola. Es época de vacaciones y el campus está vacío. En los años setenta esto era el centro de la agitación comunista, socialista y mirista. Un vaho a alquitrán asciende de la calle al cielo despejado haciendo ondear bajo mi mirada los muros rayados con grafitis de la universidad. Una pareja cruza la calle de la mano, seguida de un perro callejero. Nada, con excepción de los árboles, hoy más grandes y frondosos, queda de la época de mi hija.

¿Cuántas veces vine a dejarla a clases? ¿Tres o cuatro en dos años? Tres, más bien. No más. Los compromisos de mi labor me lo impedían. La Guerra Fría entre este y oeste no me daba cuartel. ¿De verdad? Tal vez no era solo eso.

Esta zona de la capital me causaba urticaria. La evitaba y temía. ¿Fue allí donde Victoria se tornó liberal o fue antes, en el ambiente conservador y supuestamente protector del Nido de Águilas? ¿Por eso prefirió esa escuela universitaria izquierdista del Tercer Mundo en lugar de nuestros *colleges* que se alzaban entre prados y parques bien conservados? Victoria no hablaba de política en casa. Yo estaba convencido de que sus compañeros universitarios venían de colegios particulares y barrios sólidos como el nuestro, y que eran opositores al régimen del Doctor. Ahora me asalta la duda. Tal vez sus amigos no eran de colegios privados, como lo sugirió la Keka, sino idealistas incorregibles de liceos públicos, como nuestros hippies de los sesenta, jóvenes simpatizantes de una revolución que, como toda revolución, no podía terminar bien.

Pedí un café preguntándome si no me convenía más contratar a un detective privado para que me ayudase a reconstruir la historia de Victoria y encontrar a Héctor. ¿No era preferible volver cuanto antes a la paz y vastedad de Minnesota, a la delicada gentileza y discreción de la gente del Midwest, a su tolerancia y las miradas afables entre la llanura y el cielo infinito? El rostro extenuado de mi Victoria de los últimos días emergió en mi cabeza como un reflejo en un lago crepuscular mientras desde mi mesa, frente a mi taza de café, contemplaba el paso de autos y buses.

—¿Muchos años aquí? —le pregunté al mozo, un gordo sudoroso.

—Siete. De lunes a domingo, de ocho de la mañana a seis de la tarde —me respondió mientras pasaba un estropajo maloliente por mi mesa.

Siete años no es nada, pensé. Supuse que el tipo tendría cuarenta. De seguir haciendo ese trabajo en el aire contaminado de la capital, apenas llegará a los sesenta, calculé.

—¿Dónde está ahora la escuela de arqueología que estaba a una cuadra de aquí? —pregunté.

—No sé adónde se fue, caballero. ¿Cómo voy a saberlo?

—Impresionante cómo ha cambiado el barrio en estos años —comenté para tirarle la lengua.

—¿Qué no cambia en la vida? —repuso él ahora desde otra mesa, limpiando con ahínco, escurridizo como una lagartija.

Solo en este país responden una pregunta con otra pregunta. Estos chilenos son un frontón de tenis que te devuelve la pelota. En mi país, si te presentan a alguien, tú lo recibes con los brazos abiertos y se convierte en tu amigo hasta que no pruebe lo contrario. Aquí todos son tus enemigos hasta que no te demuestren lo contrario. El mozo se alejó rehuyendo la conversación. Yo terminé mi bebida y dejé un billete con propina incluida. Salí lento del local, dándole tiempo al mozo para que reaccionara.

—Señor —me gritó de lejos.

Me volví. Él ya estaba junto a mi mesa con el billete en la mano. Parecía agradecido. Me hizo una seña para que lo esperara.

—¿Busca a alguien en especial? —preguntó guardándose el dinero en el pantalón.

—¿A quién puede buscar uno en un país que no conoce? —respondí antes de volver a la vereda fulgurante.

Sigo traduciendo la historia escrita en el cuaderno con la portada de Lenin. Me levanto a diario temprano, troto por las arboladas calles aledañas, y luego me ducho, desayuno y traduzco. Avanzo lento por culpa de la letra y las frases a veces algo ripiosas de este relato sobre el panadero amigo del presidente revolucionario. Imagino que esas páginas deben haber fascinado a Victoria y que esa es la razón por la cual las atesoró tantos años entre sus pertenencias.

Hoy, después de trabajar, me dirigí en taxi al centro histórico de la capital, la zona que en los setenta albergaba las sedes de los bancos y grandes empresas, los mejores bufetes de abogados y restaurantes, y que comenzó a decaer en los ochenta. Fui hasta el Palacio de La Moneda, una mole neoclásica, gris, pesada y algo monótona, que contemplé durante largo rato desde sus cuatro costados sin poder apartar de mi mente la imagen en que aparece envuelta en llamas y humo mientras la bombardean aviones de la Fuerza Aérea, el once de septiembre de 1973. Aunque pasen los años, para mí y el mundo, La Moneda sigue envuelta en llamas y humo, y dentro de ella siguen combatiendo Allende y su gente. Cuando salí discretamente de este país llevándome a mi familia de vuelta a Estados Unidos, aún humeaban sus ruinas.

Es curioso. Esta ciudad existe para mí simultáneamente como dos ciudades superpuestas. Una es la ciudad actual, moderna y vertiginosa, orgullosa y desmemoriada que ahora tengo ante mí, y que puedo oler, escuchar y palpar. La otra es la ciudad del pasado, que se confunde con mi propia historia bajo el cielo frío y gris del septiembre de entonces, cuando las calles olían a pólvora y muerte, y los helicópteros artillados desordenaban su cabellera de nubes negras.

Durante las noches regidas por el toque de queda, escuché gritos, tiroteos y explosiones, y luego la intimidadora sirena de ambulancias y coches policiales. La muerte rondaba por las calles. En ese sentido, la ciudad sigue siendo para mí la de antaño, cuando el país estaba irremediablemente dividido y cada sector político ansiaba imponer lo suyo rechazando el diálogo y la búsqueda de consensos. Chile era entonces un *Titanic* que navegaba a toda máquina en medio de la noche y la neblina cerradas, hacia el témpano más grande de su historia.

De La Moneda caminé entre vendedores ambulantes, bancos y farmacias hasta alcanzar Bellavista, un antiguo barrio residencial, hoy salpicado de restaurantes, cafés y galerías de arte, donde a mediodía flota todavía el sosiego provinciano del viejo Santiago. Exploré las sombreadas calles laterales, las fachadas de sus casas de un piso, e imaginé que el amor de Victoria por esa ciudad nació en barrios como estos y no en el barrio alto donde residimos.

Me llamó la atención una casa cuyas ventanas habían sido convertidas en vitrinas. En rigor, fue una mesa situada detrás del cristal o, mejor dicho, el mazo de naipes derramado sobre la superficie de la mesa, lo que me cautivó. Junto a los naipes había un letrero de cartón, escrito con plumón violeta: «Tarot. La llave para entender tu vida». Me detuve, seducido además por la sombra de los árboles y la convicción de que en ese cuarto con piso de tablas y paredes pintadas de azul, limpio y ordenado, manaba algo diferente.

Si bien mi religión luterana me hace desconfiar de videntes, adivinas y tarotistas, la calma y el misterio que flotaban en ese sitio me atraparon. Siempre he dudado de que un par de cartas echadas al azar puedan revelar tu futuro, mostrar lo que te espera en la vida, pues eso implicaría que ella ya está escrita. Para mí el porvenir lo labra uno mismo, a costa de esfuerzo y sacrificio, de actos mezquinos y generosos, a medias con las acciones de los otros y las circunstancias que encontramos.

Pero ante aquella salita tan original y acogedora, mis pensamientos se dirigieron hacia mi mujer y mi hija, hacia lo que habrían dicho al verme contemplando con curiosidad un mazo de cartas del Tarot en esta remota ciudad latinoamericana. Pensé también, no sin una pizca de rubor, en mis meticulosos excolegas de la Compañía: ¿qué habrían dicho al saberme allí, coqueteando con la superstición? Me volví por si alguien me espiaba, pero no había nadie en los alrededores. No obstante, algo incómodo y avergonzado, reanudé la marcha en dirección a la calle Purísima.

Pero antes de alcanzar la esquina, regresé sobre mis pasos sintiendo el fresco de la sombra que proyectaba el follaje. Un perro dormitaba más allá entre los autos estacionados. Pasé de largo ante la vitrina y me detuve esta vez en la puerta de la casa, con una mampara de vidrios empavonados, donde un letrero anunciaba el nombre de «Casandra» en letra violeta, escrita a mano.

Toqué el timbre.

A través del cristal vislumbré al rato una silueta que se acercaba.

18

Yo adivino el parpadeo
de las luces que a lo lejos
van marcando mi retorno.
Son las mismas que alumbraron
con sus pálidos reflejos
hondas horas de dolor.

ALFREDO LE PERA,
CARLOS GARDEL, *Volver*

Era un péndulo. Iba de ida y vuelta detrás de la mesa de su amplio despacho. Llevaba chaqueta negra de cuero y un chaleco de cuello alto blanco, y lo sentí apremiado por el discurso que debía pronunciar en una fábrica tomada por los obreros que exigían la expropiación, aunque él demandaba la devolución a sus legítimos dueños. Desde hace dos semanas el general Carlos Prats integra el gabinete como vicepresidente, lo que le permite al Doctor ahogar el paro de los transportistas, que agravó hasta lo indecible la falta de alimentos en el país.

—No entienden nada estos jóvenes del MIR —afirmó agitando las hojas del discurso en una mano. Estábamos solos en su despacho, al cual entraban y salían asesores trayendo nuevos documentos o consultándole cosas al oído, alejándose después sigilosos—. Son unos hijitos de papá que creen que ocupando fábricas y fundos, armándose y haciendo gárgaras con frases del Che Guevara y Fidel se hace una revolución.

Da lo mismo. En la ciudad el diablo anda suelto. En la Alameda se enfrentan a diario a pedradas grupos del gobierno y la oposición, mientras carabineros emplean los carros lanzagua y las bombas lacrimógenas para dispersar a los manifestantes, que responden a su vez con cócteles Molotov, pedradas y consignas. El país va al despeñadero. Las colas se alargan ante los almacenes y los mercados. Ya casi no circulan micros y los taxis cobran una barbaridad por llevarte un par de cuadras. La inflación se desató y han racionado la bencina. Como si esto fuese poco, un comando militar acribilló a simpatizantes del gobierno popular en el allanamiento a una fábrica tomada. En una foto del diario izquierdista *Puro Chile* aparece un poblador con un letrero que dice: «Este gobierno será una mierda, pero es el mío».

Se rumorea que pronto habrá también una huelga nacional del comercio y los profesionales, y un nuevo paro, esta vez indefinido y «hasta las últimas consecuencias», organizado por los transportistas de carga y pasajeros de todo el país. Si ese paro va, el suministro de alimentos colapsará por completo y el país caerá de rodillas como un hombre mortalmente herido.

—¿Y tú qué? —me preguntó el Doctor cuando levantó la vista de los documentos que tenía sobre el escritorio. Me miró de arriba abajo, creo que irritado, con la barbilla alzada, como un maestro defraudado por su alumno—. ¿Qué te pasa ahora?

—Se acabó mi panadería, Doctor —le confesé—. Se lo cuento con el dolor de mi alma. Cerré la semana pasada. En ninguna parte se consigue ya harina, sal ni manteca. Estoy *kaputt*, sin insumos ni trabajo.

—¿Y no fuiste a los almacenes estatales a buscar harina, como te sugerimos?

—Lo hice, Doctor.

—¿Y entonces? —Se inclinó sobre el borde del escritorio y comenzó a rubricar papeles tras examinarlos fugazmente.

—Me dijeron que no me hiciera ilusiones.

—¿Cómo que no te hicieras ilusiones? —Seguía firmando.

—Sí, porque hay trescientas cuarenta y siete panaderías más esperando lo mismo desde hace meses. Con suerte podrían entregarme un par de sacos en diciembre.

—Diciembre está a la vuelta de la esquina.

—Es que el pan es un asunto diario, Doctor.

—Pero está a la vuelta de la esquina. Además, en diciembre voy a Moscú y, usted sabe, compañero, la Unión Soviética es el principal granero de trigo del planeta. Volveremos con las alforjas llenas de trigo y levadura y sal y todos sus famosos insumos. Habrá pan hasta para tirar al cielo.

—Pero es demasiado tiempo.

—¿Cómo que demasiado tiempo?

—Tengo la mala costumbre de comer todos los días, Doctor. Igual mi mujer.

El Doctor se puso de pie y comenzó a pasearse con las manos en los bolsillos del pantalón. Me escuchaba, o tal vez pensaba simplemente en otro asunto, en un problema peor del que yo le contaba. Pero no quiero confundir las cosas, no quiero incluir aquí, en esta descripción del diálogo, mis modestas especulaciones. En este cuaderno me limito simple y llanamente a recordar nuestros diálogos, tal como fueron, sin ponerle un ápice de mi propia cosecha.

—Necesito que me eche una mano, Doctor —me animé a decirle.

Entonces se detuvo en medio de la sala y me miró con el ceño adusto, sorprendido. Parecían almendras sus ojos detrás de las gafas de gruesos marcos negros. Su cabellera brillaba como en un anuncio de Glostora.

—¿A qué se refiere, compañero? —preguntó serio, renunciando de nuevo al tuteo.

—A si no tiene una peguita para mí aquí, Doctor.

—¿Aquí, en La Moneda?

—Sé hacer pan, cocinar, manejar, limpiar, lustrar zapatos —afirmé con mis ojos puestos en sus mocasines cafés de hebilla dorada—. Recuerde que soy panadero y que fui cocinero en barco ballenero, donde de la nada uno hace todo.

El Doctor se cruzó de brazos e inclinó la cabeza hacia un lado, pensativo. Carraspeó, pero se mantuvo quieto durante unos instantes, como una estatua. Luego caminó hasta su escritorio y se sentó en la silla detrás de él.

—Al último compañero que contraté aquí lo dejé a cargo de la noria de palacio —agregó—. De una noria que no tiene ni agua. Y creo que el compañero ni cuenta se ha dado... ¡Cómo andará esto!

—Usted me disculpará, Doctor, pero a juzgar por el polvo y las pelusas que veo en estos salones, creo que no le vendría mal que yo les echara una manito de gato. Aún hay harto por hacer aquí, Doctor...

—Es el polvo de la historia, Cachafaz. No se va nunca.

—Eso cree usted, Doctor. Yo puedo dejarle en unos días La Moneda como nueva, como si la hubiese construido usted.

El Doctor sonrió sin despegar los labios.

—Eres el compañero de juventud más duro de cabeza que tengo —comentó, mirando de reojo los guardapolvos del despacho—. Déjame darle vueltas al asunto. Estamos en medio de problemas infernales, así que ven a verme en unas semanas. Algo se me ocurrirá. El compañero presidente nunca deja a un amigo a la deriva.

19

How does it feel
How does it feel
To be without a home
Like a complete unknown
Like a rolling stone?

Bob Dylan,
Like A Rolling Stone

Me abrió la mampara una mujer pálida como la luna. Tendría unos treinta y cinco años, una cabellera oscura, larga y lisa, y unos ojos café escrutadores. Vestía una túnica negra.

—¿Casandra? —pregunté.

—Soy yo —repuso con suavidad. Del interior de la vivienda me llegó un aroma a incienso.

Cuando le dije que venía por una consulta, me hizo pasar a la salita que se veía de la calle a través de la vitrina. Me invitó a tomar asiento mientras echaba las cortinas de modo que no pudieran vernos desde afuera. Luego me ofreció té. Le dije que acudía por primera vez a un sitio como ese y que era un escéptico, pero que atravesaba por una etapa en la cual el Tarot tal vez podría ayudarme.

—Anda buscando respuestas, como todo el mundo —repuso Casandra.

Salió del cuarto y volvió con una bandeja con una jarra y dos vasos. Sus manos, largas y blancas, elegantes, vertieron el té con movimientos lánguidos.

—¿De quién desea hablar? —preguntó ubicándose al otro lado de la mesa.

—De mí.

—Usted es extranjero, ¿verdad?

—Canadiense —mentí como lo hice tantas veces cuando me preguntaban fuera de Estados Unidos de dónde venía. Canadá es una bendición. Nadie la odia, a diferencia de lo que ocurre con mi país—. De Ottawa.

Me explicó que necesitaba tener alguna noción sobre mi persona, ya que de eso dependía el modo en que disponía las cartas. Le hablé de mí aunque de forma vaga y no le revelé que trataba de reconstruir el pasado de mi hija, pero le dije que intentaba repasar lo que había sido mi estadía anterior en Chile.

—¿De qué época estamos hablando? —Posó con dulzura sus ojos en los míos.

—De hace veinticinco años.

—¿Dejó un amor o un dolor aquí?

—Un amor y un dolor.

—¿Y busca ahora a las personas que le causaron esos sentimientos?

Protesté diciéndole que suponía que era ella quien debía hablarme de mi vida y mi futuro, no yo.

—Con las cartas no anticipo el futuro —explicó con frialdad—. Soy tarotista, no adivina. Con las cartas solo puedo explorar las vías que usted recorre para llegar a lo que busca. Aquí no hay artes adivinatorias —bajó la voz—. Las cosas son como las semillas, siempre germinando. Por eso albergan el pasado y el futuro.

Saboreé el té. Era de jazmín. Su fragancia mezclada con el incienso me relajaron.

—Busco a una persona y quiero saber si podré llegar a ella —dije paseando la vista por las paredes azules de la sala. Desde un altavoz la música de una cítara me hundió en un sopor agradable. Imaginé que al final de la vivienda, tras cruzar un pasillo de madera, habría una pila de agua, cubierta de vegetación tupida.

—En ese caso voy a tirar las cartas siguiendo la pirámide —anunció Casandra y apartó un mechón de cabellos de su rostro. Adiviné bajo la polera de lino la sombra de sus pezones. Una excitación tenue, acariciada por las notas de la cítara, se apoderó de mí—. La pirámide nos permite explorar situaciones que se prolongan en el tiempo y la memoria.

Barajó las cartas, colocó el mazo sobre la mesa y me pidió que lo partiera. Después repitió la operación. Tenía las pestañas largas y tupidas como de muñecas. Finalmente tiró las cartas.

—Es el Tarot universal de Waite —dijo mientras construía con tres cartas la base de una pirámide—. Es confiable y la fuente de otros Tarot. Colocó dos cartas en hilera formando el segundo nivel de la pirámide, y en el vértice instaló solo una carta—. Aquí tenemos la pirámide. ¿Quiere que se la interprete?

Asentí.

Me explicó que la primera carta ubicada a la izquierda de la base representa los inicios de la relación con la persona que busco. La volteó, la observó y después me la enseñó. Era la II, La Gran Sacerdotisa.

—Es la carta más misteriosa del Tarot, porque le habla solo a usted, a su intimidad profunda, a esa parte que usted jamás revelaría —explicó Casandra—. ¿Ve detrás de La Sacerdotisa, entre los pilares, un velo que lo oculta todo? Solo La Sacerdotisa nos permite ver a través de él. Si usted está a punto de tomar una decisión importante, debe estar atento a los susurros y rumores a su alrededor, pues ellos pueden guardar las respuestas que busca. Pero La Sacerdotisa habla también de la dualidad que somos todos, de esa otra parte, oscura y secreta, que llevamos dentro.

—¿Debo actuar?

—No sé. La Sacerdotisa sugiere que usted avanza hacia algo desconocido, ajeno, sometido a influencias ocultas. No sabría qué más decirle. ¿Quiere que voltee la otra carta? Como está ubicada en el centro de la base de la pirámide, nos dará cuenta de un suceso esencial en relación con lo que usted investiga.

—Hágalo.

La viró para estudiarla y luego me la mostró. Era la carta XI, La Justicia.

—No es a la justicia terrenal a la que se refiere esta carta del Arcano Mayor —aclaró Casandra, sosteniéndola con ambas manos ante mis ojos—. Se trata más bien de la justicia que rige el universo, de las leyes que determinan el devenir. Si las violamos, traen aparejadas un feroz castigo. Como usted ve, La Justicia tiene una espada de doble filo. Cualquier acción que usted inicie tendrá un efecto, y usted ignorará el efecto hasta el instante en que se le presente. ¿Ve esa cortina, detrás de La Justicia?

—Se parece al velo de La Sacerdotisa —murmuré. La cítara resonaba como una vertiente derramándose sobre piedras.

—Se parece, pero esta esconde las grandes maquinaciones del universo. Usted no conoce el sistema, porque está vedado para nosotros, pero en algún momento su acción repercute en alguien y, de algún modo, termina por repercutir en usted.

—Una cadena de causas y efectos.

—Así es —dijo Casandra e instaló una pausa durante la cual me sostuvo su mirada de ojos profundos e inquisidores—. Quizá solo en ese momento uno llega a notar cuál fue la acción inicial que puso en marcha la secuencia, la que impulsó las maquinaciones a espaldas de La Justicia. Esta carta nos recuerda que el pasado sigue vivo, aunque lo creamos muerto, y que determina nuestro presente. ¿Quiere que siga?

Un influjo extraño, hipnótico, ejercían en mí su voz ronca, sus ojos y la marea acompasada de sus senos en la brisa que soplaba a ratos por la vivienda.

—Sigamos —ordené gozando la leve erección que sentí entre mis muslos, un placer cada vez menos frecuente a mi edad.

—Sigamos —repitió ella—. Esta es la carta sin número, El Loco —afirmó. Vi a un joven enfundado en un traje medieval, acompañado de un perro. Caminaba despreocupado por un campo sin percatarse de que se precipitaría a un abismo.

—¿Es el cero? —pregunté.

—El cero. El aliento inicial que impulsa todo lo demás. El Loco es la nada de la cual surge todo. No le presta atención a nada ni a nadie, no es ni bueno ni malo, solo echa a andar y no se detiene a pensar en consecuencias. Es la ingenuidad poderosa, que traspasa deslindes y umbrales. ¿Tiene sentido todo esto ahora para usted?

Vacié mi vaso recordando que estaba en una ciudad ajena investigando el lado oculto de la historia de Victoria. ¿Quién era El Loco en esa relación con mi hija? ¿Yo, con el trabajo que me consumía los días y me apartaba de la vida familiar, o Victoria, que mantenía entonces, sin que yo lo imaginara, una relación amorosa secreta?

—Sigamos —dije.

—¿Está seguro? —Me miró preocupada.

—Seguro. Sigamos.

—No olvide lo esencial de esta carta: no deje que nadie controle nunca su vida. Nadie sabe lo que deparan los viajes que uno emprende. —Casandra se había percatado de que las cartas me tocaban una fibra profunda—. Ahora veremos la carta que habla del presente.

—¿Se refiere al presente inmediato?

—A este momento en que usted está aquí...

Cogió la carta de la izquierda, situada en el nivel intermedio de la pirámide, y me la mostró. Era la VI.

—Los Amantes —dijo y apretó los labios—. Habla de la dualidad en la vida. Es un símbolo de la unión entre dos seres, pero plantea al mismo tiempo interrogantes sobre la pareja que se ha elegido. Indica una relación sexual perfecta, aunque no libre de conflicto. Es una relación que debe ser alimentada de forma permanente.

—Siga a la otra —dije, compungido por el significado de la carta, que solo podía entenderse con respecto a la relación entre Victoria y Héctor.

—La otra es la del lado derecho —dijo y la volteó—. Le salió la I, El Mago.

—¿Qué representa El Mago?

—La voluntad, la capacidad de una persona para hacer cosas concretas. Es diferente a El Loco, que no produce nada concreto. Para eso emplea fuerzas externas, que convoca, organiza y dirige. Cuando a uno le aparece esta carta, se supone que uno está listo para actuar, porque puede no solo controlar las fuerzas externas sino también servirse de ellas. Por fin está en condiciones de proceder y de lograr lo que anhela, pues se siente seguro y confiado.

—¿Es buena, entonces?

—No lo sé. Solo sé que ahora usted puede actuar.

—¿Y la última?

—En su cúspide está el VII. —Me la mostró—. La Carroza.

—¿Qué significa?

Acarició la carta con la yema de los dedos y luego la cubrió con una palma.

—Es la carta de quienes alcanzan algo importante —añadió—. Habla de la disciplina para lograr los objetivos. Solo si aprende a dominarse a sí mismo podrá dominar a los demás. Todos sabemos que es más difícil controlar nuestro lado débil e inconfesable que a nuestros adversarios. Ahora usted estará en condiciones de emplear la fuerza universal si logra dirigir sus caballos en la dirección anhelada. Pero dígame, ¿tiene esto realmente sentido para usted?

20

El taxista detuvo el coche frente a una casa de muros blancos del barrio de Ñuñoa y me anunció que esa era la escuela de antropología y arqueología. Subí presuroso unas escalinatas, crucé una puerta y me encontré ante una secretaria sentada a una mesa. Cuando le dije que buscaba el certificado de estudios de una exalumna, me sugirió que fuese al edificio central de matrículas. Quedaba lejos.

—¿Puede al menos confirmarme que esta persona estudió aquí? —pregunté evidenciando mi desaliento.

—¿Cuándo?

—De 1972 a 1973.

—¿Cómo se llama?

Le di el nombre. La mujer se dirigió a una sala cercana. Volvió sonriente.

—Pase a la oficina del director —anunció—. El profesor Marchant lo espera.

Era delgado. Los rizos de su melena desbordaban el cuello de su chaqueta. Me miró como si me hubiese estado esperando desde hace mucho.

—Aquí llega gente a buscar a exalumnos y profesores. Me interesa ayudarlos pues así reconstruyo la historia de este departamento. Una deformación profesional, desde luego. —Me indicó una silla—. ¿Qué es usted de Victoria?

—Su padre. —Me senté.

Extrajo con parsimonia un cigarrillo de una cajetilla y lo encendió, apoyado en el respaldo del sillón. Aspiró el humo con fruición, pensativo.

—Me acuerdo de ella, porque estaba un curso debajo del mío —dijo expulsando el humo por la nariz—. Entonces era la única canadiense de la escuela, allá en el barrio de Macul. Ojos y pelo claros. Creo que venía del Nido de Águilas, algo raro. Se fue de aquí abruptamente después del pronunciamiento militar. ¿Tuvieron problemas? —preguntó preocupado, como si aún gobernasen los militares.

—Solo mucha inseguridad por lo que pasaba —dije—. Preferí llevarme lejos a la familia.

—No le culpo. ¿Y cómo está Victoria ahora? ¿Sigue en Canadá?

—Murió.

—¿Murió? Lo siento —dijo Marchant consternado—. Lo siento, de veras. ¿Cuándo?

—Hace unas semanas. Cáncer —dije para no entrar en detalles.

—Lo lamento, señor Kurtz. —Soltó un suspiro y se humedeció los labios con la lengua. Ahora entornaba los párpados para observarme—. ¿Podemos ayudarlo en algo?

Le dije que si me entregaba el certificado de notas y el nombre de los amigos de Victoria, me ayudaría mucho.

—Me propongo reconstruir su paso por este país —añadí—. Yo era comerciante entonces y no tenía mucho tiempo para ella, en fin, ni para la familia. Usted entiende.

—Nos pasa a todos —repuso Marchant en un intento por consolarme, y se ordenó la melena con una mano. En la otra sostenía el cigarrillo con el brazo acodado en ángulo recto sobre el escritorio.

—Nos pasa a todos, pero lo notamos cuando ya es demasiado tarde —apunté, crispado.

—Nunca es tarde, señor Kurtz —replicó Marchant antes de darle otra calada al cigarrillo—. No sé quiénes eran los amigos de su hija, pero alguien debe recordarlo por ahí. Después del golpe militar, muchos se fueron. Al exilio, a provincias. Otros desaparecieron para siempre. Seguro que ella dejó amistades. Trataré de averiguar algo. Déjeme un número donde localizarlo.

21

Yo he vivido dando tumbos,
rodando por el mundo
y haciéndome el destino;
y en los charcos del camino
la experiencia me ha ayudado.

HOMERO EXPÓSITO, HÉCTOR STAMPONI,
Qué me van a hablar de amor

Llegué antes de las siete de la mañana a la casona y me tomé mi vaso de agua de costumbre. Nada como un buen vaso de agua fría temprano para facilitar la digestión y reanimar el cuerpo. En la casona se toma agua pura. Llega en botellones de un manantial, y por ello no sabe a cloro ni a cañerías oxidadas. El desabastecimiento continúa, así como las disputas callejeras entre opositores y seguidores del gobierno, y ahora sí que ya no queda ni rastro de harina ni manteca. Desde que le eché candado a la panadería, uso mi camioneta repartidora de pan solo para fletes ocasionales que se presentan.

Es un buen día. La mañana despuntó nublada en la cordillera, pero el sol se las fue arreglando para asomar entre los nidos de nubes con fondo azul. Un escolta me dijo que esperara en el repostero, al lado de la cocina, cerca de otro tipo de terno y corbata, que dormitaba en una silla junto a la escalera que asciende al segundo piso, hacia el reino de doña Tencha.

—¿Y no te ofrecieron café? —preguntó el Doctor cuando llegó por el pasillo. Venía fresco como una lechuga, recién duchado, sobándose las manos.

—No, Doctor.

—Estos marinos, muy educados en la tradición británica, pero no se comportan como verdaderos *gentlemen*. Me los envió la Marina, cocinan bien, son serviciales y eficientes, pero se les escapan detalles. A ver —dijo alzando la voz en dirección a la cocina—, que alguien nos traiga café, tostadas y jugo de mango.

Como el Doctor andaba sin chaqueta, aproveché de admirar su impecable camisa blanca, recién planchada y almidonada, sobre la que ardía una corbata carmesí. Bueno, y llevaba un pantalón gris perla, de rayas planchadas seguramente con regla, y sus zapatos negros refulgían como piso de monasterio.

—Conversemos que el tiempo apremia —me dijo.

—Usted apurado como siempre —comenté.

—Es que la política es como el ajedrez. Hay que adivinar la próxima jugada del adversario.

—Que a su vez adivina la de uno, decía Demarchi.

—Y por lo tanto uno debe adivinar la que el adversario adivina —agregó el Doctor con voz nasal, sonriendo como lo hace él desde siempre, torciendo la boca.

—Y el adversario se imagina que uno ya adivinó lo que él estaba adivinando y así hasta el infinito.

—Al final todo el juego se define en la primera movida —resumió el Doctor, acomodándose el nudo de la corbata en el cuello—. ¿Y cómo va la panadería?

Le expliqué que la cosa iba de mal en peor y que los vecinos me habían apedreado el local cerrado, pues creían que me había unido a la causa de los especuladores o la oposición o, como dice Simón, que estoy navegando en las aguas del enemigo.

—Eso ya va a mejorar —afirmó el Doctor cruzando las piernas—. Pero si no es así, te ayudaré. Pese a mis obligaciones en este cargo, no dejo botado a un amigo de juventud.

—Gracias, Doctor. Mi situación es delicada.

—Como la de muchos pobladores, compañero, como la de muchos pobladores, así que tampoco es razón suficiente para dramatizar en exceso.

—Es que un panadero sin harina es un pez sin agua, Doctor.

El mozo colocó sobre la mesa de centro una bandeja con café, tostadas, mermelada y vasos con jugo de mango, algo que yo jamás había probado. Mi mejor desayuno en años.

—Bueno, vas a trabajar con los compañeros marinos si aceptas mi oferta —agregó el Doctor apurando su café sin azúcar.

—¿Con ellos?

—Sí, atendiendo los encargos que salgan. ¿Tienes algo contra la Armada?

—No, no.

—Y colaborarás con doña Mercedes, desde luego, gran mujer y cocinera. Me deleita con mis platos favoritos. Mano de monja para el estofado de cordero de Magallanes, la cazuela de ave, el hígado a la italiana, la torta mil hojas, en fin, para esos platos a los que me acostumbró Mama Rosa, que en paz descanse. Además es discreta como una estatua. Tú también sabes ser discreto, ¿verdad?

—Claro que sí, Doctor —repuse desconcertado, porque pensé que los marinos de la cocina no podían ser muy discretos. Probablemente informaran al alto mando de cuanto ocurría en Tomás Moro 200—. Recuerde que el pan guarda secretos. Cada día el pan es el primer y último cómplice de los trabajadores.

—Me agrada esa metáfora, compañero. Pues bien —dijo aclarándose la garganta—, lo que puedo ofrecerte es que trabajes apoyando al personal de la casa. No es un gran salario, pero tampoco es malo. Cuando triunfe el socialismo será mejor.

—No soy fijado, Doctor. Lo que sea me conviene. ¿Qué tendría que hacer?

—Me dijiste que tienes una camioneta, ¿verdad?

—Una Ford de 1937, sin un rasguño, a mucha honra. Brilla como una colisa a punto. Está afuera. ¿Le interesa verla?

—No hace falta. Lo tuyo será hacer mandados: ir al mercado o la Vega Central, retirar conservas de algún almacén, ordenar la despensa, procurar que no falte nada, apoyar a los mozos. Ya Mercedes te explicará los detalles. En el fondo, debes estar disponible para los encargos de la residencia, que son muchos y variados, como puedes imaginar.

—Suena bien, Doctor. Con mucho gusto —repuse emocionado.

—Aunque esta pega esclaviza, porque un presidente no tiene horario.

—No se preocupe, Doctor. No le hago el quite al trabajo. Estaré con gusto a su servicio. Y si no es mucha la molestia, ¿cuánto será mi sueldo?

El Doctor se puso de pie sin haber tocado las tostadas y dijo:

—Esa parte ya te la comunicarán los compañeros administrativos. Pero no te preocupes, porque ahora comienza en esta casa una nueva etapa de tu vida, Rufino.

22

Los primeros días fueron de agitación pura, como cuando a uno se le está por quemar el pan en el horno. Primero puse en orden la bodega de conservas y la de vinos, en el subterráneo de Tomás Moro, donde incluso había muchos tarros aún en las cajas de cartón. Luego me tocó ir por un encargo a la embajada de Bulgaria, no muy lejos de nosotros. Allí, unos mozos de chaqueta blanca y pelo corto, silenciosos, con aspecto de guardaespaldas gruñones, cargaron en la Ford cajas de conservas que no son de acá, pues tienen letra cirílica. En algunas etiquetas vi dibujos de berenjenas y en otras de pimentones rellenos con carne y arroz. Berenjenas y pimentones de Bulgaria, supongo. En otra oportunidad trasladé desde la embajada soviética tarros con etiquetas que mostraban dibujos de vacas, rusas a juzgar por la letra, y frascos con un puré de manzana, llamado al parecer *Kompott*. Y también fui a la embajada de Yugoslavia a buscar un venado ahumado que el Mariscal Tito le enviaba al Doctor envuelto en un saco blanco. Parecía un cuerpo amortajado.

—Denle un bocadito antes a los gatos —ordenó el jefe de los escoltas mientras descargábamos el animal en el patio trasero de la casona—. No confío en la tercera vía de los yugoslavos...

Otro día conduje hasta unas bodegas de acopio en el otro extremo de la ciudad, donde retiré cajas de alimentos en latas.

Eran de pomarola, atún, leche vaporizada, café en polvo Tres Montes y cascos de duraznos al jugo, los que, según Mercedes, deleitan al Doctor con algo de crema chantilly.

—Cuida mucho la línea —comentó Mercedes en voz baja, alzando las cejas—. Tiene el cuerpo de un cuarentón a pesar de que va para los setenta, ¿se ha fijado? Claro, también hace mucho ejercicio, sale todas las mañanas a hacer gimnasia con los escoltas y dicen que cuando joven fue un gran deportista. ¿No lo sabía?

Me acuerdo de eso. El Pije —como le decíamos— fue campeón chileno de natación y de cien metros planos en la escuela, y cuando lo conocí hacía pesas y flexiones, y también ejercicios para endurecer los abdominales. Era la época en que nos reuníamos en el taller de Demarchi a discutir sobre la historia del movimiento obrero y la extinción del Estado, y después el Doctor tenía citas con niñas de buena familia de Valparaíso o Viña del Mar.

El Doctor ya usaba anteojos, porque fue corto de vista desde joven, pero entonces la armadura era metálica, fina y redonda, similar a la que yo llevo desde que tenía treinta. La gente solía encontrarnos muy parecidos. ¿Ustedes no tendrán un antepasado común?, nos preguntó una tarde el zapatero Demarchi, que era un buen fisonomista, y además poco dado a las bromas y cauto con las preguntas. Y ahora que ambos, el Doctor y yo, estamos viejos, noto que seguimos pareciéndonos. Es como si ciertos rasgos comunes se nos hubiesen acentuado con los años. Tenemos la cara ancha, la frente vasta, el pelo oscuro algo rizado y espeso, los ojos brillosos y el bigote tupido, aunque el suyo ya blanquea y el mío sigue negro como carbón, pues estoy seguro de que la panadería lo conserva mejor a uno que la política.

—¿Sabe lo que le voy a decir? —me preguntó Mercedes a continuación. Desde un taburete, yo la miraba preparar la masa para unas empanadas fritas de piure. El piure con cebolla, ajo y perejil olía de maravilla en una cacerola. Para desplegar la masa, Mercedes no usa un uslero, como corresponde, sino una botella de Casillero del Diablo, el vino predilecto del Doctor.

—Si después me ofrece una empanadita, dígame nomás —respondí.

—¿Se ha dado cuenta?

—¿De qué?

—De que usted y el Doctor son como dos gotas de agua.

Me arrancó una sonrisa lo que decía, pues me trajo enseguida a la memoria a Demarchi, quien nos preguntó mucho por nuestro supuesto parentesco en común:

—Para nada —se apuró en aclarar, amoscado, el Doctor en esa tarde de viento y lluvia en que yo servía el mate y un barco encallaba frente a la caleta Portales—. Mis antepasados vinieron de España. Y los de nuestro compañero, de Italia.

—Pues de parecerse, se parecen —masculló Demarchi.

Y desconociendo las palabras que medio siglo antes había pronunciado el zapatero, Mercedes insistió sin dejar de pasar el uslero de vidrio sobre la masa:

—Son como dos gotas de agua. La misma altura, los mismos ojos, aunque los suyos están buenos en comparación con los del Doctor, que cuando se saca las gafas no ve nada. El mismo pelo, los mismos pómulos y el mismo bigote. Claro —agregó, dirigiéndome una mirada de soslayo—, a él se le nota a la legua que es todo un caballero...

—¿Y a mí?

—Usted perdone, pero seguro que me entiende —trató de relativizar lo dicho, pero ya había metido la pata—. Él usa palabras bonitas y tiene modales finos al hablar, anda con trajes de buena caída y usa corbatas de seda italiana, y hasta el brillo intenso de sus ojos y la forma en que infla el pecho revelan que es alguien importante. Pero, más allá de todas las diferencias, ustedes se parecen. Si usted se pusiese un buen terno y una corbata fina y usara anteojos con marcos negros de baquelita y, bueno, tuviera el bigote nevado, podría pasar por su hermano.

23

Holding back the years
Thinking of the fear I've had for so long
When somebody hears
Listen to the fear that's gone.

SIMPLY RED,
Holding Back The Years

¡Con que su nombre es Rufino, no Héctor Aníbal!, pensaba mientras iba a la vivienda de Casandra. El Doctor lo llama así en los apuntes. Es la primera vez que menciona su nombre. Rufino, no Héctor. Yo sabía que Victoria no podía haberse enamorado de un panadero. Confío en la educación que le dimos en casa. ¿O es Rufino el seudónimo y el aspecto bajo el cual se esconde quien redacta el cuaderno? ¿No será Rufino en verdad Héctor, y Héctor un escritor, diferente a Rufino, un joven entonces, alguien que hoy debe andar por los cuarenta y tantos o cincuenta?

Deslicé el sobre por debajo de la mampara de Casandra. Era una invitación a almorzar en el sitio que ella escogiera, aclarando que mi intención era que me sacara el Tarot y aceptara desde luego un pago por la consulta. Al agacharme ante los cristales empavonados e impulsar el sobre hacia dentro, me agobió la sola idea de volver a Estados Unidos con las manos vacías y que la traducción del texto no me acercara a Héctor ni a los amigos chilenos de mi hija.

Al final, este país que en los setenta contribuí a desestabilizar con la complicidad de militares, empresarios, políticos y profesionales, le echó el lazo del amor a mi hija y le impidió al final volver a enamorarse. Si yo le hice la vida imposible a esta tierra, su venganza consistió en frustrarle la vida a Victoria, en golpearme hasta el fin de mis días. Mientras caminaba al costado del Mapocho contemplando sus aguas sucias y espumosas, que bajan prístinas de la cordillera pero se tiñen de mierda en los recodos urbanos, me convencí de que los países, al igual que las personas, son capaces de lanzar maldiciones y ejercer venganzas.

Esa tarde, cuando avanzaba en la traducción y seguía en la duda de si Rufino era un ser real o una invención de otra persona, recibí un llamado de Casandra. Su voz fue como un rayo de luz esperanzador en esa jornada intensa, pues por la mañana había recorrido Peñalolén, comuna desde la cual el general Pinochet dirigió a buen resguardo el golpe de Estado y asalto final a La Moneda, donde Allende y sus colaboradores resistían.

A propósito de esto: a Pinochet me tocó verlo un par de veces en recepciones en embajadas y ministerios, cuando aún no era el jefe máximo del Ejército sino un subordinado directo del general Carlos Prats, hombre al que, según los rumores, ordenó asesinar en Buenos Aires. Eso sucedió un año después del golpe militar, mediante un atentado terrorista, del cual tuvimos información de primera mano, ya que uno de los operativos era agente doble de la Compañía. Recuerdo al general como un ser amurrado, esquivo y quitado de bulla, leal a Prats y al presidente, al menos en términos de apariencia. A nosotros nunca nos convenció del todo. A ratos, me refiero a los últimos meses de Allende, daba señales de buscar relaciones de confianza con nosotros, pero luego giraba en 180 grados y respaldaba de lleno al Doctor. Creo que buscaba solo su derrotero, uno en el cual él fuese su propio amo, y no quería convertirse en uno de esos dictadores militares que dependen totalmente de Washington. Esto lo digo ahora, decenios después, pero lo cierto es que nunca fue un hombre de confianza de Washington. Ni cuando tomó el poder. En rigor, el estadounidense jamás perdona al lugarteniente que asesina a su líder.

Después de Peñalolén, como decía, me dirigí a la Villa Grimaldi, una casona de estilo italiano, situada en una parcela de esa comuna donde el régimen militar torturó a detenidos e hizo desaparecer a opositores. Pero eso ocurrió cuando ya no estaba en Chile ni tenía responsabilidad por lo que allí ocurría. Tiempo después me enteré de que algunos oficiales que fueron enlaces míos antes del golpe dirigieron ese centro de detención, y también llegó a mis oídos que en ciertos casos los torturados, a veces aún vivos, a veces ya muertos, eran amarrados a trozos de rieles ferroviarios para ser lanzados desde helicópteros al Pacífico. En fin, la vida es de por sí dura y más dura es la guerra. Cuando llegué hasta Villa Grimaldi en la mañana, el portón estaba con candado. Una vecina me contó que no me perdía mucho, pues la casa fue derribada al final del régimen militar para borrar las huellas de los calabozos y las celdas de tortura, y que ahora solo había allí un parque en memoria de las víctimas. Tal vez pude haber entrado, pero decidí volver sobre mis pasos y atender mi propia causa, que es la de mi hija y mi familia.

Así que como el día había sido cansador, el llamado de Casandra devino en cierta forma un aliciente, aunque interrumpió mi tarea de traducir, ya sin mucha fe, las páginas pergeñadas del panadero frente a la foto de Victoria que me acompaña adonde yo vaya.

—¿De qué desea hablar? —me preguntó Casandra. Percibí que del fondo llegaba nuevamente la música de la cítara.

—De mi asunto. ¿No le apetecería almorzar conmigo?

—¿Por qué no viene al estudio, mejor?

—Preferiría cambiar de ambiente. No es que me disguste su vivienda, pero para serle franco le cuento que no necesito que me tire las cartas de nuevo, sino solo platicar.

—¿De qué?

—¿No se anima?

Soltó un suspiro y luego guardó un silencio que me anduvo desanimando. Luego preguntó:

—¿Conoce El Caramaño?

24

No queda lejos el restaurante El Caramaño de la casa de Casandra. Su especialidad: comida chilena. Está en Purísima, frente a un pequeño parque, en una antigua casa de tejado a dos aguas que, sospecho, se alarga como pasadizo hasta desembocar en un jardín interior con plantas y una fuente. Tal vez ella lo propuso por la calidad de su cocina, porque le resulta cómodo ir hasta allí o porque supone que es un buen sitio para llevar a un extranjero.

Elegí una mesa situada cerca de la caja registradora, entre el bar y la ventana que da a una calle por donde fluyen muchos vehículos. Por primera vez escogí en este país una ubicación expuesta. Tal vez se deba a que ahora me siento dueño de mi destino, libre de quienes lo controlaron durante decenios, indiferente a si alguien me ve o no conversando con otras personas. Mi vida ha dejado de ser secreta aquí y lo que busco es develar un secreto. ¿Quién podría identificarme veinte años después para vengarse? El olvido es el hijo consentido de la historia y el alero bajo el cual palpita la convivencia. No lo digo solo por este país, sino también por el mío, que también, quizá como todos, ha sido construido sobre el olvido.

—Pensé mucho en lo que me dijeron sus cartas —le comenté a Casandra cuando se sentó a la mesa. Venía otra vez vestida completamente de negro, aunque ahora llevaba una larga túnica de lino, ajustada a su cuerpo espigado, un sombrero de ala ancha, bajo el cual resaltaba la finura pálida de sus facciones, y una cartera de cuero en bandolera. Definitivamente, una mujer atractiva.

—Usted sacó la conversación de mi consulta para no hablar de cartas —apuntó ella—. ¿Por qué no nos presentamos?

Me gustan las mujeres directas, asertivas, que hacen valer su criterio. Le conté algo más de mí, enfatizando que fui comerciante y fotógrafo en los setenta, que el país me había cautivado y que ahora, viudo y sin mi única hija, exploraba una parte de la historia familiar extraviada entre el Pacífico y los Andes.

—Una tarea dolorosa, difícil, pero gratificante al final —comentó ella.

—No tengo un plan establecido. Simplemente exploraré los senderos que se abran —agregué—. Descubrí lo mismo que todo el que pierde a la familia: que no le dedicó el tiempo suficiente.

Un mozo nos trajo los pisco sours con unas empanaditas de queso y tomó la orden: entrada de locos en salsa verde para ambos, y corvina al horno para Casandra, congrio al vapor para mí. En ese instante Pedro Messone entonó una canción que yo asociaba con el Santiago de los disturbios de 1972, el prólogo de cuanto vendría después.

La historia de Casandra está llena de desplazamientos. Es hija de profesionales que se exiliaron tras el golpe de Estado de 1973, primero en Caracas, luego en la ciudad renana de Colonia. Regresaron a Chile en 1990, junto con la democracia. En 1973, Casandra tenía trece años, lo que le permitió adaptarse con facilidad a Alemania, hacer amigos en la escuela y aprender perfectamente el idioma. Sus padres sufrieron, sin embargo, porque no pudieron integrarse de la misma forma al país. Él era médico pediatra y ella profesora de arte dramático. Les tomó años validar sus títulos, y mientras esperaban y aprendían alemán, tuvieron que tomar los empleos que les ofreciesen, como si hubiesen sido emigrantes económicos sin capacitación.

—¿Entonces sus padres eran activistas políticos en Chile? —pregunté. Por primera vez conversaba con alguien que en cierta forma había sido víctima, quiérase o no, de mis propias acciones.

—Todos en este país eran entonces políticos —replicó Casandra.

—Lo menciono porque en Estados Unidos solo los políticos hablan de política. En las elecciones apenas la mitad de los ciudadanos vota. No sé si eso es bueno o malo para un país.

Al local comenzó a llegar una clientela juvenil con aspecto de artistas y poetas, de barba y melena los hombres, de larga cabellera suelta las mujeres. Todos vestían, al menos así me pareció, ropa *vintage*. Evidentemente se trataba de un local que congregaba a intelectuales de izquierda. Mientras observaba a su alrededor, Casandra comentó que en Alemania lo más difícil había sido crecer con valores diferentes a los de Chile. Además, la deprimía presenciar cómo a sus padres les agobiaba vivir en un barrio habitado por obreros turcos e inmigrantes de Europa oriental, sin saber cuándo podrían ejercer sus respectivas profesiones o regresar a la patria.

Pero al final los chilenos eran como los turcos, dijo. Vivían el exilio entre compatriotas, en su propio gueto, nutriéndose de la nostalgia por un Chile que ya no existía, que había quedado sepultado bajo la sociedad individualista y competitiva que instauró Pinochet. Le había costado sobrevivir en un barrio de viviendas sociales, con plazas de concreto y sin árboles, en cuyas esquinas los grupos se reunían por nacionalidades: allá los polacos, más acá los argentinos, por allá los búlgaros que odiaban a los turcos, y en su casa los chilenos, que se dividían a su vez en partidos políticos diezmados por la represión militar y la diáspora.

Su regreso a Chile fue complejo, precisó mientras paladeábamos los locos, acompañados de un cabernet de Colchagua. En 1990, a los treinta años, creyó haber alcanzado la felicidad: se había graduado en artes dramáticas en Colonia, al igual que su madre, tenía un novio ruso que pintaba al óleo y con el cual compartía un estrecho pero acogedor departamento de la Altstadt. Cuando sus padres regresaron a Chile, ella permaneció en Alemania junto al artista. Era veinte años mayor que ella, se dejaba una melena desgarbada a lo Einstein y tenía una voz profunda. Cuando caía en fases de completa sequía creativa, regaba sus días con vodka y los recuerdos de la ciudad que en su época juvenil se había llamado Leningrado. Un día en que Vladimir desapareció del departamento como solía hacerlo cuando caía en esos estados depresivos, Casandra agarró sus bártulos y cogió un avión de regreso a Santiago de Chile.

—Y aquí estoy —dijo, mirándome sonriente a los ojos.

—¿Actriz, entonces?

—Sí, pero no sin pega —aclaró—. Cuando murieron mis padres, vendí la casa de ellos en el barrio alto y me compré la que conoces. La quería para dedicarme a pintar y leer el Tarot, un arte que me enseñó en Colonia una estudiante persa exiliada por el ayatolá Jomeini. Y a eso me dedico.

25

Sollozaron los violines,
los fuelles se estremecieron,
y en la noche se perdieron
los acordes de un gotán.

JOSÉ CANET, MARCOS LARROSA,
Los cosos de al lao

De dueño de una panadería quebrada pasé a ser primer encargado del avituallamiento alimentario del Doctor en su residencia. Ignoro si hay un segundo, pero si es el caso, aún no lo he visto. Raro suena el cargo, pero mi labor consiste en ir a buscar —con discreción— los víveres para el Doctor, es decir, ir a ciertos lugares, que pueden ser almacenes o bodegas estatales, cuando no oficinas públicas, chacras o embajadas socialistas, a conseguir desde el pan diario hasta la carne de cordero magallánico que tanto le gusta, desde las lechugas y tomates hasta la lúcuma y la chirimoya, sus frutas predilectas, desde el betún para los zapatos hasta el almidón para las camisas, desde el jabón y el dentífrico hasta la gomina para el cabello y loción de afeitar, y también la crema con que se frota las manos.

Solo a veces me tocará, me anunció la artrítica doña Mercedes, hacer pan amasado. Y esto será cuando yo consiga una buena manga de arrollado huaso del Chancho a la Chilena, un legendario local de Valparaíso, carne que el Doctor come con fruición en las tardes de invierno, acompañada de una taza de café en polvo. Yo gozaría amasando pan para él. Lo haría contundente y con bastante harina y manteca, y lo dejaría dorar hasta un poquito antes de que se comience a poner muy tostada la cara de la hallulla. No es lo mismo ir a comprar el pan que produce un tipo que uno ni siquiera conoce, que puede echarle cualquier cosa a la masa, que ser uno mismo el panadero que se levanta antes del alba a acariciar algo que crece entre tus manos y alimenta al esforzado trabajador de la ciudad, a la digna mujer pobladora de la patria, a los niños que acuden cada mañana alegres a la escuela. (Estoy hablando como el Doctor).

Pese a que mi nueva labor es un privilegio del que me enorgullezco (no cualquiera trabaja para el presidente de Chile), sigo echando de menos mi delantal, mi gorra y mis pantuflas blancas, el beso húmedo y prolongado que prodiga la masa recién hecha, el perfume a levadura que inunda los pasillos y el amoroso aroma que despide el pan que se tuesta en el horno mientras el cielo se aviva lento con los primeros rumores que merodean por las calles.

Cuando niño soñé con llegar a ser un día zapatero como Demarchi, pero los años me empujaron del negro del betún al blanco de la harina. Pasé del olor a tintes y pegamentos a la fragancia del pan caliente, de las manos y mejillas ennegrecidas al rostro pálido y fantasmal del panadero, del duro claveteo contra la horma de acero a las delicadas caricias que espera la masa sobre la tabla de madera nudosa. Sí, dejé el taller del zapatero y escogí la luminosidad de la panadería, pero ahora transporto feliz en mi camioneta roja los alimentos para el Doctor, que escasean por las huelgas, los paros, las tomas, la inflación y los especuladores del mercado negro.

Me agrada salir cada mañana, antes de que Santiago despierte, a las avenidas desiertas a conseguir pan fresco en alguna panadería cercana, y volver con el canasto de mimbre atestado de batidos, hallullas y colisas cubiertos con un saco de harina para que el Doctor (y también sus escoltas) los parta con sus manos de dedos gruesos y luego los cubra con mantequilla y mermelada de ciruela. Qué alegría le causa el pan recién horneado al Doctor, a la señora Tencha y a los mismos escoltas que vigilan la residencia y conducen raudos la caravana de Fiat 125 azules por una ciudad cada vez más agresiva y peligrosa. Sí, lo sabemos. Hay gente dispuesta a acribillarlo con tal de detener la revolución, y por eso existe el resguardo, que, Dios quiera, preserve su vida por el bien de todos.

Después de que el Doctor se ha ido a La Moneda me dedico a ordenar los tarros de conserva en la penumbra fresca de la despensa. Me calma seguir las instrucciones de la meticulosa Mercedes, que conoce como nadie al Doctor, y ver cómo ella prepara sus pescados y carnes, sus cazuelas con mucho comino y las sopas marineras con hartas machitas, y trae de la bodega un tinto Casillero del Diablo.

Es apasionante trabajar en la residencia de Tomás Moro, porque imagino que es una ventana abierta a la historia. Cuando a veces pernocto en el cuarto situado en la barraca de los escoltas, aprovecho la tranquilidad de la noche para apuntar la lista de cosas por comprar el día siguiente y, lo más importante, para describir cómo ha sido mi día en este cuaderno de escuela importado de la Unión Soviética. Mis días aquí dan para una novela, en verdad. Y lo cierto es que todo comenzó hace medio siglo, cuando me topé con el Doctor en el taller del maestro zapatero Demarchi, la primera persona que nos habló del mundo, del anarquismo y el ajedrez.

Curioso esto de ir a buscar víveres o de llevar los ternos

manchados del Doctor a un servicio de lavado en seco, cuyos dueños son reaccionarios y no imaginan a quién visten esas tenidas de tanta calidad y elegancia. Divertido eso de cargar con los zapatos presidenciales hasta un zapatero de la calle San Diego para que le cambie el tacón derecho (que el Doctor gasta más que el izquierdo), y sin que ese zapatero sepa para quién en verdad está trabajando.

Cuando releo estas páginas escritas a la carrera que narran la labor diaria de un panadero frustrado, que perdió en su juventud al gran amor de su vida y se casó con otra mujer no tanto por amor sino más bien por agradecimiento, pues fue esa segunda mujer quien me ayudó a alimentar y educar al niño que tuve con Gricel... En fin, cuando releo estas páginas que escribo con lápiz y escondo bajo el asiento de la camioneta, entre las herramientas y la gata, por miedo a que alguien las encuentre, pienso que el día en que yo ya no exista, quien las lea (si es que alguien llega a leerlas), creerá que es una historia inventada, una novela, un cuento, una mentira, aunque es mi diario de vida de esta etapa inverosímil de mi existencia.

Si alguien en el futuro llegara a leer estas páginas, ojalá, eso sí, no extraiga la conclusión apresurada de que he vivido para el Doctor. Lo cierto es que he vivido para la vida, así de simple, para la vida, que es mucho más y mucho más rica e inspiradora que esto que estoy haciendo, que tiene un valor excepcional, pero que no es toda mi vida. Porque yo vivo para los míos, para mi mujer y mi hijo, para mis hermanos y para que este país sea un día mejor y más justo, con menos pobres y sin niños descalzos, y vivo también para recordar cuán feliz fui junto a mi bella Gricel y lo mucho que le debo a Amanda, pues ella ama y cree en mi hijo, un muchacho sano y risueño, que por desgracia me salió solo bueno para el guitarreo y la escultura, y nunca quiso seguir la huella de su padre y hacerse panadero.

Cuando acudo a la Vega Central o busco vinos para la bodega del Doctor, o recojo los obsequios que le llegan a través de las embajadas de la Unión Soviética y Polonia, o retiro su calzado del zapatero remendón del centro, o paso a dejar una chaqueta para que le ajusten las mangas, yo siempre miro de reojo a los muchachos que trabajan en esos sitios, sea el dueño del puesto o el chofer de camión, administrador de bodega o ayudante de sastre, y lamento que mi hijo no haya salido bueno para las cosas útiles de la vida y se dedique en cambio a componer estribillos, armar pajaritas de papel o tallar pedazos de madera. Un día, cuando le pregunté cómo hacía esas esculturas, me dijo que era lo más fácil del mundo: solo se trata de quitarle a una rama de árbol todo lo que le sobra. Me dejó impresionado, pero pensé que eso era como quitarle la memoria a la madera.

—O a lo mejor es todo lo contrario. A lo mejor es encontrarle precisamente la memoria que oculta la madera en su pecho, papá —repuso mi hijo.

—A lo mejor es eso —respondí yo, tocado por dentro por esa idea y porque me dijera *papá*.

—Pero esa metáfora no es mía, sino de Miguel Ángel, papá —afirmó serio, con cara de iluminado, sin dejar de robarle lascas a un viejo pedazo de durmiente apolillado que había encontrado en la estación de trenes de Limache.

Pero así es la vida, uno propone y Dios dispone. A mi hijo le gusta crear esos objetos que permanecen para siempre, en cambio yo me dedico al pan, que es vital y tan efímero. Al menos no me salió maraco, como me dijo un vecino del barrio, que eso ya me habría desprestigiado por completo.

Pero yo quería hablar de la camioneta. Viajar en ella me permite conocer a mucha gente. Los habitantes de la capital son diferentes a los de Valparaíso. Los santiaguinos no tienen tiempo para nada, viven apurados y de malas pulgas, son hu-

raños y tacaños, como si el cielo encapotado y la alta cordillera que los encajona les estrecharan los horizontes y los tor-
naran infelices. Tal vez por eso les cuesta tanto regalar una
sonrisa. Pero eso ya es harina de otro costal, y en estos tiempos no se puede tener todo lo que se desea. En el fondo soy
un tipo afortunado al volante de una vieja camioneta que recorre la ciudad en busca de lo que el Doctor necesita.

Pero en una de estas noches de diciembre, cuando el Doctor agitaba el hielo en su vaso whiskero (cada noche bebe una
medida de Chivas Regal, cosa que le recomendó uno de sus
amigos médicos para cuidar el corazón), me dijo con una mirada conspirativa:

—Quiero que te sumes a una gira. Creo que eres la persona ideal para hacerse cargo de los asuntos prácticos de un
presidente.

—¿Yo? —pregunté incrédulo.

—Necesito a alguien discreto que se haga cargo de algunos detalles mínimos, pero cruciales. Necesito que mis tenidas estén planchadas, los zapatos lustrados, las corbatas y los
pañuelos limpios, las camisas impecables, y que haya *gilletes*
y gomina a mano. Tú sabes. Un presidente no puede andar a
la buena de Dios, descuidado, despeinado ni maloliente.

—¿Y adónde va, Doctor?

—A Cuba y la Unión Soviética.

—Esa sí que es gracia. Eso a muchos no les va a gustar en
Chile.

—En Chile y fuera de Chile.

—¿Y usted cree que haya espacio para mí en el avión?

—Claro que sí. Es una nave solo para mi delegación. La
presta el compañero Fidel.

—Pero yo no he llegado por el norte ni a La Serena, Doctor.

—No importa.

—Tampoco tengo pasaporte.

—Te lo sacamos en una mañana.

—¿En una mañana? ¿Está seguro? Mire que de diplomacia no entiendo nada.

—No te preocupes. Un tipo de protocolo te dirá cómo comportarte. En la comitiva te necesito para esos detalles. Además, conocerás Moscú y La Habana, y a los compañeros Leonid Brézhnev y Fidel Castro. ¿Qué te parece?

26

No puedo conciliar el sueño de la pura emoción. Yo, hijo de un pobre inmigrante italiano que llegó al sur de Chile hace más de setenta años, atraído por tierras que al final resultaron ser una estafa, viajaré ahora a Europa nada menos que como asesor del presidente de la República... En estas noches que paso en vela, en la barraca de los escoltas, detrás de la casona de Tomás Moro 200, releo *La Odisea*, uno de mis libros predilectos desde la escuela secundaria. Me identifico desde joven con ese Ulises que surca el mar y es capaz de enfrentar todos los peligros con tal de regresar a su reino, su mujer y su familia. En el fondo todos somos Ulises. Incluso mis padres y todos los italianos que llegaron con él a Chile, y todos los emigrantes del mundo, son como Ulises.

Sé que a la pobre Amanda la atormentan mis ausencias prolongadas y adivino que los celos no la dejan tranquila. Sé que a veces duda de que yo esté, tarde por la noche, aún en la casona del Doctor. Probablemente se imagina que tengo una amante. Solo recupera la confianza en mí cuando llego a casa con una gallinita de campo o un paquete de mantequilla o un litro de aceite para cocinar, productos que ahora únicamente se consiguen en el mercado negro o por contactos. Recién en ese instante, cuando me ve cruzar el umbral de la casa con el paquetito bajo el brazo, se convence de que no ando en nada ilegal y tal vez, al verme, jodido por los años, acepta que a estas alturas del partido no podría yo conseguir una amante tan generosa y que mis ofrendas nocturnas solo pueden ser un pago del Doctor.

Por las noches, cuando no puedo pegar pestaña de la emoción de ser el primer encargado del avituallamiento del Doctor, hojeo *La Odisea*, escucho tangos y hago apuntes en este cuaderno. A veces una explosión distante rasga la oscuridad crispada y se desgaja en ecos lejanos, que alcanzan los cajones cordilleranos. Lo reconozco: alojar cerca del presidente de la República me quita el sueño. Cosa extraña: en una gaveta del living hallé una biografía sobre Tomás Moro, el soñador utópico que le da nombre a esta calle adonde se mudó el Doctor tras dejar su antigua casa de Guardia Vieja, allá en Providencia, un barrio de gente acomodada, pero no tan exclusivo como este. En fin, a ratos leo a Homero, a ratos la biografía.

Siempre he sospechado que los nombres son señales, luces como de faros que marcan caminos. Encierran verdades o presagian destinos que uno comprende solo al cabo del tiempo. El mío, por ejemplo, significaba rojo o lobo victorioso en la época en que los bárbaros invadieron Roma. Rojo, bueno, eso fui en mi juventud y a mucha honra, porque no tiene corazón quien no fue rojo cuando joven, dice el proverbio. Y a lo mejor, ¿quién sabe?, lo de lobo victorioso sugiere que al final lograré recuperar el horno y reabrir la panadería.

Tampoco creo que sea casual que el Doctor se haya mudado de Guardia Vieja para instalarse en esta propiedad de jardines y altos muros, ubicada en la calle que lleva el nombre de un teólogo que fue un político y un humanista, que disfrutó la vida y la buena mesa, y que prefirió la muerte antes de traicionar su conciencia. Al Doctor y a Tomás Moro los une no solo esa condición de soñadores sino también la de ser amantes de los placeres mundanos. Desde los años en que nos reuníamos a tomar mate y a conversar en el taller de Demarchi que el Doctor es así. Vestido a lo pije, recitaba de memoria pasajes de Proudhon y Malatesta, anunciaba un futuro sin pobres ni injusticia, y soñaba con representar los intereses del pueblo, al que solo conocía por los libros y las reuniones donde el zapatero. Así que no me sorprende que hoy vivamos en la calle de otro idealista.

Leyendo la biografía de Moro me doy cuenta de que la utopía es un horizonte, una ilusión o tal vez solo un espejismo, como los cantos de sirena que seducen a Ulises. ¿Nos ilusionamos con una utopía para darle sentido a nuestra vida o nuestra vida tiene sentido porque adoptamos una utopía? Siento que la utopía inspira y orienta a la persona, pero a la vez la engaña y confunde porque en el fondo es inalcanzable como los sacos de harina que antes compraba yo sin drama. Unos atribuyen esta escasez a la impericia del ministro de Agricultura, otros a que los derechistas acaparan las mercaderías para especular en el mercado negro y de paso liquidar la popularidad del Doctor. Pero da lo mismo, porque lo cierto es que hay desabastecimiento y una inflación desbocada. No, yo no soy un soñador como Tomás Moro o el Doctor. Yo más bien creo en lo que veo, en el bistec jugoso y aromático en el plato, en los zapatos que refulgen recién lustrados, en la masa que entra húmeda al horno de barro y retorna como pan crujiente y perfumado a leña.

Pero, por otro lado, también soy un poco como Tomás Moro. Quizás a los pobres y a los hijos de inmigrantes no nos queda más que ser idealistas para sobrevivir y adaptarnos a una vida que siempre nos rechaza. Además, Tomás Moro y yo somos bígamos. En serio. Él nunca dejó de amar a Jane, su primera y bellísima esposa, que murió joven. Y nunca dejó de amar tampoco a Alice, su segunda mujer. Seguro que, como el gran romántico que fue, más de una vez se afiebró imaginando que besaba, acariciaba y amaba a ambas en un lecho de alguno de los palacios que habitó. Curioso, amó a las dos a la vez, del mismo modo que yo sigo pensando en Gricel aunque vivo desde hace mucho con Amanda.

En fin, leía yo una noche, sentado a la mesa de la cocina, el libro sobre Moro mientras de la radio llegaba el programa de los tangos, cuando vi por la ventana que da al patio de los escoltas que regresaba la caravana presidencial. Esta vez no se había detenido, como de costumbre, en la rotonda frente a la entrada principal de la casa, allí donde crecen las dos palmas que flanquean la entrada, sino frente a las barracas. En cuanto apareció el Doctor en la puerta de la cocina, yo bajé un poco el volumen de la radio.

Venía achispado, con los ojos brillantes e inquietos, traje azul y corbata gris perla. Un escolta cargó su maletín de cuero hasta el escritorio y el otro se retiró a la sala de los GAP mientras el resto guardaba los autos y los fusiles. El Doctor me preguntó qué leía, y sonrió cuando se lo dije. Abrió la heladera del refrigerador, extrajo unos cubos de hielo que echó en un vaso grueso, y después vertió dos medidas de Chivas Regal en él. No tardó en aflojarse la corbata, colgar la chaqueta en el respaldo de la silla y sentarse frente a mí, acodado a la mesa, donde el libro seguía abierto.

—El error de Tomás Moro fue describir su utopía en forma precisa —afirmó el Doctor, observándose con aire crítico en el reflejo de la ventana. Cerré el libro—. Toda utopía muere en cuanto la convierten en cartón y normativa porque asfixia la libertad humana. Las utopías reflejan anhelos humanos superiores, pero no pueden proponerse cancelar el desarrollo infinito de la historia, compañero.

No supe qué decir y me lo quedé mirando, impresionado porque ese no era ya el hombre que yo conocí en Valparaíso. Sus ojos, pequeños y alertas detrás de los gruesos cristales de marco negro, vagaban de un punto a otro de la cocina. De pronto se puso de pie, se acercó a las hornillas y destapó la olla que contenía, aunque ya frío, lo que Mercedes había cocinado a mediodía.

—Cazuela de pavita, sustanciosa y aromática como en el mercado de Temuco —comentó el Doctor antes de prender la hornilla con un fósforo—. ¿Le apetece un platito, compañero?

De nuevo no supe qué decir. Pero él no aguardó a que yo le respondiera, simplemente extrajo del repostero dos platos y servicios, y comenzó a poner la mesa. Sí, él puso la mesa.

—A un lado la teoría, compañero —continuó, apartando mi libro—. Toda teoría es gris, dijo Goethe. La práctica es infinitamente más rica, dijo Lenin. Y jodida, agrego yo. Pero, volviendo al tema: no hay como las cazuelas de pavita que prepara doña Mercedes. Habría que darle el premio nacional de cocina, que es lo que falta crear en este país tan bueno para el diente.

Cuando hay algo que comer... pensé con insidia, pero no dije nada, desde luego, pues al Doctor le hubiese parecido una provocación reaccionaria. Y yo sospecho que a esa altura de la noche ya el Doctor no quería saber nada más de los problemas del país. Añora lo que todo el mundo: encontrar en casa calor, compañía y refugio, no enemigos implacables ni tragedias insolubles, ni seguir siendo la persona en quien millones depositan sus sueños y esperanzas. Cuando la cazuela estuvo caliente, el Doctor la sirvió con un cucharón.

—Si la Tencha me viera llenar los platos hasta el borde, se molestaría —comentó irónico mientras devolvía la olla a la hornilla.

Su mujer se había retirado hacía rato a sus aposentos y no bajaría al primer piso, el reino exclusivo del Doctor, hasta el día siguiente.

Saqué de la alacena un pan *monroy* para acompañar la cazuela, y el Doctor alzó el volumen de la radio. Un tango, desde luego.

—*Qué falta que me haces* —dije yo.

—¿Cómo?

—*Qué falta que me haces.* Es el nombre de ese tango, Doctor. Lo canta Julio Sosa.

Me miró serio. Me turbé un poco pero comencé a cantar suave, acompañando a Julio Sosa.

—*¡Qué largas son las horas ahora que no estás! Qué ganas de encontrarte después de tantas noches. Qué ganas de abrazaaaarteeee, ¡qué falta que me hacés! Si vieras la ternura que tengo para darte, capaz de hacer un mundo y dártelo después. Y entonces, si te encuentro, seremos nuevamente, desesperadameeeentee, los dos para los dooos. Te busco y ya no estás. ¡Qué largas son las horas ahora que no estás!*

—¿Erés fanático del tango? —me preguntó el Doctor antes de llevarse la cuchara a la boca.

—Más bien amante del tango, Doctor.

—Como del ajedrez.

—Se puede amasar pan y jugar al ajedrez escuchando tangos, Doctor.

—Canta bien ese Julio Sosa —reconoció y sorbió el caldo.

—Era uruguayo, pero se hizo famoso en Buenos Aires —le expliqué—. Lo acompaña aquí la orquesta dirigida por Leopoldo Federico. Es un cantante del dolor y el sentimiento. Nadie canta de forma tan teatral ni con tanta alma. Hubo una época en que perdió casi la voz y lo salvó un médico milagroso.

—¿Lo operaron de la garganta?

—No, le dieron yerbas y esas cosas.

—Veo, compañero, que si antes, cuando era un jovencito, sabía mucho de anarquismo, ahora, a estas alturas del partido, sabe mucho más de tango.

—El 24 de noviembre de 1964 cantó Julio Sosa su último tango, *La Gayola*, en un programa de radio. Horas después se mató en un accidente automovilístico, en la esquina de Figueroa Alcorta y Mariscal Castilla. Tanto lo amaba el pueblo que tuvieron que celebrar el funeral en el Luna Park. Lleno total de gente vestida de luto.

El Doctor partió un trozo de pan, luego siguió cuchareando, pensativo. Empezó otro tango en el programa nocturno de Radio Minería, ese que escucho religiosamente cada noche antes de dormirme.

—¿Y ese quién es? —me preguntó el Doctor chupando con avidez un trutro de la pavita. De su bigote colgaba una ramita de orégano.

—Ese es Roberto Goyeneche, con la orquesta de Atilio Sampone. Es el famoso *Yira, yira* —dije yo y retorné a la cazuela antes de que se enfriara. Escuchamos en silencio.

Verás que todo es mentira verás que nada es amor que al mundo nada le importa yira... yira...

Aunque te quiebre la vida, aunque te muerda un dolor, no esperes nunca una mano, ni una ayuda, ni un favor.

—Me gusta Goyeneche —comentó el Doctor—, pero prefiero a Roberto Sosa.

—Julio, Julio Sosa, Doctor.

—Aunque debo manifestar, compañero, que ambos son de letras harto pesimistas. Diría que de efecto más paralizante que inspirador. ¿Se repite otro plato?

—Lo acompaño, Doctor... No todos los tangos son pesimistas. Algunos son combativos y hasta revolucionarios.

Sirvió los platos hasta el borde de nuevo y regresó a la mesa con los pulgares sumergidos en el caldo. No dije nada. A un presidente de la República no se le reclama por algo así. Ahora cantaba Alberto Podestá *Yo soy el tango*, acompañado de la Orquesta Típica de Miguel Caló.

—¿De verdad hay tangos revolucionarios? —preguntó el Doctor. Le había picado la curiosidad lo que le había dicho.

—Los hay.

—De esos me gustaría escuchar un día. ¿Tienes discos de tango?

—Tengo, Doctor.

—O si no, los mando a pedir a Buenos Aires. Que el embajador allá sea bueno al menos para conseguir tangos. ¿Sabes cuánto gana un embajador?

—No, Doctor.

—Una enormidad. Y son como el Papa: el jefe de ellos está a miles de kilómetros y no llega nunca a controlar lo que están haciendo. Entonces tienes tangos...

—Una colección grande, Doctor. Y en ella a Enrique Santos Discépolo. Soberbio. Era comunista.

—Interesante. Interesante —dijo desplazando hacia el borde del plato el pellejo de la pavita—. Ignoraba que hubiera tangueros comunistas. Pero dime, ¿cuánta gente habrá en verdad ido al funeral de Roberto Sosa?

—Julio, Doctor. Julio Sosa...

27

Every day I wake up, then I start to break up
Lonely is a man without love
Every day I start out, then I cry my heart out
Lonely is a man without love.

Engelbert Humperdinck,
A Man Without Love

Una llamada telefónica del director del Departamento de Antropología y Arqueología de la Universidad de Chile me sacó temprano de la cama. Me anunciaba que tenía novedades interesantes para mí. Yo había estado traduciendo hasta tarde unas páginas en que el panadero se aproxima al mandatario y va conociéndolo a medida que conversan sobre tangos. Me pregunto si de veras esos apuntes serán fruto de su memoria, es decir, evocaciones reales, o una mera ficción. ¿Es el autor de esas líneas el panadero real, que conoció de verdad al Doctor, o ese panadero es solo una ficción de alguien que no conocemos, como ficción es tal vez el Doctor que emerge de su relato? En realidad, ese panadero de carne y hueso habría sido nuestro hombre ideal en Santiago. Era el hombre indicado para infiltrar al presidente y estar al tanto de todo cuanto debatía y planeaba. Pero, me temo que todo esto es un imposible, que me estoy dejando guiar por el entusiasmo y la ingenuidad. Esas cosas solo ocurren en las películas de espionaje de Hollywood.

Si en aquellos días nos hubiésemos enterado de su existencia, habríamos gozado de una fuente de primer orden para conocer la intimidad del gobernante. Habríamos sabido tanto sobre él, sobre sus dudas y sus vacilaciones, como sabía La Habana, que lo espiaba, aunque no nos consta, a través de su yerno cubano, un oficial de la inteligencia castrista que se casó con una de sus hijas, una que años más tarde, en el exilio cubano, se suicidó, siguiendo tal vez el ejemplo de su padre. Supongo que más de una vez el atribulado Doctor sospechó para sus adentros que en su familia tenía un espía venido del calor. Fuese como fuese, Rufino habría sido un agente ideal y nada oneroso en una época en la que nuestro presupuesto habría sabido honrar con creces sus modestas aspiraciones de panadero.

Mas todo esto que escribo es absurdo. Tan insensato como acudir al estudio de Casandra para averiguar detalles sobre la vida secreta de mi hija en esta tierra. Es además irreal. Porque el narrador que da testimonio de su vida y de la clausura de su negocio en tiempos de la Unidad Popular no existió en esta dimensión concreta en la que existimos nosotros. No existió en el mundo en que desestabilizamos y derrocamos al Doctor y, por lo tanto, especular sobre la posibilidad de haberlo reclutado es vano e inocuo, algo que solo puede tomar forma en el cerebro zurcido con suposiciones y sospechas de un jubilado de la Compañía. Sigo pensando, no obstante, que yo habría podido reclutar a Rufino, pues quien sueña con ser empresario independiente, por pequeño que sea, es, por lógica, enemigo natural de cualquier colectivismo.

En fin, el académico tenía un mensaje interesante para mí:

—Ubiqué a un colega que conoció a su hija. Es una persona mayor. Le impartió un seminario sobre aborígenes de Chile.

—¿Aborígenes?

—Era un seminario popular en mi época estudiantil. Estudiaban allí las crónicas de los conquistadores españoles sobre nuestros aborígenes.

Me sorprendió que Victoria se hubiese interesado por una visión tan específica de la historia. Yo imaginaba que la antropología era otra cosa, no sé, algo más moderno, útil y efectivo, volcado al presente, no hacia el pasado remoto de pueblos juzgados y sepultados por la historia. Porque eso es cierto. Como todo en la vida, los pueblos nacen, crecen y mueren. En todo caso, pensé que en aquella universidad mi hija asistía a cursos donde al menos le enseñaban a ubicar y recuperar testimonios arqueológicos, a montar exposiciones y museos, a redactar buenos libros, pero me costaba imaginar que hubiese perdido tiempo estudiando textos sobre culturas extintas. Cuando un país se obsesiona con el estudio de su propia historia es como si echara un ancla al fondo del mar y ya no puede mirar ni bregar en pos de su futuro. Me senté en la cama con el auricular pegado a la oreja. Afuera la corriente de autos fluía con un rumor sordo.

—El profesor se llama Horacio Berenguer. Es autor de varios libros sobre el siglo XVI —precisó el director—. Conversando con un colega me enteré de que Victoria fue alumna de Berenguer. Si le interesa, lo pongo en contacto con él.

Llamé de inmediato al profesor. No me fue bien. Allí no conocían a nadie con ese nombre. Avisé a Marchant de lo ocurrido y me prometió que indagaría el asunto. Horas más tarde, cuando yo volvía del jogging por el barrio, recibí otro llamado suyo.

—En un archivo de los ochenta, mi secretaria dio con otra dirección de Berenguer. Al menos para eso sirven esos papeles amarillentos —dijo Marchant—. Sírvase apuntar, por favor.

28

Casandra me acompañó a buscar la casa del profesor Berenguer. Ella iba vestida una vez más de negro y con sombrero de ala ancha. Caminamos llenos de curiosidad aunque sin hablar mucho bajo el tórrido sol de Ñuñoa. Le había pedido el día anterior que me acompañase no solo porque deseaba consultarla de nuevo como tarotista sobre lo que yo estaba haciendo, sino también porque me deleitaba su presencia. Solo reaccionó ante lo primero, se ahorró todo comentario frente a lo segundo, algo que me causó cierta inseguridad.

—Berenguer enseñaba las crónicas escritas por los conquistadores sobre los indígenas chilenos del siglo XVI y XVII —le conté mientras pasábamos a lo largo de las fachadas de antiguas casas de una planta.

—Si tu hija se interesaba por eso, era una gringa especial —aseveró Casandra.

Atravesamos varias calles rectas y limpias, donde había vehículos estacionados, luego pasamos frente a un restaurante peruano y finalmente cruzamos una plazuela con palmeras.

—La calle Dante debe estar cerca —dije yo.

Estaba a la vuelta. Era corta y sin salida, lo que me hizo presagiar malas noticias. Nos detuvimos ante el número 13, lo que redobló mis suspicacias. La vivienda, de dos pisos, tenía un antejardín salpicado de flores y una enredadera copiosa se encaramaba por los balcones con baranda de fierro. Toqué el timbre.

—Aquí no vive nadie con ese nombre —respondió el tipo de melena y boina con aire de Che Guevara que abrió la puerta. De adentro llegaba la voz de Madonna.

Nos devolvimos por el centro de la calle y entramos a la penumbra fresca de El Sur, un almacén que forma una punta de diamante. Allí resonaba un tango que me hizo pensar en Rufino. Un hombre nos observaba junto a una balanza antigua y un barril de aceite con medidor. Adosado a la pared se alzaba un estante lleno de tarros de conservas. Aquí aún flota el Chile de los setenta, pensé.

El almacenero, de bigote y boina (en ese barrio parece estar de moda la boina), se acordaba del profesor, pero ignoraba su paradero.

—¿Está seguro de que era Berenguer? —pregunté.

—Era académico universitario, de eso estoy seguro. Era un tipo risueño, de piel rosada y boca grande. Mayor, calvito y de melena blanca, parecido al viejo de *Regreso al futuro*. A él se refiere, ¿verdad?

Vi la película con Victoria una tarde de julio en Miami, donde disfrutamos las peripecias de Michael J. Fox y Christopher Lloyd. A la salida mi hija afirmó que solo directores estadounidenses podían producir filmes con ese nivel de fantasía y optimismo. Volví con Casandra a la luz enceguecedora de la calle.

—He notado una cosa —comentó Casandra mientras buscábamos un café.

—Dime.

—Tú no sabes en verdad qué es lo que buscas.

—¿Cómo que no? A mi hija.

—No. Lo que tú buscas es el recuerdo de ella, que es diferente.

Me quedé pensativo hasta que nos acomodamos en un café cercano. Me dije que era probable que tal vez Casandra tuviese razón, que yo estaba buscando a Victoria primero en mis recuerdos de ella, pero que la memoria me conduciría después hacia ella y el lado secreto de su vida.

—Deberíamos echarle las cartas a Victoria. Tal vez nos dicen algo más —sugirió Casandra y yo pensé que ella de nuevo tenía razón, pero no pude dejar de ruborizarme de solo imaginar la sorpresa que causaría a mis antiguos colegas de Langley enterarse de mis recursos investigativos.

Cuando volví a Los Españoles, encontré un mensaje de la secretaria del Departamento de Antropología y Arqueología con la nueva dirección del profesor Berenguer.

Se había mudado a Valparaíso.

29

¡Tango!
Piel oscura, voz de sangre.
¡Tango!
Yuyo amargo de arrabal.

HOMERO MANZIONE,
SEBASTIÁN PIANA, *Tango*

Pasé días sin ver al Doctor o, mejor dicho, viéndolo entrar y salir a toda prisa de la residencia para mudarse de ropa y acudir de inmediato a otros compromisos. Su caravana arranca a toda marcha cuando la ciudad aún duerme y regresa en forma definitiva en medio de la noche. Los fines de semana simplemente no vuelve. Pernocta, de eso ya me di cuenta, cordillera adentro, en una parcela de El Arrayán, que me huele que es la casa de su secretaria, la Payita.

Pero yo no estoy en Tomás Moro 200 para especular sobre su vida privada sino para servir y, si el tiempo me lo permite, apuntar en mi cuaderno cosas concretas. Lo que en verdad es delicado es que ya no hay alimentos en las tiendas. Los escaparates están vacíos. La gente hace colas ante los almacenes porque no tiene azúcar para el té, ni aceite para el pescado frito, ni harina para hacer sopaipillas, ni fideos para preparar porotos con riendas, y mejor ni hablemos de la carne de vacuno. Así cualquiera pierde los estribos y la paciencia. Tal vez por eso alguien del barrio rayó la puerta de la panadería acusándome de momio fascista. Creen que cerré porque vendo la harina en el mercado negro.

—Los que te hicieron eso son un par de ultraizquierdistas, cabezas calientes —comentó Simón. Jugábamos los de siempre al dominó en un bar cercano en torno a unas cervezas que conseguimos después de mucho ruego y unos billetes adicionales. La vida es de por sí dura y se ha puesto más dura—. Esos ni saben que te saludó el propio presidente de la República cuando vino al barrio.

—Serán pocos y ultras —masculló—, pero un día me queman el negocio.

No puedo contarle ni a mis vecinos a lo que me dedico. El jefe de los escoltas me advirtió que mi labor debe permanecer en el secreto más absoluto. De lo contrario no podré seguir comprando nada para el Doctor. Hay peligro de que la CIA o los opositores lo envenenen. Pero mi silencio alimenta la desconfianza del barrio hacia mí, pues aparezco bien apertrechado de comida aunque carezco de trabajo conocido. Solo Amanda conoce el verdadero origen de mis suministros. Solo ella sabe de dónde vienen los pollos, la mantequilla, el aceite y el azúcar que traigo a escondidas cada semana. Solo ella sabe que no ando por el mundo paseándome con las manos en los bolsillos, especulando como un *grandulón... prototipo de atorrante robusto, gran bacán...* sino prestando importantes servicios al Doctor y la nación.

Una mañana llevé a Amanda hasta los muros de la casona para que ella, desde la esquina, viera cómo entro y salgo de allí, o cómo arranca a toda velocidad, arremolinando el polvo, la caravana azul de los Fiat 125 del Doctor. Esa noche, ya en casa, me contó con lujo de detalles y emocionada cómo lo vio pasar. Él iba sentado en el asiento trasero del tercer coche, leyendo un diario, recto, de terno y corbata, elegante, ajeno al bramido de los motores y el chirrido de los neumáticos, como si no estuviera sentado ahí sino en el sillón de un gran salón, me dijo con la voz entrecortada por la excitación.

Una noche en que yo realizaba en la despensa el inventario de las conservas, escuché el rumor de los autos, el cierre inconfundible del portón y al poco rato apareció el Doctor en la puerta.

—Tengo que hablar contigo —me dijo, serio.

Salí de la despensa de inmediato y me dirigí a la cocina. El Doctor comenzó a repartir cubitos de hielo en un vaso. Luego sacó una botella de Chivas Regal de un estante y, lamentando que estuviese a punto de acabarse el envío del embajador en Londres, vertió una medida del líquido ámbar en su vaso.

—¿Cómo van los tangos? —preguntó.

—Los traigo cuando usted quiera, Doctor.

—Tengo un tocadiscos con una punta de diamante alemana —dijo—. Trae los discos para escucharlos. Me interesan los tangos políticos, como los de Discépolo. ¿Y dijiste que Sosa también canta temas sociales?

—El Varón del Tango canta composiciones de Discépolo, pero también tangos de amor y desilusión.

—Toma asiento —dijo. Nos sentamos.

El Doctor elevó el volumen de la radio. Alberto Podestá entonaba *Dos fracasos*, acompañado por la orquesta de Miguel Caló, tango que yo solía escuchar en la radio de la cocina del ballenero, cuando atracaba en Valparaíso. En esa época aún no me resignaba a la partida de Gricel, y dudaba entre pedirle o no a Amanda que se fuese a vivir conmigo. Yo la necesitaba como la madre de mi hijo. Yo sabía que no la amaba, peor aún, que jamás la amaría, que en el fondo era expresión de gratitud por el cariño que le prodigaba a mi hijo cuando yo me embarcaba. *Sueños que gastamos conversando cuando nos hablábamos de amor... Somos dos fracasos que se amaron y partieron y olvidaron y hoy miran asombrados de morder la realidad...*

—Pues bien —continuó el Doctor, que no se deja apartar fácilmente de sus ideas—, trae esos discos y los escuchamos una noche, cuando haya tiempo.

—Usted nunca tiene tiempo, Doctor.

—Hoy pareces una vieja rezongona. ¿Tienes también discos de Goyeneche?

—Por supuesto. Los ahorros los he invertido en discos. En cierta época el polaco cantó con la orquesta de Atilio Stampone tangos inolvidables: *Cada día te extraño más, Yira..., yira... Por una cabeza, Gricel...*

—A Goyeneche lo conocí en Buenos Aires —recordó el Doctor. Se sentó a la mesa soltándose el nudo de la corbata con aire exhausto y cierto temblor en la barbilla. Cruzó una pierna sobre la otra e hizo tintinear el hielo—. Me dijo que le pidiera los tangos que yo quisiera, que él cantaría en mi honor.

—Tremendo honor, Doctor.

—Tremendo honor que un futuro presidente de Chile lo escuchase, compañero.

—Desde luego —dije disimulando mi metida de patas—. ¿Y qué pidió?

—Pues, ese fue el problema.

—¿Cómo que ese fue el problema?

El Doctor me miró de frente, con rostro severo, encogiéndose de hombros.

—Soy pésimo para recordar títulos y no sabía ninguno —aclaró—. Al final, después de chamullar un rato, le pedí que cantase *El Único*.

—No hay ningún tango que se titule así, Doctor. A él, al

polaco Goyeneche, le dicen El Único. Canta hasta la extenuación, como esos boxeadores viejos destinados a retirarse solo cuando los noquea el tiempo. Seguro que usted pensaba en el famoso tango *Uno*. ¿Y qué pasó?

—Efectivamente. Goyeneche creyó que le estaba pidiendo *Uno* y me salvé enjabonado de una plancha de proporciones en pleno Buenos Aires. Mis adversarios se habrían burlado hasta el día de hoy de mí. En fin —añadió y se quedó mirando el guiño del ojo verde de la radio sobre la mesa—, te voy a pedir que para mañana por la mañana me tengas arrollado con pan amasado calentito y fresco, porque viene a verme Spiro California.

—¿Spiro California, el rey de los gitanos, Doctor?

—El mismo, Rufino. El mismo. Y él sí que entiende de pan y arrollado, compañero.

30

El rey de los gitanos llegó con una hora de retraso a la casona. Vino en una camioneta Ford parecida a la mía, cargada con ollas de cobre, herramientas y cachivaches, y tres mujeres y varios niños que se apretujaban en la cabina.

Solo Spiro California entró a la casa cargando una cacerola rojiza y bruñida, que brillaba como el sol, mientras el resto de su familia permaneció conversando a gritos y en romané alrededor de la camioneta. Los niños no tardaron en descubrir la piscina vacía y el caimán embalsamado, que huele pésimo, y empezaron a montarse en él. Por lo que sé, ese caimán se lo regaló Fidel Castro al Doctor en La Habana, así que los correteé para que no lo descuajeringaran.

Al Doctor y a Spiro les serví en el living arrollado fresco en pan amasado calentito, recién salido del horno, tal como me lo ordenaron la noche anterior. Ah, y café, desde luego. Mercedes miró de reojo, molesta, celosa, diría yo, el delicioso pedido del Doctor, pero por otra parte pienso que se sintió aliviada de no tener que preparar ese desayuno, pues la artritis le está jodiendo las articulaciones. Después tuve que volver a la cocina ya que Spiro, como buen gitano que es, se sentó cerca de la puerta que da a la sala de audiencias para cerciorarse de que nadie los estuviera escuchando.

Cerca de una hora más tarde, tras obsequiarle al Doctor la famosa cacerola de cobre y pedirle a cambio una donación de varios litros de bencina para la camioneta, Spiro dejó la casa y se marchó con su familia en su destartalado vehículo.

—Es un gran tipo —comentó el Doctor en el living. Andaba de terno azul oscuro y corbata roja, tan orondo y elegante como si hubiese recibido en audiencia al mismísimo embajador de su majestad de Inglaterra.

—¿Me permite preguntarle qué busca el rey gitano donde el presidente de la República de Chile? —pregunté yo mientras ponía los platos y restos de pan en la bandeja.

—Es su visita anual. De protocolo, podríamos decir —repuso el Doctor.

—¿Y también le vio la suerte?

—No jodas. —El Doctor sonrió enchuecando los labios—. Son las gitanas las que te ven la suerte en la mano, Rufino. Los hombres se dedican a otras pegas.

No me convence eso de que los gitanos trabajen, porque en nuestro barrio al menos recelamos de ellos. ¿La razón? Arrasan con lo que pueden. Ropa tendida, cilindros de gas licuado, juguetes de los niños, perros chicos, gatos recién nacidos. Y cuando pasan por la panadería me piden algo de pan, aunque esté duro, y a Amanda le ofrecen verle la suerte por unos pesos. Amanda siempre se la ve, confiando en que algún día cambie, porque la primera vez la dejaron deprimida. No es para menos. Le contaron que su esposo, es decir yo, la engañaba. Ni que decir tengo que se pasó un mes enfurruñada conmigo. ¡Gitanas alcahuetas! Cada primavera vuelven al barrio y vienen solo a pronosticarle desgracias, accidentes y sufrimientos, pero nunca se van sin decir que el próximo año será mejor. Como van las cosas, no creo para nada que las cosas mejoren, pero estos gitanos son harto mentirosos.

—¿Y a su mujer nunca le han leído la mano? —le pregunté al Doctor.

—Una sola vez. Ella no cree en esas cosas, compañero. No es supersticiosa. Es agnóstica como yo. Cree en lo que ve.

—¿Y?

—¿Cómo y?

—¿Qué le dijeron?

—Prefiero no hablar de eso. Panorama algo nublado, digamos.

Me atreví a seguir provocando:

—Lo que no entiendo es qué puede pedirle un rey de los gitanos a un presidente de la República, Doctor.

—No te burles, Rufino. Los reyes gitanos son elegidos democráticamente y tienen que cumplir con varios requisitos: ser inteligentes, sencillos, amables, decentes y, muy importante, deben tener buena situación económica y buenos contactos con las autoridades.

—Pero ¿qué le pide un rey gitano a una autoridad como usted?

—Pues bien, permisos para que su gente pueda acampar tranquila en ciertas zonas —afirmó el Doctor—. ¿No te parece justo y razonable?

—No sé. Me parece que cada uno busca lo suyo. ¿Y usted conoce desde hace mucho a Spiro California?

—Desde hace tiempo. En 1971 me visitó en La Moneda.

—¿Y eso? ¿En el palacio presidencial?

—Pues, porque me ayudó en la última elección —agregó con naturalidad, examinando la cacerola de cobre traída por el gitano—. No dejan de tener votos, votos leales y disciplinados.

—¿Cómo?

El Doctor volvió a colocar la cacerola en la mesa de centro del living y lanzó a través de la ventana una mirada a la terraza de baldosas moriscas, que refulgía bajo el sol matinal.

—Muy simple —continuó diciendo y se afincó los anteojos en la nariz—: Acordamos que cuando las gitanas leyeran en esos meses la suerte a las mujeres, les dijeran que les convenía un cambio de gobierno y que el salvador era un hombre de bigote, anteojos y bata blanca...

—¡Un médico como usted! —exclamé divertido.

—Así es. Bueno, en rigor, compañero, por naturaleza los gitanos son socialistas y solidarios. Al igual que las compañeras de la noche.

—¿Cómo que las compañeras de la noche?

—Las putas, pues Rufino, las putas.

—¿Ellas también lo apoyaron?

—Digamos que incidieron ideológicamente en favor de mi campaña en el preciso momento en que, bueno, los hombres suelen estar más inermes y desprevenidos en sus vidas. Usted entiende, compañero —agregó carraspeando—. Ellas son víctimas de la explotación social, pero son mujeres dignas, de esfuerzo y sacrificio. Eso no me lo va a discutir. Además, a menudo mantienen solas a sus hijos. No son para nada lo que a uno le cuentan.

—¿Y también vienen a agradecerle a esta casa?

—No, por acá no vienen. No me agarres para el hueveo tampoco. Pero cuando gané la elección presidencial, el cuatro de septiembre de 1970, compañero, el secretariado nacional de las compañeras de la noche pidió tener una audiencia nada menos que en el palacio.

—¿Y?

—Y ¿qué?

—¿Qué hizo usted? ¿No me diga que hizo entrar a la comitiva de putas a la casa donde tanto se sufre?

—Hice algo muy simple, compañero: envié a un amigo a explicarles que yo agradecía y reconocía su colaboración, pero que por razones obvias no estaba en condiciones de recibirlas como Dios manda en La Moneda.

—¿Y cómo reaccionaron?

—Amenazaron con denunciar a la prensa que nos habíamos aprovechado de ellas, pero en definitiva conseguimos lo que les habíamos prometido en la campaña: derecho a organizarse sindicalmente, exámenes de salud pública gratuitos y jubilación. Por eso cotizan sagradamente. Bueno, ahora me voy, compañero. Me espera trabajo en La Moneda —anunció el Doctor tras consultar su reloj y cerrarse el botón de la chaqueta—. Pero no olvides llevar a la cocina la cacerola que me obsequió Spiro California. Mira que yo, como buen agnóstico, no creo en brujos, pero de haberlos, los hay, Rufino.

31

Salimos al mediodía del aeropuerto de Pudahuel en un avión soviético, puesto a disposición por el comandante Fidel Castro. Es un Ilyushin 62 de fabricación rusa, muy parecido a los aviones norteamericanos de pasajeros, que nos llevó a Perú, México, Argelia, la Unión Soviética, Cuba y Venezuela.

En casa, Amanda no podía creerlo. Le resultaba imposible que yo, un simple panadero, llegue tan lejos. Y vaya que llegaré lejos. De alguna forma desharé la ruta de mis abuelos italianos, que bajaron desde la bota al sur del mundo en busca de mejores horizontes. ¿Valió la pena? Digo, en términos familiares. De mis primos no he escuchado nada desde hace años, me llegan voces de que se fueron a la Argentina, que está plagada de italianos. Y en mi caso, bueno, aquí estoy, trabajando nada menos que para el presidente de la República, pero esto no me hace olvidar que fracasé en lo de mi panadería. Lástima. Nada como ser su propio jefe. No hay mal que por bien no venga, dice Amanda.

Sin embargo, no le gustó mucho la idea de mi viaje. Son los celos, digo yo. Accedió a que yo me subiese al Ilyushin solo a condición de que le trajese un oso ruso de peluche. Mi hijo me pidió un alebrije, que es un animal fantástico de México, y una matrioshka de Moscú, de esas que llevan una muñeca dentro de otra y que para él representan la esperanza o el amor, no sé. Quiere tallar alebrijes y matrioshkas con la madera de los bosques del sur y pintarlos con motivos chilenos. A lo mejor algo vende, pero no creo que consiga esmalte. Como están las cosas... Lo difícil para Amanda será explicar mi ausencia sin despertar rumores de que nos separamos. Pero contar la verdad no nos conviene.

Hicimos escalas técnicas en Guayaquil y Ciudad de México, y de allí viajamos a Guadalajara, donde el Doctor habló a los estudiantes universitarios. El auditorio casi se vino abajo con las palabras inspiradoras del Doctor. Creo que afuera, especialmente en México, lo quieren más que en casa. Nadie es profeta en su tierra, dicen por ahí. Al día siguiente llegamos al aeropuerto nevado de Moscú. Una delegación oficial de tipos gordos, envueltos en abrigos gruesos y tocados con shapkas de piel legítima, nos recibió en la escalerilla del avión bajo un cielo encapotado e intimidante. Casi nos congelamos mientras unos soldados altos como basquetbolistas, con caras rosadas de palitroque, le presentaban honores al Doctor. A mí me dieron unas ganas locas de ir al baño. Me aguanté porque habría roto el protocolo que, según un funcionario de la cancillería chilena, es la Biblia que rige el comportamiento de hasta el último integrante (vale decir, yo) de nuestra delegación.

Después nos llevaron a toda velocidad por carriles especiales a la casona donde se hospedó nuestra delegación. Por el camino vi el ancho río congelado, que deja al Mapocho convertido en una alpargata, los muros de ladrillo y las cúpulas doradas del Kremlin, que brillan como guirnaldas de Pascua bajo la luz de los reflectores. La casona es en verdad un museo del siglo pasado: gruesas alfombras rojas a lo largo de los pasillos, cuadros de marcos dorados en las habitaciones, candelabros de plata y cortinajes de brocado en los salones. No sé, es como si en esa casona o palacio aún no hubiese triunfado la famosa Revolución de Octubre. En cualquier momento me topo en una de las escaleras con los nobles y burgueses de antaño, que a lo mejor se refugiaron aquí.

Al día siguiente visitamos la Plaza Roja y el Kremlin, jornada en que el Doctor le rindió un homenaje a la momia de Lenin, que yace en una vitrina de cristal límpido. En verdad, poco le queda a este señor, que fue enemigo de los anarquistas. Apenas el rostro enjuto y afilado, que parece hecho de mazapán. Apenas la cabeza chica como encogida por los jíbaros. Apenas una mano reducida y amarillenta, como la garra de una gallina de campo. Cuesta imaginar que fue poderoso e hizo temblar a Europa. Lleva zapatos de abuelito, con lazo, bien lustrados. Las canillas son como de alambre. Me tinca que no lo embalsamaron bien. Como que lo hicieron a la rápida o no tenían mucho formol. Supongo que si algo de su alma queda aún en este mundo, solo debe anhelar que retiren su cuerpo del escrutinio público y lo entierren de una vez por todas bajo tierra. Pero los jerarcas del Kremlin insisten en mantenerlo en esa vitrina, en una sala gélida y sombría, a la que llegan a diario miles de soviéticos formando una cola interminable.

Lo crucial fue, sin embargo, la cena del Doctor con Leonid Brézhnev y el buró político del Partido Comunista. No fui invitado a ella, por desgracia (cosas del protocolo), pero vi cuando el Doctor y sus ministros entraban a una sala donde los esperaba una docena de rusos de pelo blanco, manos temblorosas y sonrisas de abuelos cascarrabias con el pecho blindado con medallas y condecoraciones. Ya sé que desde hace meses sueña el Doctor con conseguir de Brézhnev algunos préstamos generosos para importar tractores y trigo, pues las arcas fiscales nacionales están vacías y ya no quedan alimentos en el país.

—La infantería no asiste a la cena. Solo los zares —dijo

alguien de la cancillería chilena en tono de mofa mientras regresábamos con desaliento y frío a la casona donde estábamos alojados. Allá adentro todo estaba calentito, temperado. Increíble que, aunque afuera caiga nieve, no se pase frío en un palacete.

Yo me fui a la suite del Doctor a echarle una nueva lustrada a sus zapatos y una planchadita adicional a sus camisas. Afuera, junto a la puerta con cerradura dorada de la suite, dos soldados de botas negras y pistola al cinto vigilaban inmóviles, como palitroques, el acceso. Ni se inmutaron cuando abrí la puerta. Como tenía mucho sueño por el cambio de hora y el ajetreo del viaje, volví a mi cuarto y me quedé dormido tal como estaba...

Desperté a medianoche, cuando el Doctor y su grupo regresaban de la cena. Me escabullí a mi cuarto y miré hacia afuera por la doble ventana. Nevaba como en las películas. Los copos caían sobre el Kremlin desolado mientras yo escuchaba los pasos de los hombres avanzando por el pasillo. Pegué el oído a la puerta. A juzgar por las voces, venían desanimados. Alguien, creo que el ministro de Economía, dijo que solo deseaba llegar a casa, otro afirmó que, con la negativa recibida, los dados estaban echados. ¿Qué negativa?, me pregunté. Seguro que la soviética, pensé. Se habían ido a la mierda la alegría con que despegamos de Santiago y el entusiasmo con que nos contagiaron las calurosas ciudades latinoamericanas, donde eufóricas masas de obreros y estudiantes saludaron al Doctor. La única voz que no logré escuchar detrás de mi puerta fue la del presidente.

Volví a mi cama, esta vez me saqué los zapatos y los pantalones y traté de conciliar el sueño en el denso silencio de la noche moscovita. Desde entonces guardo un recuerdo melancólico de Moscú bajo la nieve. Curioso, pero siento como si allí hubiese muerto definitivamente una parte mía.

32

Las cosas en el país siguen empeorando. Después del primer paro de los transportistas y del ingreso de los generales al gabinete, la oposición amenaza con una huelga nacional indefinida, mientras el desabastecimiento de alimentos se agrava y continúan las tomas de tierras y fábricas por parte de campesinos y trabajadores. Al Doctor le indigna la política radical que impulsan socialistas y miristas, pero estos lo tildan de reformista y le exigen medidas drásticas para aplastar al enemigo burgués, como lo hicieron las revoluciones cubana y soviética.

Pese a ello, el Doctor no pierde su sentido del humor. Una noche en que volvía de una cena llamó al jefe de los escoltas desde la cocina. En el programa de tangos la orquesta de Juan D'Arienzo interpretaba *La Cumparsita*. Cuando el escolta entró, el Doctor le mostró una billetera y dos carnets de identidad y le dijo en tono grave:

—Se supone que ustedes están para cuidarme, compañeros. Y miren, estos documentos son de ustedes, las personas que deben velar por la vida del presidente revolucionario de Chile. Se los saqué de los bolsillos sin que se dieran cuenta. A este paso...

Se los devolvió con una sonrisa magnánima, tras lo cual el escolta salió al patio con la cola entre las piernas. Era una noche cálida, con olor a boldo y tierra seca, tan distinta a las gélidas noches de Moscú, donde al menos logré comprar el oso de peluche y una matrioshka en una tienda céntrica, que el gobierno soviético abrió especialmente para nuestra delegación.

Cuando quedamos solos en la cocina, el Doctor extrajo de su chaqueta una corbata de seda que traía doblada.

—El impuesto revolucionario que le cobré a un amigo —explicó mientras la dejaba en mis manos. Sacó la botella de Chivas Regal, y vertió hielo y su precisa medida de siempre en un vaso—. ¿Cómo van los tangos? El tocadiscos está esperando en el living.

—Traje varios, Doctor.

—¿Dónde están que no los veo?

—En mi cuarto.

—¿Y qué esperas? ¿O estabas por irte?

—Esperaba su llegada, Doctor. No se preocupe, ¿quiere escuchar tangos?

Tal vez así mejoraría su estado de ánimo, que desde el viaje a Moscú se había tornado voluble. Andaba inquieto y molesto, agobiado, como cuando perdía partidas de ajedrez conmigo en el taller de Demarchi en Valparaíso. De manera que fui a la barraca de los escoltas y volví con varios *long plays*. Nos sentamos en el living, donde el Doctor arrojó su chaqueta sobre el sofá y empezó a examinar las carátulas.

—¿No era este el que estaban tocando cuando llegué? —preguntó.

—Exactamente, Juan D'Arienzo.

—Pon algo orquestado. El tango orquestado también me gusta.

Escogí *Melodía porteña*, donde D'Arienzo toca con Alberto Echagüe. Es una melodía nostálgica, que a mí me hace añorar Buenos Aires. Algo raro, porque nunca he puesto un pie en esa ciudad. Sin embargo, me la sé de memoria gracias a mapas y postales que colecciono. Permanecimos sentados en los sillones, en medio de los cuadros de pintura latinoamericana, escuchando en silencio los acordes. El Doctor bebió un sorbo de whisky, se reclinó luego contra el respaldo del sofá y cruzó las piernas, pensativo. Yo me quedé mirando la nueva corbata que había traído el Doctor y que ahora parecía una culebra dormitando en el suelo.

—Bellos, pero joden el alma estos ritmos —comentó el Doctor—. Demasiado tristones.

—Son los tiempos, Doctor. Parece que en todo el mundo la calle está dura, como dicen en La Habana. —Me vinieron de inmediato a la memoria las colas de gente aguardando ante las bodegas y los restaurantes en la isla, las casas descascaradas del Malecón y los gigantescos carteles de Fidel salpicados por doquier anunciando un glorioso futuro revolucionario.

—Está dura la calle, pero no es para echarse a morir —dijo el Doctor—. Ya viste cómo volví de Moscú: con las manos vacías. Los rusos no se dignaron a prestarme ni un kopek para importar los alimentos que la revolución necesita. Se fueron en puras citas de poemas de Neruda y discursos de Lenin, y declaraciones de solidaridad y amistad, lo que no llena el estómago de los trabajadores. Ese Leonid es un león inconmovible. Cuando yo le hablaba, se convertía en una efigie, inmutable. El cabrón solo asentía con su cabezota de moái y los escobillones que tiene por cejas. Hijo de puta, congeló toda la noche su sonrisa de párpados entornados para no mirarme a los ojos y decirme la verdad: que les importa un rábano nuestro proceso, que con los compañeros cubanos ya tienen suficiente, que no están para golpear al imperialismo en este extremo del planeta.

—Lo siento, Doctor.

—Y si esto se viene abajo y aquí se imponen la reacción y

el imperialismo, aprovecharán hasta la última lasca de nuestra tragedia.

—¿A qué se refiere?

—A que la revolución mundial necesita triunfos y derrotas, himnos de combate y marchas fúnebres, héroes y mártires. Me temo que el león y su gente ya nos reservaron un sitio, Rufino.

—Lo siento de veras, Doctor.

—Déjalo. En veinte años más nadie se acordará de él ni de la flota de medallas fuleras que se prende al pecho para cada ceremonia.

—No sé cómo camina recto con tanto peso, Doctor.

—Ya me imagino la sonajera de latón viejo que lo acompaña cuando regresa a su dormitorio —dijo haciendo girar los hielos en el vaso—: Con aliados como Brézhnev y los que tengo aquí en Chile, no me hacen falta enemigos, Rufino. En fin, ¿qué te estaba contando?

—Que los tangos lo deprimen, Doctor.

—Es cierto. Pon mejor algo de Julio Sosa.

—Como usted diga.

—Pero ten cuidado con el diamante. Si lo rompes, la Tencha te va a poner de patitas en la calle porque prefiere a doña Mercedes. Es buena la pobre Mercedes —dejó escapar un resoplido—, pero la artritis le ha jodido las manos y las rodillas. Además, con ella no puedo hablar como contigo ni tampoco soltar garabatos. Tiene los oídos vírgenes y sospecho que otra cosa también.

Entre los *long plays* que el Doctor dejó en el suelo encontré el que buscaba. Puse *Uno*, en interpretación de Julio Sosa. Era una de esas extrañas noches sin bombazos ni sirenas, en las que los militantes de ambos bandos parecen haber suscrito una tregua. Doña Tencha dormía en sus aposentos del segundo piso. Reinaba la calma en toda la ciudad. Por

eso el piano y la orquesta comenzaron a resonar tan níti-
dos como si estuviesen en el mismo salón. El Doctor escuchaba con la cabeza recostada en el respaldo, mirando el cielo
raso.

—Ese es el que le pedí a Goyeneche —exclamó el Doctor
por sobre la voz teatral de Sosa.

—La letra es de Enrique Santos Discépolo —le dije—, la
música de Mariano Mores.

> *Uno busca lleno de esperanzas*
> *el camino que los sueños*
> *prometieron a sus ansias...*

—Realista esa letra —comentó el Doctor, conmovido—,
porque uno busca lleno de esperanza el camino de los sueños,
y sabe que la lucha es cruel y es mucha, pero lucha y se desan-
gra por la fe que lo empecina. Pura política, compañero...

> *Si yo tuviera el corazón,*
> *¡el mismo que perdí!*
> *Si olvidara a la que ayer*
> *lo destrozó... y pudiera amarte...*
> *me abrazaría a tu ilusión*
> *para llorar tu amor...*

—Gran canción —agregó el Doctor tras tararear el estribillo—. Y cuando la escucho y veo el arrobo con que tú la
escuchas, me digo que tienes, como el Werther de Goethe,
cuitas de amor.

—¿Yo? No, Doctor —repliqué, firme—. Yo vivo feliz con
mi señora.

—Pero a mí me tinca que las tienes y que por eso te gustan
los tangos —insistió acomodándose en el sofá, colocando los

pies sobre el mueble, mirándome con la cabeza inclinada, convencido de lo que decía.

—Se equivoca, Doctor.

—¿Estás enamorado de Amanda, realmente?

Aquí yo describo las cosas tal como ocurrieron o, mejor dicho, tal como recuerdo que ocurrieron. No miento ni agrego nada de mi cosecha, o intento no hacerlo, al menos. Lo cierto es que con esa pregunta marrullera el Doctor quiso tocarme el fondo del alma. Nunca le he hablado de Gricel, mi primer amor, esa joven con cara de niña, piel aceitunada y espesa cabellera negra, que perdí hace mucho. Solo le he contado de Amanda. Y es imposible que él conozca mis pensamientos más secretos. ¿Será cierto que mi gusto por los tangos me desnuda ante los demás?

Pero él no puede venir aquí a dictarme cátedra sobre el amor, cuando yo, por el hecho de pasarme días en su casa, lo he visto dejarla por las noches disimulando su aspecto bajo una bufanda y un sombrero de ala ancha, en un auto viejo, acompañado solo de un chofer escolta. Va a reuniones que duran hasta la mañana siguiente y que difícilmente pueden versar sobre política. Pero a mí me contrataron para hacerle mandados al Doctor, no para andar hocineando sobre su vida privada, la que le atañe solo a él y su mujer.

—Claro que quiero a Amanda —afirmé.

—No te pregunté si la quieres, sino si estás enamorado de ella —dijo él jugando con el vaso—. Son cosas diferentes.

—Lo sé. Todos tenemos nuestras cuitas de amor —admití.

El Doctor se levantó y volvió de la cocina con un vaso lleno de agua y otro vacío. Me invitó a un Chivas Regal, lo que acepté feliz porque a mí el bolsillo apenas me alcanza para el vino tres tiritones y el pisco barato, y jamás había probado la bebida de ricachones y hacendados. Me animé a arrancarle un sorbo largo, que me supo a madera y me dio agallas para seguir hablando con el Doctor.

—Me dijiste que Discépolo era político —continuó él, cambiando de tema.

—¿Quiere escucharlo?

Levanté el brazo del tocadiscos justo cuando El Varón del Tango comenzaba a cantar *En esta tarde gris*.

—Déjalo, déjalo —ordenó el Doctor y, aclarándose la garganta, se paró junto al ventanal del living a escuchar la letra y mirar hacia donde debía estar la piscina.

> *¡Qué ganas de llorar*
> *en esta tarde gris!*
> *En su repiquetear*
> *la lluvia habla de ti.*
> *Remordimiento de saber*
> *que, por mi culpa, nunca,*
> *vida, nunca te veré.*

Caminó lento de un extremo al otro de la sala como si estuviese midiendo el espacio y de pronto se volvió cargado de una sorpresiva energía e intentó unos pasos de tango, que, no me queda más que dejar constancia aquí de aquello, fueron un perfecto fracaso. Es un buen político, pero un pésimo bailarín. Después se quedó de pie, quieto, a escuchar.

> *Ven,*
> *triste me decías,*
> *que en esta soledad*
> *no puede más el alma mía...*
> *Ven,*
> *y apiádate de mi dolor,*
> *que estoy cansado de llorar,*

> *de sufrir y esperar*
> *y de hablar siempre a solas*
> *con mi corazón.*

—Pon a Discépolo, mejor —dijo al rato, en medio del living—. Pero que sea *Cambalache*, que desde que volví de Moscú veo el mundo como lo describe ese tango...

—Volvió de allá como yo de la bodega cuando iba a buscar harina, Doctor.

Se viró para lanzarme una mirada severa. Luego se pasó una mano por la cabellera y se acomodó los anteojos.

—Tú regresabas con las manos vacías a tu casa, pero yo a un país con nueve millones de habitantes sin comida —afirmó grave—. En fin, pon a Discépolo, mejor. Déjalo cantando y vete a descansar. Mañana aún estaremos en el poder...

> *Que el mundo fue y será una porquería*
> *ya lo sé*
> *¡En el quinientos seis*
> *y en el dos mil también!*

> *Que siempre ha habido chorros*
> *maquiavelos y estafaos*
> *contentos y amargaos*
> *valores y dublé...*

33

I see the bad moon arising
I see trouble on the way
I see earthquakes and lightnin'
I see bad times today.

CREEDENCE CLEARWATER REVIVAL,
Bad Moon Rising

La casa del profesor Horacio Berenguer domina sin contrapeso el Pacífico desde lo alto de la calle Bellamar. Nos recibió en la puerta con una sonrisa amplia, la piel tersa y rosada pese a los años y un curioso parecido al actor de *Regreso al futuro*. Nos sentamos en la terraza, viendo todo el espectáculo de la bahía, que yo recordaba triste y nublada, grisácea, pero que ahora refulgía como un campo de diamantes.

—¿Usted es el padre de Victoria? —preguntó. Más que una pregunta era en verdad una afirmación—. Encantadora estudiante. Lamento su muerte —añadió en voz baja.

Le presenté a Casandra y le expliqué a grandes trazos en lo que andaba, y le dije que sus recuerdos sobre mi hija eran importantes para mí. Y mientras lo decía sentí como si yo nuevamente estuviese operando por encargo de la Compañía y me dedicara no a investigar a Victoria sino a un objetivo de la institución.

—Fue una alumna encantadora —repitió Berenguer, sentado en una silla de madera, como si la experiencia académica fuese más bien de tipo social—. Se sentía atraída por las culturas indígenas que encontraron los conquistadores a su arribo. Era bien madura para su edad y le interesaba la política.

—¿Se acuerda de quiénes eran sus amigos?

—Uno como profesor ignora eso —explicó Berenguer.

La respuesta me desalentó. Tal vez debía resignarme a la idea de que recomponer el pasado de mi hija era imposible, que esa etapa se había esfumado para siempre, aunque yo perteneciera al bando triunfador en la batalla por Chile y hubiese escrito parte del relato sobre lo acaecido.

—Cualquier detalle que recuerde me sirve —afirmé—. Cualquier nombre, cualquier anécdota.

Sentí de pronto la mirada de Casandra como un reproche. Quizás apuntaba a que el profesor era ya un anciano, aunque fuese historiador y etnólogo. Pero ¿qué otra cosa podía esperarse de mí? Había cruzado el continente para rescatar detalles de la historia familiar y a lo largo de mi carrera había aprendido que la memoria trabaja mucho mejor bajo el apremio, y que hay modos de imponerlo. Miré al profesor pensando en que siempre hay formas de refrescarle el pasado al más olvidadizo. De eso entendían algunos militares chilenos o brasileños, en especial los expertos en contrainsurgencia formados en la Escuela de las Américas, de Panamá. Contemplé las elegantes manos blancas de Berenguer, sus uñas limpias y de cutícula recortada, y pensé con escalofríos y una repentina opresión en el pecho en las técnicas que los seres humanos somos capaces de emplear para arrancar confesiones. Sobre nuestras cabezas pasó planeando una gaviota. Graznó un par de veces, ascendió después como una llama blanca hacia el azul del cielo y se alejó mar adentro sin agitar sus alas desplegadas. A lo lejos, ciñendo la costa, las casas eran canicas de vidrio desparramadas sobre los cerros.

—Vivo aquí porque Valparaíso es un oasis al lado del Santiago contaminado —dijo el profesor y en ese instante comprendí que él en verdad ya era demasiado viejo como para confiar en su memoria.

Extraje la foto de Victoria y se la mostré. Él se calzó las gafas. La examinó con manos temblorosas.

—Es Victoria. Tal como la recuerdo —exclamó—. Era menuda, rubia e inteligente. Me parte el alma saber que ya no está entre nosotros. Lo siento, señor Kurtz. Que Dios la tenga en su santo seno.

—¿No ubica a los jóvenes que están con ella? —pregunté.

Casandra seguía la conversación sumida en un silencio distante. ¿Creerá ella en todo lo que le he contado, o le da lo mismo o, peor aún, desconfía de mí y me acompaña por curiosidad, sospechando que mi biografía oculta algo que la relaciona con un pasado siniestro?

—Recuerdo también a esta niña —dijo al rato el profesor, aplicando el índice sobre la foto—. Es Ana. Pololeaba con el famoso Beto.

—¿Qué Beto?

—En verdad, ignoro su apellido. No era alumno mío.

—¿Y por qué era famoso?

—Bueno, es un decir. Era famoso en el Pedagógico, que quedaba frente al departamento nuestro.

—¿Por qué era famoso? —La lentitud de Berenguer me enardecía. Casandra me dirigió una mirada, dándome a entender que me calmase.

—Antes tengo que decirle algo —anunció Berenguer con el índice en alto, como si impartiese una clase, ajeno a mi impaciencia—: En el Pedagógico estudiaban los chicos de las familias del pueblo, pero en nuestro departamento estudiaban los hijitos de papá.

—Interesante —dije—. Pero ¿por qué era famoso ese muchacho?

—Porque tocaba en un conjunto folclórico.

—¿Cómo se llamaba ese conjunto?

—Si usted se calma un poquito, tal vez me acuerde del nombre, señor...

La casa de Beto, integrante del grupo musical Tiempos de Cambio, quedaba en la avenida Alemania, según el profesor Berenguer, pero no recordaba el cerro, algo desalentador puesto que la avenida cruza por lo alto toda la ciudad. Así que no logramos avanzar mucho. Además, sus recuerdos eran vagos y bastante confusos, y la dirección aproximada de Beto era de la época de la Unidad Popular.

—Lo mejor sería consultar en la Juventud Comunista —propuso Casandra mientras conducía su Hyundai hacia la parte baja de la ciudad, que resplandecía frente a un Pacífico inquieto como un azogue.

Era una buena idea, pero no me convenía entrar a las oficinas de una organización radical. No debía despertar suspicacias, menos llegar hasta ellos con una foto de mi hija. Nunca hay que aventurarse en la madriguera del enemigo.

—¿Sabes dónde tienen la sede local? —pregunté.

—En un viejo edificio céntrico que la dictadura les expropió. En democracia se lo devolvieron.

—Bueno, a veces los expropiadores resultan expropiados —dije con sorna—. Vamos. ¿Por qué piensas que ellos pueden ayudarnos?

—Pura deducción. El grupo donde tocaba el Beto tiene que haber sido comunista o socialista.

—De derecha no era, ¿verdad?

—Con un nombre como el de Tiempos de Cambios solo podía ser de izquierda en 1971 o 1972, David. Tampoco podía ser del MIR o del MAPU. En esa época ellos solo creían en la música de las Kaláshnikov, las punto nueve o las bombas Molotov.

Estacionó al costado de una plaza con grandes palmeras y me pidió que la esperara tomándome un jugo en un café cercano. Me ubiqué junto al ventanal, que da a una pileta con una escultura de Neptuno, y me dediqué a contemplar a los jubilados que conversan y arrojan migas a las palomas. Visten ropa oscura y llevan chaqueta, yoqui, boina o sombrero, algo que me recuerda Portugal. En las plazas de Mineápolis no se ven, en cambio, ni palomas ni jubilados sentados en los bancos.

Casandra regresó al rato. Se sentó a la mesa, ordenó un jugo de tuna, y me dijo:

—Efectivamente se trata de un conjunto folclórico de la juventud comunista de aquellos años.

—¿Toca aún allí el Beto? —pregunté.

—Ese es el problema.

—No me digas que está muerto.

—Como si lo estuviera.

—¿Por qué?

—Porque el famoso Beto dejó Valparaíso poco después del golpe militar.

—¿Y adónde se fue? ¿Desapareció?

—Se marchó al exilio y no volvió más.

—¿Dónde vive entonces?

—En la ciudad de Leipzig. Si quieres hablar con él, tendrás que desplazarte lejos, a Sajonia, el este de Alemania.

Cuando volvimos a Santiago cenamos en el Chez Henry ostras y codornices con un sauvignon blanc, que luego reemplazamos por un cabernet para celebrar la pista que nos había dado el profesor Berenguer. Cerca de medianoche dejamos el ambiente de luz contenida de las lamparitas de género del Chez Henry y nos dirigimos a la vivienda de Casandra, en el barrio de Bellavista.

En cuanto ingresamos a la oscuridad fresca de la casa, no sé cómo fue, pero nos abrazamos y comenzamos a besarnos con desesperación. Nos fuimos a su dormitorio, donde ella encendió una vela frente al espejo de la cómoda. Yo empecé a desnudarla con delicadeza. En la penumbra emergieron sus muslos finos, el triángulo oscuro de su vello, sus pechos diminutos y erguidos, y la espléndida curvatura de sus hombros.

Hicimos el amor con el sosiego y la ternura de una pareja antigua, vale decir, sin erupciones fogosas ni gemidos estremecedores, envueltos más bien en esa suerte de languidez con que las serpientes se deslizan sobre un lecho de hojas húmedas. Dentro de ella me sentí cómodo y seguro. No me acostaba con una mujer desde que enviudé, y desde hace veinte años no hacía el amor con una chilena. Después permanecimos desnudos en la cama, entre las sábanas desordenadas, contemplando en silencio la danza de la llama ante el espejo, agradecidos de que todo hubiese transcurrido sin contratiempos ni palabras comprometedoras. Al rato nos levantamos y bebimos un Sandeman envueltos en bata en el living.

—Ahora tienes que reservar pasaje para Leipzig —me recordó Casandra. Despojada del maquillaje se veía espléndida su palidez de muñeca japonesa.

Le pedí que me echara de nuevo las cartas de Victoria.

—¿Estás seguro? —preguntó.

—Me gustaría saber si funciona con una persona ausente...

—Las cartas dicen la verdad sobre cualquier persona, presente o ausente —afirmó con autoridad—. Que esté cerca o lejos, da lo mismo.

—Hagámoslo entonces.

Salió y regresó al living con el mazo de cartas de Waite. Me pidió que la ayudara a barajarlas y dispuso las cartas entre nosotros, en orden piramidal sobre el sofá. Consultó la primera carta inferior de la izquierda. Es el nivel que habla del pasado.

—La Fuerza —anunció—. El león es la fuerza interior peligrosa, brutal, que llevamos dentro. La mujer que está junto al león pretende controlarlo con su paciencia. Uno debe aprender a controlar la violencia propia haciendo uso de la delicadeza para domesticarla y orientarla.

—Como en la carta de La Carroza —dije.

—Así es. Sugiere que el amor siempre triunfa sobre el odio.

Examinó la segunda carta.

—Es La Muerte, en posición invertida —anunció. En esa carta la muerte cabalga por el campo sobre un corcel blanco—. Es el miedo a lo desconocido. En el Tarot la muerte no es el final de nada, sino simplemente la transición a otro estado. La muerte es igual para todos. La tememos, pues no la conocemos ni sabemos cuándo nos golpeará. No hay que oponerse a ella, sino seguirla, orientar nuestras energías en la dirección que ella misma imprime. Hay que plegarse a sus designios y aceptar su necesidad.

—¿Y la carta siguiente? —pregunté sin ocultar el nerviosismo.

—Es La Carroza.

—¿Como la que me tocó a mí?

—Exacto.

Casandra me miró como si estuviese lejos, en un extremo inalcanzable del espacio. Mientras trataba de recordar lo que significa La Carroza, le pedí que continuara. Levantó entonces la carta izquierda del nivel intermedio, aquel que habla del presente.

—La Templanza, en posición inversa —exclamó—. Aquí hay mucha combinación desafortunada. Veo disputas, querellas, acusaciones, falta de armonía espiritual. Veo también desórdenes y la posibilidad de un desastre.

—¿Es una mala carta?

Sacudió la cabeza y ocultó por unos instantes el rostro detrás de su cabellera.

—Es una carta complicada —precisó—. Después te explicaré. ¿Vamos a la otra?

Era El Emperador. También apareció en forma invertida. Sin levantar la vista, Casandra me dijo que ella hablaba de la inmadurez, de la dependencia emocional o la esclavitud frente a la figura paterna o autoritaria. Se refería, en suma, al peligro de que la persona se viera defraudada por algo.

—Pese a que la persona es adulta, sigue siendo un niño desprotegido —agregó.

—¿Eso corre para mi hija?

—Estamos viendo lo que ella enfrentó en esa etapa —aclaró—. Pero El Emperador habla también de la necesidad de la razón y la autoridad, del peligro que representa el que reinen solo las emociones. ¿Me entiendes?

—Te entiendo.

—¿Seguimos?

—¿Qué viene ahora?

—La cúspide de la pirámide. Ella habla del futuro.

Atisbé un fulgor de inseguridad en los ojos de Casandra. Le incomodaba el mensaje de esas cartas.

—Sigamos —dije.

—La Torre.

—¿Es una buena carta? —Vi a mi hija en la cama del hospital, pero también la vi como estudiante en esta ciudad, como una muchacha solitaria por culpa del trabajo conspirativo que me consumía, ese trabajo que súbitamente dejó de ser de recolección de información para tornarse, después del golpe militar, en otra cosa, en algo que prefiero olvidar.

—Indica el inicio de una nueva etapa —aseguró Casandra, lo que me hizo preguntarme qué habrá significado eso para mi hija en sus años estudiantiles. Yo nada sabía sobre qué pensaba y en qué creía Victoria entonces. No tenía noción de cuáles eran sus temores y esperanzas ni por qué necesitaba desprenderse de ciertas creencias y valores de nuestra familia—. ¿Ves las lenguas de fuego que asoman por La Torre?

—Sí, y hay también un rayo.

—La Torre quema todo lo inservible, pero conserva lo valioso. Es algo esencial para que la vida vuelva a comenzar una y otra vez. Toda estructura e idea obsoleta está condenada a morir. De ese modo sobreviene el cambio drástico. Así nace el futuro, David.

—¿El futuro de mi Victoria de entonces?

—El que aguardaba a Victoria si tú hubieses decidido quedarte entonces aquí. ¿Quieres averiguarlo?

36

E tique, taque, tuque
se pasa todo el día
Giuseppe el zapatero,
alegre remendón
masticando el toscano
y haciendo economía,
pues quiere que su hijo
estudie de doctor.

GUILLERMO DEL CIANCIO,
Giuseppe El Zapatero

Hoy fue un pésimo día. O una pésima noche, mejor dicho. Por eso escribo esto ahora mismo, después de volver en la camioneta a mi casa. Reina mucho descontento en mi barrio. La Navidad fue triste en todas partes. Poca comida y pocos regalos. El desabastecimiento agobia a la gente y la enemista, la vuelve desconfiada y agresiva. En los buenos barrios, las mujeres de derecha continúan haciendo sonar por la noche las cacerolas desde ventanas, jardines y balcones. Ellas, que lo tienen todo y a quienes nada les falta, generan la algarabía mientras los partidos opositores acusan al Doctor de haber traído a Chile a quinientos agentes soviéticos bajo la cobertura de técnicos y economistas, y de querer instaurar el comunismo. Es una campaña insidiosa. Ellos ya deben saber que Moscú abandonó al Doctor y su programa de gobierno.

Nos llueve sobre mojado: aumentan las empresas tomadas por sus obreros, pero estos no reciben insumos para mantener la producción ni disponen de recursos para adquirir los repuestos. El resultado es fatal. La producción se detiene, aumenta la escasez, crece el descontento. Con tanta toma de tierras y fábricas, los pequeños y los medianos empresarios se han asustado. Temen que mañana los despojen de sus empresas. Mucha gente de la clase media le tiene terror a las expropiaciones, y los obreros por otra parte se sienten desorientados. Y al mismo tiempo los grupos radicales de izquierda, que acusan al Doctor de reformista, exigen la clausura del Congreso y la creación de una asamblea y un Ejército popular, así como el fin de las escuelas privadas. Están convencidos de que al final esta batalla se dirimirá por las armas, no por los votos.

Tampoco los asentamientos campesinos producen lo que la ciudad necesita, pues la transición de las tierras privadas a la formación de cooperativas es un proceso lento y engorroso, que requiere mucha conciencia y paciencia (ya estoy hablando de nuevo como el Doctor...). En fin, esta noche todo lo veo color de hormiga. Es posible que mi condición de panadero fracasado me haya convertido en un pequeñoburgués que vacila ante los cambios revolucionarios. Es posible. Me gusta este trabajo, pero solo lo veo como una forma de volver a mi panadería.

Y como si todo esto no bastase, volvieron a apedrearme el negocio, y esta vez pintaron lemas ofensivos en la puerta. Y a mi mujer algunos le quitaron el saludo en el barrio. Otros rumorean que soy un traidor, que abandoné la causa de los pobres, que me pasé al bando enemigo y que me dedico a es-

pecular en el mercado negro. Un vecino cabeza caliente in-
crepó ayer a Amanda. Le gritó de una vereda a otra que ya no
hago pan, que le pongo el gorro con otra y que mi local es
un punto de almacenamiento clandestino de productos destinados al mercado negro.

—Por eso Rufino se te va tan temprano por las mañanas
y te regresa tan tarde por la noche —añadió a gritos una mujer que volvía del almacén de la JAP sin la ración de pollo
anunciada para el barrio ese día.

No sé, pero las interminables colas de gente ante la JAP
me recuerdan las colas que vi en La Habana y Moscú. En La
Habana, al menos, hay calor, y la gente se cubre la cabeza
con una hoja de diario mientras aguarda durante horas su ración de comida. Esperar allí, en el clima amable del Caribe, es
una cosa; en el invierno ruso, es otra. No sé cómo los mosco-
vitas lo soportan tanto tiempo, pero lo cierto es que aquí la
cosa es distinta y creo que a todos se les está agotando la paciencia.

—¡O tú cambias de trabajo o nos cambiamos de barrio!
—me dijo Amanda cuando volví a casa. Estaba enfurecida en
la cocina, echando a remojar los últimos garbanzos, para el día
siguiente.

—No puedo ni lo uno ni lo otro —respondí tendiéndome
en el sofá sin zapatos, tal como suele hacerlo el Doctor en el
living de su casona.

—¿Por qué no dejas esa pega? —me preguntó Amanda
secándose las manos en el delantal—. No me gusta verte de
empleado en una casa del barrio alto, por importante que sea
su dueño.

—¿A qué te refieres?

—A que has dejado de ser un hombre independiente para
convertirte en uno con patrón. ¿No era ese tu gran orgullo?
¿No tener patrón?

—¿Y a qué me dedico si no encuentro harina ni manteca en parte alguna? ¿Qué hago si hay que coimear a los distribuidores y cargadores de los molinos estatizados para que te desvíen un saco? Eso solo lo pueden hacer las panaderías grandes, no un pobre amasandero como yo.

—Entonces dile todo eso al Doctor. Al final él es el responsable de lo que sucede. Que al menos te ayude.

—No es el responsable.

—Es el principal responsable. No me lo vas a negar. ¿O crees que vive en Pénjamo?

—Ya me está ayudando.

—No, no te está ayudando. —Un relámpago encendió los ojos de mi mujer.

—¿Ah, no? ¿Y qué está haciendo al darme trabajo en su residencia?

—Simplemente te convirtió en un empleado más de él. Como a todos los guardias, mozos y secretarios que tiene. Si no te has dado cuenta, esa es la triste verdad, Rufino.

—Estamos impulsando un proyecto histórico que transformará al país, Amanda.

—No me hables ahora como si tú también fueses un político —gritó, alzando las manos al cielo—. Lo único que me faltaba. Mírame, soy tu esposa. A mí no me vengas con cuentos. Tú, cuando joven, nunca fuiste empleado de él, sino compañero de estudios.

—¿Dónde, mujer, dónde fui su compañero de estudios? Si él asistió a colegios privados y a la universidad, y yo, como pobre que soy, apenas fui a una escuela pública...

—¿Cómo que dónde? Donde el italiano anarquista. ¿Cómo se llamaba?

—Demarchi.

—Sí, eso es. Donde Demarchi. Allí fuiste su compañero. Tú me lo contaste. ¿No fue así? ¿No estudiaron juntos política, acaso? ¿Y tú no sabías más que él en esas clases y no le ganabas acaso siempre en el ajedrez?

—¿Y qué quieres? ¿Que por eso me haga ahora ministro? No y no. No entiendes nada. Y además no puedo dejarlo solo —afirmé, sabiendo que Amanda ya no me escuchaba—. Menos en estos momentos. Él me necesita.

—Cambiémonos entonces de barrio. ¿Por qué no le pides que te consiga una casita digna en otra parte? Le basta con hacer así —chasqueó los dedos— para encontrarte algo bueno en otro barrio, cerca de él sería aún mejor. ¿O crees que me gusta andar dando explicaciones de por qué cerraste la panadería y no paras ahora en casa y duermes afuera? ¿Crees que acaso me gusta que se rían de mí?

—No puedo pedirle algo así, mujer. A un amigo no se le piden favores como esos. Además, esta crisis ya va a pasar, todo va a mejorar. Ya verás.

—No me vengas a dorar la píldora —gritó—. Yo no me hago ilusiones. Me acuerdo perfectamente de lo que viste en Cuba y la Unión Soviética. Todavía hay colas y libreta de racionamiento por allá. Y eso que llevan mucho pero mucho tiempo con el sistemita ese. Aquí estamos recién comenzando.

—No es igual, Amanda, no es igual. Las cosas aquí mejorarán. Ya verás. El mismo Doctor me lo dijo. Él sabe lo que está pasando. No es ciego ni sordo. Todo volverá a ser como antes, ya verás.

—Quiero decirte una sola cosa —agregó Amanda, fuera de sí, alzando aún más el tono de su voz—. A mí me da exactamente lo mismo vivir en el capitalismo, el socialismo o el comunismo. Me da igual, te lo juro. Pero lo único que quiero es vivir tranquila, y que mi marido tenga harina para hacer su pan y yo detergente y almidón para lavar la ropa. Todo lo demás, llámese como se llame, sea de izquierda o de derecha, revolucionario o contrarrevolucionario, me da lo mismo. Yo no vivo de discursos, sino de lo que me pagan y encuentro en el almacén.

Se devolvió a la cocina y cerró la puerta de un portazo malogrado, por cierto, pues el marco está hinchado por la humedad y ya no tengo ni manteca para untar las bisagras. ¿Y qué quería yo? ¿A *la pobrecita, corriendo la liebre sin murmurar parola*? Claro que no iba a quedarme reposando en el sofá como lo hace el Doctor cuando regresa a casa, tarde por la noche, desde La Moneda, así que me acosté en la cama y me puse a escribir en este cuaderno que mañana volveré a ocultar bajo el asiento de la camioneta.

Y mientras escribo y mi mujer lava los últimos platos en la cocina, me asaltan dudas medio tontas. Por ejemplo: si alguien llegase a leer estas páginas un día, ¿las leería como verdad o como fantasía, como diario personal o como novela? Es decir, ¿creería en la existencia de este hombre de carne y hueso que soy yo, que escribe esto ahora en la cama que cruje frente a una ventana que da a un patio de tierra donde se acumulan tablas que me servirán para levantar el segundo piso de mi casa, o pensaría que se trata de una historia inventada, en la cual el Doctor, Gricel, Amanda, mi hijo, mis viajes y mis problemas, y yo mismo, todo lo narrado, somos apenas fruto de la imaginación de un tercero, que relata peripecias imaginadas sentado ante un cómodo escritorio de madera?

¿Cómo hacer para que quien lea lo que escribo sepa que es cierto cuanto narro, pese a que no estaré cerca para jurar que todo es verdad por la única mujer que amé en la vida? ¿Cómo hacer para transitar de una historia de fantasía a una de verdad, de una novela a una memoria? Tal vez si no mencionara por escrito los acontecimientos, estos continuarían levitando libres en el espacio como si en efecto hubiesen ocurrido, y solo correrían el peligro de ser olvidados, pero nunca de ser reducidos a la categoría de una novela inventada por un escritor anónimo. Me temo que las situaciones, al aparecer en este cuaderno escolar con la portada de Lenin, terminarán por desaparecer en el cielo, por diluirse en la nada.

37

Hoy por la noche llegó a Tomás Moro el general Augusto Pinochet, que está a cargo del Estado Mayor. Es decir, es el segundo hombre en la cadena de mando del Ejército que encabeza el general y ministro del Interior, Carlos Prats. Cuando apareció, yo ya estaba libre, había finalizado el inventario de la despensa y podía volver a casa. Pero preferí continuar en la cocina porque allá los ánimos de Amanda estaban muy caldeados.

Tal vez es mejor que comience este capítulo confesando que en realidad no me fui de puro copuchento. No me fui para tirarle la lente al general y escucharlo hablar con el Doctor. Insisto: yo estaba listo para irme, había conseguido fideos y arroz en un almacén de San Diego, carne en el matadero Portales de Valparaíso, y unas cajas de vino en la embajada de Bulgaria, país que, en opinión de algunos que cenan a veces con el Doctor, constituye un modelo para Chile, aunque si viven allá como en La Habana o Moscú, dudo de que sea uno bueno.

En todo caso, el general llegó a las diez de la noche a Tomás Moro, cuando doña Tencha ya se había retirado a sus aposentos tras cenar afuera con una hija. Un escolta anunció que el general llegaba sin acompañante, conduciendo un Peugeot viejo. Andaba de terno azul, camisa blanca y corbata roja con prendedor, no de uniforme. Eso encendió mi curiosidad. ¿Qué busca un general de civil en una reunión sin testigos con un presidente revolucionario? Cuando entró a la zona de espera de audiencias, lo espié a través de la puerta del comedor. Uno de los impecables y reservados mozos que la Marina puso a disposición del Doctor le ofreció asiento.

El general es un tipo ya mayor, de ojos claros, cabellera espesa, tiene el cuello corto y se ve fornido como un estibador, uno de malas pulgas, por cierto. No parece general, o tal vez yo tengo una idea diferente de un militar. Parece más bien empresario o *shusheta*. El Doctor lo saludó con amabilidad y un apretón escueto de manos y lo invitó a pasar al living, donde se sentaron y hablaron mientras el marino se acercaba de vez en cuando con una bandeja con aperitivos. Yo los espiaba desde el salón de audiencias. Hacía como que estaba ordenando. Los escuché hablar, en voz alta a veces, de pronto en conciliábulo, soltar una que otra carcajada, guardar prolongados silencios. Daban la impresión de que se conocían. Si es así, es bueno, porque el Doctor necesita del apoyo de los militares para llevar adelante su programa de gobierno. Por lo que llega a mis oídos, él cree que ellos son respetuosos del orden constitucional y lo respaldarán hasta el último día de su mandato.

Pese a esa confianza en los militares, a mí por lo menos no me convence el personaje. Puede ser un prejuicio, pero me recuerda más bien al tipo del *Del orre batallón / vos sos el capitán, / vos creés que naciste / pa ser un sultán*. Vamos, para comenzar, no le llega ni a los tobillos al general Prats, que es todo un caballero de mirada sosegada y amable, casi tierna, diría yo, aunque suene amariconado viniendo de otro hombre. Pero este general *non mi piace*. La gente que no parece lo que es o debe ser, despierta de inmediato mi desconfianza. Es decir, un futbolista debe parecer un futbolista, un maestro debe parecer un maestro, un presidente debe parecer un presidente, y un general debe parecer un general. Y este andaba de civil, disimulando lo que es, cosa rara.

Se retiró como a la hora. No vació el vaso de whisky que le sirvieron, es más, apenas lo probó. Me tinca que tenía miedo de irse de lengua. Otra razón para desconfiar. El Doctor lo acompañó hasta las palmeras de la puerta, donde se despidieron, y después el general abordó su carro. Sentí al rato que la conversación había reanimado al Doctor, como que le habían traído buenas noticias o perspectivas halagüeñas, algo que desde luego me alegra, pues en el último tiempo comienzan a correr rumores de que se cocina un golpe de Estado. La situación política y económica empeoró aún más después de nuestra visita a Moscú, de donde volvimos con las manos vacías. Hace poco el Doctor le confidenció a un visitante, aquí en el living, que la negativa de Brézhnev, Gromyko y Kosygin, y toda la vieja guardia del Kremlin a concederle un crédito para comprar alimentos en el mercado mundial, lo deprimió. «Fue uno de los momentos más duros de mi vida política», dijo el Doctor. En fin, la falta de alimentos solo empeora el ánimo de la gente.

Y eso es delicado. Sumamente delicado, como diría el Doctor. En mi barrio, la gente anda frustrada por el desabastecimiento y la inflación. Lo que ayer costaba diez, la próxima semana cuesta cien, y eso solo si uno tiene la suerte de encontrar lo que busca. Y como si fuera poco, los señores de la oposición andan denunciando en los diarios, las radios y la televisión que avanzamos hacia un desastre económico y la instauración de una dictadura comunista. En fin, quizá la visita del general sea una señal halagüeña, una muestra de que los militares siguen respaldando al Doctor, quién sabe. En todo caso me quedé con la impresión de que el Doctor confía en Pinochet, y a decir verdad él pocas veces se equivoca con su olfato político.

—¿No escuchas tangos esta noche? —me preguntó cuando llegó a la cocina.

Advertí en su mirada que andaba satisfecho y optimista, como si se hubiese apuntado un triunfo. Los mozos de la Marina ya se habían retirado y yo estaba por irme con mi pollo de la semana.

—No, Doctor. No es bueno que sus visitas escuchen ruido de la cocina —respondí.

—¿Qué te parece el general? —me preguntó el Doctor mientras sacaba del refrigerador una botella lechera con jugo de naranjas, que doña Mercedes le había preparado ese mediodía. Lo vertió en un vaso y lo bebió con fruición—. No debería ingerir cítricos en la noche, un juguito de guayaba o mango me vendría de perilla.

—¿Quiere la verdad, Doctor?

—La verdad, pues hombre. Para eso estamos aquí.

—No me cayó bien, Doctor —dije desde la puerta, con las llaves de la camioneta en la mano.

—¿Por qué no? —Colocó el vaso vacío sobre la mesa, junto a la radio.

Le expliqué mi teoría sobre la gente que no parece lo que es.

—¿Y yo? ¿Parezco lo que soy?

—Usted sí, Doctor.

—Pero te advierto que a mí no me gusta parecer un presidente más, Rufino. Quiero ser y parecer un presidente de nuevo tipo, uno revolucionario, activo, incansable, comprometido con su pueblo. No quiero verme como los presidentes tradicionales, a menos que sea Balmaceda, ese sí que tenía los cojones bien puestos —afirmó enfatizando sus palabras con un movimiento de la cabeza erguido en medio de la cocina, con el pecho inflado, mirándome de lado como suelen hacerlo los zorzales.

—¿Le vio las manos al general? —pregunté.

—¿Qué tienen?

—Mire las mías. —Se las mostré—. Son gruesas, morenas y tengo los dedos hasta machucados. Mire las callosidades en el borde de las palmas y la cicatriz en la muñeca. Son las manos de un antiguo zapatero y ballenero, hoy convertido en panadero por las cosas de la política. ¿Vio las manos del general?

El Doctor me quedó mirando serio, con una mano hundida en el bolsillo de su pantalón oscuro. Sentí que me escrutaba con los ojos entornados detrás de los cristales: la barbilla alzada, aspirando aire por la nariz, apretando los labios. Su bigote me pareció más canoso que nunca.

—¿Qué tienen las manos del general? —preguntó.

—No tienen nada.

—¿Y entonces?

—Ahí está lo malo.

—¿A qué te refieres?

—¿No se acuerda de las manos de Demarchi?

—Algo.

—¿Cómo eran?

—Eran manos con arrugas profundas, manchadas de tintura, de dedos con moretones.

—Manos de zapatero, ¿o no? ¿Sí o no? ¿Acaso no se da cuenta? —le pregunté alzando la voz—. Él no tenía que andar explicando lo que era. Cualquiera lo sabía con solo verlo. Sus manos lo cantaban al cielo.

—¿Y entonces?

—Las manos de este general, en cambio, son tersas y pálidas. Se las cuida demasiado. Seguro que se las unta con crema

Nivea cada noche. ¿Y qué decir de sus uñas largas y limpias? Brillan como hallullas recién salidas del horno. Ese general no tiene manos de soldado, Doctor. ¿No se da cuenta? Por eso desconfío de él.

38

Oh yes I'm the great pretender
Pretending I'm doing well
My need is such I pretend too much
I'm lonely but no one can tell.

THE PLATTERS, *The Great Pretender*

En la ciudad sajona de Leipzig nacieron las marchas que derribaron al régimen comunista de la República Democrática Alemana y el Muro de Berlín. Llegué a su gigantesca estación en un tren de alta velocidad de la Bundesbahn, bañado en recuerdos. Estuve aquí en los años setenta, después de mi agitada residencia en Chile, contactando a una espía doble nuestra que era oficial de la Stasi. A ella la descubrieron en 1980 y la condenaron a cadena perpetua. Se salvó por poco de la pena capital gracias a Markus Wolf, el espía sin rostro, el mítico jefe de la HVA de la desaparecida RDA.

Pam Schneider, una joven delgada y demacrada, de cabello liso y aspecto mediterráneo, trabajaba para Wolf en Damasco bajo la cobertura de corresponsal de la revista germano-oriental *Horizont*. Desde allí nos informaba de vez en cuando sobre las relaciones de Berlín Oriental con extremistas palestinos y la infiltración en el BND, el espionaje alemán occidental, que más bien parecía un colador.

Nunca más supe de Pam, con quien conversé por última vez en la escalera de piedra que baja al célebre Auerbachs Keller, mientras esperábamos en una fila por una mesa. La alerté de que había un topo y que Markus Wolf, en su oficina en la Normannen Strasse, debía estar a punto de descubrir su traición. Le ofrecí escapar a Praga, desde donde podría llevarla de contrabando a Occidente a través de Hungría, pero ella rechazó mi oferta pues no podía abandonar a su familia. Lamentable decisión. Solo fue liberada tras la caída del Muro.

Ahora, en 1995, exactamente quince años después, vuelvo a su melancólica y deprimente ciudad. Esta vez no lo hago bajo la cobertura de un empresario canadiense interesado en establecer contactos comerciales en la feria industrial de Leipzig, sino como un hombre común y corriente que necesita información sobre su propia hija y para su propia conciencia, no para la central en Langley, en Virginia. No era una tarea fácil. Me instalé en el cuarto piso de un hotel situado frente a la monumental estación de trenes.

En la ciudad reina cierta prosperidad tras seis años de democracia y libertad económica. En sus calles céntricas percibo un crepitar entusiasta y un ritmo agitado, inexistente en el socialismo. Veo gente sonriente, mujeres con paquetes y bolsas plásticas de cadenas internacionales. Celebro el fulgor de ciertas fachadas restauradas, la abundancia de productos en las antiguas y espartanas tiendas socialistas. El viejo Konsum, el mayor centro comercial de la Leipzig socialista, ha terminado convertido en una supertienda de renombre europeo, y el aire ya no huele a carbón de hulla como en el pasado. Desaparecieron por fin la tristeza y la escasez, pero aún palpitan la reserva y la melancolía de los setenta, aún priman las fachadas de estuco revenido y las desparejas calles con baches y oscuras.

Nataniel Bravo, el charanguista del conjunto folclórico Tiempos de Cambio, aceptó mi invitación al Auerbachs Keller. Acordamos que a las seis de la tarde nos veríamos allí para el Abendbrot. Al teléfono, desde la distancia, se mostró dispuesto a conversar, aunque enseguida aclaró que no se acordaba de Victoria. Llegué poco antes de las seis al Mädler Passage, donde el músico ya me esperaba apoyado en la base de la escultura de Fausto y Mefistófeles, con el *Neues Deutschland* bajo el brazo.

Bajamos en silencio las escalinatas al sótano. Como en los viejos tiempos, me cercioré a través de los cristales de que nadie nos seguía. Pero ya no hay mucho de qué preocuparse. La parte oriental de Alemania es territorio aliado desde 1990 (escribo como si aún trabajara para la Compañía). Así que entré distendido al local y disfruté el simple hecho de sentarme junto a un pilar sin temer que el enemigo me estuviese espiando. Nataniel es espigado, de frente alta, pelo negro y lacio, bigote grueso, y sus grandes párpados le confieren un aire de agobio.

—Así que su hija estudió en Chile en los setenta —dijo. En rigor, solo estaba repitiendo lo que yo le conté por teléfono desde Santiago.

Le expliqué mi situación omitiendo, desde luego, la parte esencial. Se acariciaba la barbilla mientras escuchaba.

—¿Y qué hacía usted en Chile entonces? —preguntó aprisionando un mondadientes entre los labios.

Le dije que era comerciante.

—¿De Estados Unidos?

—De Canadá.

—Pensé que era estadounidense.

—Si usted piensa que fui agente de la CIA, se equivoca. Fui vendedor de cámaras y laboratorios fotográficos.

—¿En el Chile de Allende?

—Así es.

—Interesante. Yo militaba en las Juventudes Comunistas entonces —afirmó con orgullo una vez que ordenamos *Eisbein* con *Kloesse* y *Rotkohl*—. Cantaba *Bandera Roja* y leía *Así se templó el acero,* de Ostrovski. Así que ocupábamos trincheras opuestas.

Como izquierdista fiel, él trazaba de inmediato la línea divisoria entre su persona y la mía. Traté de imaginarme su vida de exiliado profesional en esa parte de Alemania que había sido, pero ya no era comunista, en ese país tan alejado de su patria en democracia. Nada más difícil para un exiliado político que admitir que ya no existen las condiciones que lo empujaron al exilio y que ahora puede regresar al país que lo expulsó. Abordar con tacto la vida privada del interlocutor, en este caso de un exiliado, es un recurso fructífero que sugieren emplear con sagacidad en la Compañía. Nada debilita más el alma del otro, nada lo invita tanto a la confidencia como dejarlo explayarse sobre las vicisitudes de su propia vida cotidiana. ¿Qué exiliado no se siente, por lo demás, abandonado y huérfano de compasión? ¿Qué exiliado no necesita que lo escuchen y lo comprendan, que le pasen una mano amable por el lomo?

—Esas trincheras ya no cuentan, señor Bravo —dije yo—. Son el pasado, el basurero de la historia. Entiendo que los acontecimientos de 1989 fueron dolorosos para usted. Para mí, se lo confieso con franqueza, fueron sorpresivos y decepcionantes. ¿Sabe por qué? Porque se acabó la época en que el mundo estaba dividido en dos campos que luchaban por ideales opuestos, uno basado en el individualismo y la empresa privada, el otro en la masa y la producción colectiva. Ahora vivimos una etapa en que no existen ni la pasión ni la epopeya ni las banderas. Nadie sabe ya por qué lucha.

Nataniel posó los ojos sobre el *Neues Deutschland,* el diario del desaparecido Partido Comunista, para esquivar los míos. Ahora era un diario reducido a un par de páginas, renovado, casi socialdemócrata, no el antiguo órgano oficial del partido y el gobierno comunistas, que la historia se había encargado de arrojar a su vertedero.

Pude imaginar su zozobra: tras el derrocamiento de Allende, huyó del régimen militar buscando refugio en su utopía devenida realidad detrás del Muro de Berlín. Allí cantó en festivales contra Pinochet y a favor del socialismo, cantó sobre las grandes alamedas que un día volverían a abrirse, los derechos humanos y el retorno a la democracia. Allí su piel aceitunada, sus tupidos bigotazos a lo charro y su sufrida biografía le ayudaron a derretir el corazoncito de las muchachas alemanas y quedaron a disposición del aparato cultural socialista, hasta que el nueve de noviembre de 1989 el sistema se desmoronó como un castillo de naipes. ¿Puede haber algo más doloroso y frustrante para un auténtico comunista que haber visto cómo el pueblo aplastaba su sistema supuestamente popular y democrático?

Ahora, en el capitalismo, seguro que Nataniel pagaba mucho más por alquilar su departamento. Lo habían despojado ya de su privilegio de artista oficial del gobierno de la ciudad de Leipzig y buscaba trabajo entre millares de alemanes que habían quedado desempleados por culpa de la privatización de las antiguas e ineficientes empresas de «propiedad del pueblo».

—¿Me dijo que su hija se llamaba Victoria? —preguntó cuando cuchareábamos la *Soljanka*, la misma sopa rusa que ordené allí decenios atrás, cuando alerté a Pam.

—Y que estudiaba en el Departamento de Antropología y Arqueología, en la Universidad de Chile, en Santiago —agregué. Luego mentí—: Un profesor de apellido Berenguer me contó que usted fue novio de mi hija.

—No es cierto —repuso serio el charanguista mientras partía una rebanada de pan de centeno.

—¿No fue su novio? —simulé que estaba sorprendido, pero confié en que él, sin quererlo, me conduciría a la pista que yo necesitaba—. Él me dijo que el charanguista era el novio. Y usted tocaba el charango en el grupo, ¿verdad?

—Todavía toco charango. De vez en cuando. Pero no fui novio de su hija.

—¿Ah no? Mi esperanza era que usted lo hubiese sido.

—Yo solo era amigo de ella —aclaró Nataniel—. Pero conocí al novio de su hija.

Su afirmación me reconfortó.

—¿Quién era entonces el novio? —pregunté, controlando mi impaciencia.

—Un joven que a veces nos acompañaba. Un tipo versátil, que tocaba instrumentos, pintaba y hacía artesanía inspirada en motivos mapuches.

—¿Es uno de estos?

Extraje la fotografía donde aparecían Victoria y sus tres acompañantes, y se la mostré.

—¿Es uno de estos? —insistí.

Se acarició una mejilla con la palma de una mano.

—Es ese.

Apuntó al muchacho que se ubica en un extremo de la foto. Es un tipo delgado, de piel bronceada y ojos grandes. El pelo rizado le cae sobre la frente confiriéndole un aire juguetón, alegre, pero a la vez seguro.

—¿Cómo se llama?

—No me acuerdo.

—¿Cómo no se va a acordar? Si era su amigo.

—Amigo es un decir... Simón. Se llama Simón.

—Simón, ¿qué?

—Simón Valladares.

—¿Está seguro de que él fue el novio de Victoria? —pregunté. Supuse que mentía. Sentí que la impaciencia me corroía el estómago por dentro. Hubiese podido exprimirle gota a gota la verdad para cumplir la promesa que le hice un día a mi hija—. No me mienta. Todo esto es un sufrimiento que no se lo doy a nadie. ¿Está seguro?

—Seguro. Él fue el novio de su hija —repuso bajando la cabeza.

—¿No se llamaba Héctor?

—Ya le dije el nombre.

—¿O se llamaría quizás Aníbal? —pregunté recordando el segundo nombre de Héctor.

Me pareció que sus facciones se volvían tensas.

—Se llama como le dije —reiteró.

—Y él fue el novio de mi hija...

Mientras nos retiraban los platos, me traspasó con sus ojos oscuros y luego optó por el sarcasmo:

—Se supone que eso debería saberlo mejor el padre que un amigo de la hija.

—No tuve tiempo para dedicarme a mi hija, Nataniel. Si usted tuvo hijos en esa época, le habrá pasado lo mismo. Nadie tenía tiempo para la familia. Todo se reducía a la política...

Me alteraba que el cómplice de un régimen desaparecido me faltase el respeto. Me guardé el retrato en el bolsillo de la camisa con la sensación de fracaso y de que Nataniel me ocultaba algo importante. Mi sexto sentido nunca me ha engañado.

—Si no lo sabe el padre... —farfulló Nataniel entre los dientes.

—No se mofe. Le estoy pidiendo ayuda, no lecciones. Ambos estamos maduros para estas cosas. Usted sabe que uno nunca le brinda suficiente tiempo a los suyos.

—Puede que en el exilio yo no le haya dedicado tiempo a mis hijos —admitió mientras se pasaba la mano por la cabellera—. Pero nunca me he visto obligado a preguntarle al enemigo por mis hijos...

39

Volví al hotel con la sensación de haber sido humillado. Al frente la estación reverberaba en la noche como un bouquet de plata. Nataniel se había mostrado tal cual lo temía, como un tipo envenenado por el resentimiento social y su derrota política a escala mundial. Esa fue la razón por la cual se cerró como una ostra a partir del momento en que le enseñé la fotografía de mi hija y le pregunté detalles sobre el joven que ando buscando.

Bebí un whisky apoltronado en el bar del hotel, escuchando las carcajadas de putas venidas de Polonia y Rusia y las noticias de la televisión. Me vino a la memoria Casandra, su voz calmada, la suavidad de su piel, el sosiego con que hace el amor, el perfume que se hospeda detrás de sus orejas. Deseé tenerla de nuevo conmigo. Subí a mi cuarto algo tambaleante y la llamé. No estaba en casa. En Santiago era como seis horas más temprano. Sentí un picor de celos, imaginé que podría estar con otro hombre, con alguien alternativo y progresista como ella, me dije, y decidí acostarme sin cenar porque me sentía exhausto y decepcionado. Nevaba de nuevo. Me dormí con el televisor encendido.

El timbre del teléfono me despertó. Miré el reloj. Una de la mañana. Casandra, pensé, aunque no le había dejado mi número. En fin, nadie saca en medio del sueño conclusiones brillantes. La voz de un hombre pronunció mi apellido al aparato.

—Si le interesa saber algo más de Simón, venga a verme al Völkerschlachtdenkmal —dijo la voz en español. Pronunció con dificultad el nombre del sitio.

—¿Quién habla?

—Ramiro. Usted no me conoce.

Encendí la lamparita del velador. El televisor mostraba una película de Rock Hudson en blanco y negro. Soltando un bostezo me senté al borde de la cama, con el regusto a whisky en el paladar. Me encontraba en territorio aliado y no había nada que temer, recapitulé. Pero una cita a ciegas es justo lo que la Compañía recomienda evitar. Es la trampa clásica en que cae un agente. Te citan a un sitio. Tú vas. Y te la cobran. Te extorsionan, secuestran o matan. Y mis aciertos y vicios se hallan desperdigados por varios países, como mis enemigos.

—¿Miedo? —preguntó la voz.

Miré a través de la ventana. Más allá de la cortina de copos y la avenida adoquinada por donde pasan los tranvías haciendo retumbar los edificios y aguardan en cola los taxis Mercedes amarillos, se alzaba la inmensa estación de trenes con las ventanas iluminadas y las marquesinas encaladas de nieve.

—¿No se atreve? —insistió la voz.

—¿De qué se trata? —pregunté tratando de tomarle el pulso al desconocido.

—¿No anda en Leipzig averiguando sobre su hija?

—¿Usted es amigo de Nataniel?

—Si le interesan datos sobre su hija, los hallará donde le dije. ¿Le interesan o no?

—Me interesan, pero no sé cómo llegar allá.

Me deletreó el nombre. Lo apunté en un block.

—Cualquier taxista sabe de qué hablo —afirmó.

—¿Cuándo nos vemos?

—Ahora mismo.

—Es muy tarde.

—Y hace frío y está nevando. Pero si le interesa su hija, no debiera importarle. Vaya mejor a ese lugar. Allí conversamos.

De lejos me alcanzó el chirrido de un tranvía mezclado con el ulular del viento, que escupía la nieve contra los reflectores que iluminan la fachada del hotel. Imaginé el frío afuera y no me dieron ganas de salir a la calle.

—Usted sabrá —añadió la voz—. Esperaré hasta las dos en el Völkerschlachtdenkmal. Después puede olvidarse de mí. No tengo tiempo para ocuparme de vidas ajenas.

40

Después de encargarle al recepcionista que guardara hasta mi regreso una bolsa plástica que contenía el cuaderno de Rufino, las páginas de mi traducción y mi pasaporte, cogí un taxi frente a la estación. Pedí que me llevara al Völkerschlachtdenkmal, un gigantesco monumento construido en honor a las tropas rusas y alemanas que impidieron el avance de Napoleón hacia el este europeo, según el recepcionista. El chofer, en cambio, un turco que manejaba con una somnolencia inquietante, no pronunció palabra mientras el Mercedes diésel atravesaba las calles nevadas y desiertas. En las veredas las ramas de los árboles sin hojas se alzaban al cielo como garras crispadas.

—Es aquí —anunció al rato el chofer e indicó con un índice el monto que marcaba el taxímetro.

Desembarqué en la oscuridad y la ventisca, me subí el cuello del abrigo e introduje las manos en los bolsillos. Eché de menos la shapka que compré hace años en una tienda moscovita. Ante mí se extendía una inmensa explanada cubierta de nieve, más allá una hilera de árboles desnudos y, al fondo, en lontananza, una mole de proporciones siderales. Caminé con la nieve crujiendo bajo mis suelas. Me guarecí bajo el alero de una parada de buses vacía. Ni un alma a la vista. El taxi se convirtió en un rumor lejano que cuando se apagó me permitió escuchar el silencio de la noche, interrumpido a ratos por ráfagas de viento.

Había sido un estúpido. Primero, por dejarme seducir hasta ese punto que no ofrecía escapatoria; segundo, por dejar abandonado mi cuarto para que otros pudieran registrarlo. Errores de principiante en este negocio, admití. Traté de relajarme. Recordé que era jubilado, que estaba en la Alemania libre, que no tenía oposición institucional alguna y que buscaba esclarecer la historia de mi familia. Entumido de frío eché a caminar en dirección a las torres iluminadas del centro de la ciudad.

Entonces noté los focos de un vehículo que avanzaba rápido hacia mí. Supe que en esa explanada no tendría modo de eludirlo si decidía atropellarme. Seguía acercándose con las luces altas y a toda marcha. No tendría dónde parapetarme. Opté por permanecer allí mismo, erecto y tranquilo, con las manos en los bolsillos del abrigo, fingiendo que portaba un arma, desafiando las luces que me encandilaban.

El vehículo se detuvo a unos centímetros de mis zapatos. Me acerqué con displicencia bogartiana a la ventanilla del conductor. Era un tipo delgado y de aspecto latinoamericano. Sin apartar sus manos enguantadas del volante, me dijo en español:

—Suba, que aquí no se puede conversar.

Hacía calor en ese vehículo ruso de los años setenta. El Volga es una réplica exacta del Ford de 1949. Se trata de un carro duro y gastador, copiado al milímetro de los diseños estadounidenses por orden de Stalin. A diferencia de los chinos, los rusos no saben copiar. Un Volga estaba destinado solo al uso fiscal en el comunismo.

—¿Adónde vamos? —le pregunté al chofer, que trataba de esquivar los baches disimulados por la nieve.

—No se preocupe por eso.

El Volga cruzó frente a la iglesia rusa, tomó por la Strasse des 18. Oktober y desembocó en el Mehring Ring. La nieve se amalgamaba en el parabrisas. Nos detuvimos finalmente junto a la estación, entre un camión IFA de la desaparecida República Democrática Alemana y un viejo bus Ikarus, de fabricación húngara. Ambos estaban a oscuras. En el fondo Ramiro me había hecho dar un gran rodeo para llegar de nuevo frente a mi hotel.

Entramos a la estación. Estaba en penumbras, desolada. El eco de nuestros pasos restalló en la oscuridad como en las películas de suspenso. Descendimos por peldaños mojados al subterráneo, donde vislumbré un laberinto de pasajes con muros de piedra. Caminamos hasta franquear una puerta y de pronto arribamos a una sala estrecha, de puntal alto, bañada por la luz de los focos de la calle que se derramaba por una ventanilla alta y con barrotes.

—Tome asiento —me ordenó una silueta, indicando una silla en el centro de la sala.

Me quedó claro que allí no era yo quien impartiría órdenes o formularía preguntas. Me senté. Percibí el chasquido de una gotera cercana y la carrera furtiva de una rata sobre papeles, luego el lento traqueteo de un tren. Fue en ese momento que recibí un golpe de canto en la base del cuello. Cuando me desplomaba, unos brazos me atraparon y devolvieron a la silla. Luego sentí otro golpe idéntico, que me arrancó una maldición. Agarrándome por los sobacos, alguien evitó de nuevo que me fuese de bruces. Me llegó entonces un puñetazo en la boca misma del estómago. Ahora sí caí de rodillas y vomité, manchándome el abrigo. Unos brazos volvieron a instalarme en la silla.

—¿Por qué busca a Simón? —preguntó en español una voz a mi espalda. Tuve la certeza de que no era el conductor del Volga.

Me limpié la barbilla con una manga. Temí que pudiera defecarme. Los golpes me habían hecho perder el control sobre mis intestinos.

—¿De dónde ese repentino interés por la vida de su hija? —insistió la voz.

—Es mi hija —respondí.

—¿Y qué tiene que ver Simón con ella?

—Fueron novios.

—¿Cómo lo sabe?

—Tengo una foto en que salen juntos.

—¿Dónde está esa foto?

—En mi casa.

Volvieron a ponerme de pie. Yo temblaba por completo. Ya no sentía frío en la humedad del subterráneo. Alguien me propinó otro puñetazo en el estómago. Me retorcí de dolor y perdí el control sobre la vejiga. Unos brazos me mantuvieron en vilo mientras me orinaba.

—¿De dónde sacaste los nombres de Héctor y Aníbal? —volvió a preguntar la voz.

—Mi hija me los dio.

—Eso no es cierto. —Recibí otro golpe.

—Es la verdad —farfullé, temblando de dolor e impotencia.

—Te voy a recomendar algo. ¿Se te pueden dar consejos? ¿O te entran por una oreja y te salen por la otra?

—Dígame.

—Solo si me prometes que vas a tomarte en serio lo que te diré.

—Lo prometo.

—Me alegra que seas obediente. Pues bien, escúchame. Lo mejor es que dejes de investigar. ¿Okey?

—Es mi vida —alegué. Sentí en mis encías el sabor metálico de la sangre—. Es mi vida y es mi hija. Es mi memoria.

Otro golpe en el estómago. Un cosquilleo frío comenzó a trepar por mis huesos. Algo viscoso y caliente me resbalaba ahora por las piernas.

—Vas a dejar todo tal como está. ¿Okey? —insistió la voz.

—Es mi hija.

—Vamos, me dijiste que aceptabas consejos...

Esperé un nuevo golpe. No llegó.

—De acuerdo —respondí.

—Así me gusta. Estoy por dejarte salir para que aproveches lo que queda de la noche. ¿Te parece? —Asentí con la cabeza—. Pero antes de volver a la calle, vas a contarme quién te dio esos nombres.

—Ya se lo dije. Mi hija —mascullé con la cabeza gacha. La estación giraba enloquecida alrededor de mí.

—¿Quién te los dio?

—Mi hija.

Otro puñetazo. Luego el pito de una locomotora. Sentí, o recuerdo que sentí, que me libraba de la silla y los brazos que me aferraban a ella y flotaba sin dolor en la oscuridad de Leipzig.

41

Desperté tiritando de frío, tirado en el pasillo de un bus
a oscuras. Me puse de pie sintiendo el estómago, el cuello y los hombros adoloridos. Atisbé hacia afuera por las ventanillas empañadas de vaho. Seguía nevando. Deduje que estaba en el Ikarus, a un costado de la estación de trenes. Una
barredora de nieve se acercó atronando por la calle. No había
nadie más a la vista.

Bajé del Ikarus. Era el viejo modelo que lleva el motor en
su gran nariz trasera, lo que les confiere un aspecto pesado y
de entreguerras. Yo estaba empapado en agua, mierda y ori-
na. Tuve que pensar en los torturados bajo el régimen chileno y me dije que en ese subterráneo de Leipzig la historia no
solamente había retrocedido sino que también había invertido los papeles. En la estación de trenes, los triunfadores de
ayer éramos los derrotados de hoy, los antiguos interrogados
se convertían en los interrogadores y los antiguos interrogadores terminamos convertidos en interrogados. Crucé rengueando y mareado la avenida hacia mi hotel. Antes de ingresar al lobby, me arrebujé bien en el abrigo para disimular mi
estado y aspiré profundo el fresco aire de la madrugada.

—*Are you alright, sir?* —me preguntó el recepcionista.
Pese a que eran las cinco de la mañana, el tipo seguía luciendo
impecable y vital en su traje oscuro.

—Tuve una noche algo desordenada —repuse mientras

me devolvía la bolsa plástica con mis documentos. Le prometí una propina cuando saliera del hotel y me dirigí a la jaula del ascensor sintiendo que los ojos del empleado me seguían.

En la habitación comprobé lo que supuse: la habían registrado. Lo habían hecho de forma discreta y profesional, pero sin hallar nada que pudiese delatarme.

Entré al baño a darme una ducha y no me quedó más que mirarme en el espejo. Al menos se habían cuidado de no magullarme el rostro. Pero el resto de lo que vi no me gustó para nada. Un cardenal enorme cubría mi abdomen. Claro, se habían ensañado con mi estómago, el cuello y los hombros para entorpecer mi respiración y el movimiento de brazos. Entré a la ducha caliente con la que había soñado en el subterráneo de la estación de trenes.

Pensé en Victoria, en la pequeña urna que almacenaba sus cenizas y que ahora estaba en la vivienda de Casandra. Pensé en mi mujer muerta hace tanto, en la novela o las memorias escritas por Rufino, en Casandra y las cartas del Tarot, en mi vida completa dedicada a la Compañía, en mi casa ahora cerrada en Minnesota, en esta búsqueda que desembocó en el subterráneo de una estación ferroviaria donde me esperaban el rencor, el resentimiento y la exigencia de que renunciara a mis recuerdos, a mi propio pasado.

Me envolví en una bata, ordené café y tostadas, y me recosté. Hice un esfuerzo por entender por qué había ocurrido todo aquello. Me vino a la memoria un colega que, hace veinticinco años, repetía una y otra vez la misma frase en los camarines del Estadio Nacional de Chile, donde militares chilenos interrogaban a los detenidos: «En la vida hay dos tipos de personas: los que tienen un arma y los que cavan la tumba...». Él la había escuchado en una película western de cuyo título ya no me acuerdo. Creo que me quedé dormido viendo la silueta de personas que cavaban su propia tumba. A su alrededor había soldados con fusiles, esperando que finalizasen su labor para iniciar la propia. Me despertó una muchacha de dentadura alba, que se inclinaba sobre mi cuerpo ofreciéndome el nacimiento de unos senos generosos que se anunciaban por el escote de una blusa blanca.

—Dejó la puerta abierta. ¿Está bien usted, señor? —me preguntó.

Viéndome en el espejo empotrado en la pared, entendí a qué se refería la muchacha. Yo estaba pálido y demacrado, y ahora con un pómulo morado. Cuando intenté tocármelo, un repentino jalón del brazo me lo impidió.

—Aunque no parezca, estoy bien —respondí en inglés y firmé la boleta agregando una propina considerable.

Tras sorber el café, busqué el número de teléfono de Jeff Meyer, en Bruselas. Era el único que podría ayudarme. Atendió al otro lado al primer timbrazo. Estaba por irse a la embajada. Le sorprendió que lo llamase a esa hora y desde Leipzig.

—Planeo escribir un artículo sobre las protestas de 1989 —le conté—. Comenzaron aquí. Pero sufrí un pequeño traspié. ¿Cuándo podemos vernos?

—Mañana por la noche. Llámame cuando te instales en tu hotel y te paso a buscar.

42

¡Vamos!
Cargao con sombra y recuerdo...
¡Vamos!
Al son de tu tranco lerdo...

HOMERO MANZIONI,
SEBASTIÁN PIANA, *El pescante*

Una tarde en que el Doctor regresó temprano de La Moneda pasó a la cocina, donde yo me encontraba descargando una caja de tomates de Limache, y me ordenó que lo siguiera a su despacho.

—Necesito que esta noche sigas a la caravana con tu camioneta hacia Reñaca. Tengo una cena allá. Es imprescindible que me esperes con los escoltas.

—Como usted ordene, Doctor —le dije—. ¿Está bien que vaya así como ando?

Me examinó de arriba abajo con la vista, inclinó de costado la cabeza y dijo serio:

—No estás invitado a la cena, Rufino, así que no hay problema. Pero una cosa es bueno que sepa, compañero: un hombre elegante jamás combina un cinturón negro con zapatos cafés.

Salimos en dirección a la costa a las ocho. Oscurecía. Al poco rato, la caravana aceleró como de costumbre y no tardé en perderla de vista. Me puse nervioso porque me gusta cumplirle al Doctor. Unas cuadras más abajo, todavía en la Alameda, me detuvo un carabinero en moto y me dijo que esperara allí, atracado a la vereda, lo que me inquietó aún más, pues temí que ya no alcanzaría a los Fiat 125 azules.

Diez minutos más tarde paró junto a mí un Oldsmobile que no tardé en reconocer. Es el automóvil en que el Doctor sale a veces subrepticiamente por la noche con un sombrero encasquetado hasta los lentes y una bufanda oscura alrededor del cuello. Lleva además un diario que simula leer y lo acompaña únicamente el chofer. Allí estaba en efecto, en plena Alameda, ese cacharro de los cincuenta con tapabarros oxidados y escape mal calibrado.

—Sígueme —me ordenó el conductor. El Oldsmobile tenía sus historias. Yo había visto en su maleta varios AK-M 47 rusos, arneses pectorales chinos, cargadores, granadas de mano y máscaras antigases—. Vamos a Reñaca.

Tres horas más tarde estacionamos junto a una gran casa que trepaba por la ladera de un cerro, frente al mar embravecido. Era una mansión estilo Hollywood con espléndida vista sobre la bahía de Valparaíso y Viña del Mar. En el espacioso garaje de la casa, disimulados tras unas rejas, descansaban los Fiat 125.

El conductor del Oldsmobile se me acercó a preguntarme si quería un trozo de asado y una cerveza. Acepté. Subió las escaleras hacia la casa y volvió con varias botellas de Escudo y una bandeja con abundante carne y ensalada a la chilena. Me dijo que comiera tranquilo y me armara de paciencia. La comida y la cerveza Escudo estaban del uno. Mejor que eso, porque era difícil conseguir cervezas por ahí y de la carne ni hablar por su precio y la escasez. Al fondo, más allá del mar, las luces de Valparaíso se replegaban y ascendían como una enorme ola congelada en la franja de la noche.

Cerré los ojos escuchando el rugido del Pacífico, respirando el aire que me evocaba la infancia en esa ciudad de callejones y escaleras, de gatos que dormitan en los muros y ancianas que espían por las ventanas, de adoquines bruñidos y rieles de ascensores destartalados que brillan contra el sol de la mañana, y al final terminé por quedarme dormido en el asiento de la Ford.

Me despertó una agitación sorpresiva. Miré a través del parabrisas, pero la playa seguía desierta. El mar era un cine a oscuras y Valparaíso la pantalla en que titilaba atomizado en luciérnagas detenidas. Fue lo que vi a través del retrovisor lo que me espantó.

Desde una ventana de la casa, el Doctor y dos escoltas empujaban una alfombra enrollada hacia el patio. Abajo la recibían otros escoltas. La bajaron corriendo y en silencio por las escaleras hacia el garaje. Observé todo aquello con incredulidad y la bandeja sobre mis rodillas.

Me estremecí de horror. Sospeché lo que ocurría. Lo he visto en películas norteamericanas. Es la forma clásica para transportar un cadáver. La piel se me puso de gallina.

La tolva de mi Ford se quejó bajo el peso de la alfombra y acto seguido un escolta entró a la cabina, agarró la bandeja y la arrojó al césped, y me ordenó:

—Apreta a fondo, Cachafaz, que nos volvemos rajados a la residencia.

43

—Te noto preocupado —me dijo el Doctor días después, al volver de un discurso que había pronunciado en una fábrica textil expropiada. Andaba de chaqueta clara, pañuelo en el bolsillo superior, pantalón y mocasines, y tuve la impresión de que en esas semanas el bigote se le había encanecido por completo. El mío, en tanto, el de panadero, seguía azabache—. ¿Cómo están la digestión y el pulso, Rufino?

Suele preguntar por la salud del interlocutor para ponerlo inseguro. Ese día yo estaba condimentando un costillar de cordero de Magallanes, pues a Mercedes le había dado un ataque de artritis que la tenía postrada en cama. Y mientras yo cocinaba, Raúl Berón cantaba en la radio *Trasnochando*, y por la ventana abierta, pese a que ya era de noche, pero una noche sin estrellas, soplaba una brisa tan tibia que presagiaba algún temblor.

No le falló el ojo al Doctor al preguntarme cómo me iba. En verdad, yo estaba convertido en un atado de nervios, me sentía ansioso como un gato en celo. Andaba en ascuas por el odio extremo y la división que infestan el alma del país y, tengo que decirlo, por lo que vi desde la camioneta en Reñaca. No sé por qué, pero aún me persigue la idea de que la alfombra que traje en la Ford envolvía un cadáver. ¿Qué otra cosa podía contener? Aunque las tareas de Tomás Moro me hacían olvidar a ratos el asunto, esto sigue oliéndome mal.

—Acá estoy, Doctor, como me ve. Bastante bien —respondí sin dejar de darle palmetazos a la carne—. Adobando este cordero de Dios.

—¿Y cómo piensas prepararlo?

Se sobó las manos con entusiasmo cuando se lo detallé. Luego abrió la despensa y sacó una nueva botella de Chivas Regal, que le había hecho llegar el embajador de Gran Bretaña, acompañada de una corbata escocesa. Vertió su dosis acostumbrada, que le hacía bien para el corazón, y se sentó a la mesa a escuchar el tango:

> *Tararari tarara tararari, tararari tarara*
> *tarareando voy por la vida*
> *tarareando tarareando*
> *y aunque sangre por una herida*
> *a flor de labios tengo un cantar*
> *si es que me muerde el corazón*
> *la pena o el rencor olvido con mi canción*
> *tarareando tarareando*
> *porque así la vivo mejor*

—Gran letra —comentó mientras arremetía la orquesta—. ¿Quién canta?

—Raúl Berón, Doctor —le dije, quitándome una ramita de orégano de la mejilla—. Y lo acompaña la orquesta de Miguel Caló.

—A veces el tango es pura poesía.

—El programa de esta noche está dedicado a Miguel Caló.

—Una lástima que yo que no sepa nada de tango, pese a que en mi juventud lo bailé mucho. Pero —agregó siguiendo suave el ritmo con la cabeza—, debo confesarle, compañero, que soy un completo fracaso como bailarín y ni decir como cantante. Tengo el oído cuadrado, pies planos y pésima memoria para las letras.

—Pero buena para los discursos.

—Eso es diferente, Rufino. El discurso político solo a veces toca los corazones e inflama los pechos. Algunos tangos, sin embargo...

—Es cosa de concentrarse un poco más en la letra, Doctor. Usted también se aprendía con facilidad los textos que nos llevaba Demarchi sobre la anarquía y la clase obrera.

—Pero teníamos medio siglo menos en el cuerpo —dijo golpeándose el pecho con la palma de la mano—. A esa edad las neuronas están en rodaje y graban todo. A esta edad, ya con más de sesenta, la mayoría de las personas tiene sus mejores años solo en el pasado.

Otro tango comenzó. Sus ojos vagaron hacia el patio trasero de la casona, allí donde la luna le arrancaba fulgores al parachoques cromado del Oldsmobile. En ese instante me pareció que el Doctor, pese a sus amigos, asesores y adherentes, en el fondo era un gran solitario. Más aún, creo que durante toda su vida, desde que creció en Valparaíso, ha sido un solitario. Ahora se derramaba sobre nosotros *Al compás del corazón*, en la voz de Berón, acompañado de Caló, desde luego.

> *Late un corazón*
> *déjalo latir...*
> *Miente mi soñar*
> *déjame mentir...*
> *Late un corazón*
> *porque he de verte*
> *nuevamente,*
> *miente mi soñar*
> *porque regresas lentamente.*

—Muy buena esa letra, romántica, amorosa, pero ahora me gustaría escuchar algo de Discépolo —comentó el Doctor al término del tango—. ¿Qué tal si dejas por un rato el corderito ese y colocas mejor en el living un par de tangos de Discépolo?

Me lavé las manos bajo el chorro para desprenderme del olor a ajo, me desanudé el delantal y acompañé al Doctor. Tras encender el tocadiscos, me pasó uno de los *long plays* de Discépolo, que traje a la residencia.

—Pon algo poderoso como *Cambalache* —sugirió al sentarse en su sofá predilecto. Acomodó una pierna sobre el apoyabrazos y una mano debajo de la cabeza, mirando al cielo. Con la otra mano mantenía el equilibrio del vaso sobre el pecho.

—¿Algo como *Confesión*? —pregunté.

—No tengo idea qué tango es ese. Pero al menos me gusta el título.

Coloqué el disco y guié el brazo del aparato. Escuchamos en silencio.

—Pero ese es otro tango de amor —reclamó el Doctor al rato.

—¿Y qué quiere, Doctor? Es un tango. Los tangos hablan de amor. Como los boleros.

—¿No me dijiste acaso que Discépolo componía tangos sociales?

—Pero no todos son como *Cambalache*, Doctor. ¿Prefiere tal vez *Yira, yira*? Es como lo que usted pide, tango social...

—Ese desde luego que lo conozco. ¿Quién no lo conoce? En fin, ponlo, nomás.

Lo hice. La versión interpretada por Carlos Gardel. El Doctor cerró los ojos y permaneció inmóvil, con aspecto de desamparado, ajeno al mundo.

Cuando la suerte, que es grela,
fayando y fayando
te largue parao;
cuando estés bien en la vía,
sin rumbo, desesperao;
cuando no tengas ni fe,
ni yerba de ayer
secándose al sol...

Acompañó el estribillo a media voz, recostado, sin abrir los párpados:

—*Verás que todo es mentira / verás que nada es amor / que al mundo nada le importa / yira... yira... / Aunque te quiebre la vida / aunque te muerda un dolor / no esperes nunca una ayuda / ni una mano, ni un favor...*

—Eso sí le gusta, Doctor, ¿ah?

—Ese está bien. Y contiene versos que son verdades del tamaño de una catedral: «El que no llora no mama, y el que no afana es un gil». Describen poética y plásticamente la vida en el capitalismo, compañero. ¿Cómo se llama ese?

—Ese es *Cambalache*, pues, Doctor. Pero el que acabamos de escuchar es *Yira, yira*.

—Me gustan. Esos sí son tangos populares y de profundo contenido social. Esos sí tocan la vena de los hombres y las mujeres de mi patria. Si Discépolo estuviese vivo, yo lo invitaría ahora mismo a cantar en nuestras concentraciones. Estoy seguro de que aceptaría. Imagínate —dijo el Doctor, estirando un brazo como para sugerir la vastedad—. Imagínate: una noche de primavera frente a La Moneda, el aire crispado y tibio, la plaza repleta hasta el último centímetro cuadrado de trabajadores y pobladores, de mujeres, niños y ancianos, y en el balcón de mi oficina, donde confluyen los reflectores, aparece de pronto nada más y nada menos que el mismísimo Julio Sosa y comienza a cantar, bajo el aplauso atronador del pueblo, con su fascinante voz de galán mientras abajo, junto a la puerta de palacio, toca poderosa la orquesta de Miguel Caló...

—Es Carlos Gardel el que acaba de cantar, Doctor.

—Da lo mismo, Rufino, por favor. No pienses tanto como un simple panadero y piensa mejor como un gran soñador. Imagínate: La Moneda iluminada como una gigantesca moneda de oro, y Gardel o Sosa cantando algo de Discépolo, y al final el pueblo ruge y estalla en aplausos y vítores. Dime que no es bello algo así.

—En ese caso, es tremendo. Podría tocar la orquesta de Caló, de Tanturini o D'Arienzo, Doctor. Sería infartante. Usted tiene razón. Los gigantes del tango deberían venir a cantar al pueblo bajo el cielo de Santiago o frente a la bahía de Valparaíso, o en la pampa, ante los calicheros, o en la Patagonia, para los ovejeros. Dígame, Doctor: ¿y usted no podría organizar algo así?

—¿Con los termocéfalos que tenemos en la Unidad Popular? —exclamó el Doctor y, por hacer un gesto con la mano, derramó algo de whisky sobre la nueva alfombra, la de la historia siniestra—. Esos sueñan solo con traer a Los Papines de La Habana o la gran banda del Ejército soviético en Kazajstán. Olvídalo.

Ahora comenzaba *Confesión*, interpretado por Aníbal Troilo y Floreal Ruiz.

—Otro tango de amor —se quejó el Doctor dejando el vaso sobre la alfombra.

—Es que de amor son casi todos los tangos, pues.

—Pero también hay algunos con otros temas, como ya vimos.

—Tiene razón, Doctor, pero si me permite, en relación con eso, yo quisiera decirle algo...

44

—¿Qué quieres decirme? —El Doctor se puso lentamente de pie y caminó con las manos en los bolsillos hasta la ventana del living. Tenía ahora ojeras profundas y una palidez preocupante, y creo que solo la curiosidad por lo que yo iba a decirle le impidió irse a acostar a su pequeño cuarto del primer piso.

Yo, de puro nervioso, cambié el disco. ¿Se lo decía o no? Al fin y al cabo ya no somos hoy lo que fuimos ayer, ante Demarchi. Los años pasan repartiendo destinos. No hay nada más parecido a la vida que la lotería. Y a él, insisto, le tocó un buen boleto. En fin, ¿qué le hace una raya más al tigre?, me pregunté mientras ponía un *long play* de Juan D'Arienzo, uno de ritmo contundente y arrebatador: nada más y nada menos que *La Cumparsita*, interpretada por El Rey del Compás, la versión más vital que existe de ese tango, una que yo bailaba en mis años mozos con Gricel, girando rápido y etéreo como un trompo fino y de buena púa.

—Eso suena bien —apuntó el Doctor, recobrando de pronto el entusiasmo. Intentó tirar unos pasitos, pero esta vez tampoco logró contagiarse del ritmo ni la voluntad para desplazarse sobre el piso de madera bien encerada olvidando su cargo. Y es que esa responsabilidad debe pesarle como tres sacos de harina sobre los hombros. Ella le impide deslizarse sobre las tablas como los veleros que surcan la superficie del mar con el velamen desplegado en las ventosas tardes porteñas.

—Vamos, inténtelo de nuevo, Doctor —dije yo para animarlo—. Junte primero los pies. Así. —Se lo mostré, poniéndome a su lado—. Abra con el izquierdo, como siempre, luego avance con el derecho, y después hágalo con el izquierdo, y luego el derecho y cierre con el izquierdo.

Comenzó a imitarme, mirando mis zapatos, la forma en que yo alzo mi mano izquierda, el pliegue de mi rodilla... En fin, lo vi algo turbado. Para ser franco, el numerito le salió como a trompicones, como de trompo cucarro, pero muy digno en todo caso.

—Bailé mucho tango cuando joven en Valparaíso —afirmó sosteniendo el brazo izquierdo en el aire y el derecho a media altura, como si aprisionara un talle de hembra esbelta.

Cuando el Doctor baila, o intenta bailar, mejor dicho, mantiene la misma postura erguida y algo rígida de cuando camina o se sienta a una mesa. Es como un conde o un marqués de los de las películas. No se giba, no arquea la espalda, y en cambio alza la cabeza alargando su cuello grueso, y en esos instantes parece un animal alerta. Fuera como fuera, sus piernas se negaban a seguir el alegre ritmo de los fuelles.

—Vamos, Doctor —le grité por sobre la música—. No se olvide de cerrar con la pierna izquierda para que la pebeta le pueda hacer el cruce y la resolución...

La Cumparsita sonaba endemoniada y sofocante. Arrollaba bajo la batuta nerviosa del gran Juan D'Arienzo. Cada vez que la escucho, se me infla el corazón como si la escuchase por primera vez y el cuerpo se me inunda de una energía desconocida, que emana como desde la tierra y se apodera de mí y me lleva a deslizarme como si fuese el mismo Cachafaz. Estaba yo pensando en eso, cuando el Doctor, ignoro por qué, dejó caer los brazos, y se quedó quieto y pensativo en medio de la sala.

—Es inútil, Rufino —dijo con aire abatido—. Un hombre debe conocer sus límites. Ya estoy demasiado viejo para volver a bailar.

—¡Qué va a estar viejo! —repliqué yo—. Recuerde a Norberto Aroldi: *Pa' las pilchas soy de clase / siempre cuido mi figura / para conquistar ternuras / hay que fingir posición...* Siga bailando, Doctor, iba bien. Métale enjundia y pasión, como si estuviera sobre un escenario con todo Chile viéndolo...

Algo amoscado, lo intentó de nuevo. Avanzó con el pie izquierdo, luego con el derecho, manteniendo las manos en el aire, abrazando a una mujer invisible. Pero de pronto se detuvo en seco y fue como que se rompiera el hechizo. La orquesta, por otra parte, continuó tocando enfervorizada y dejó al Doctor como un niño solitario que ve partir un tren desde el andén.

—Pero, Doctor... —exclamé.

—No puedo —admitió él, soltando un resoplido.

Estaba congelado entre los cuadros de Portocarrero, Matta y Guayasamín y las figuras de Asia y África de la vitrina. El Doctor permaneció un buen rato mirando a través de las ventanas hacia la noche espesa de Santiago. D'Arienzo, en cambio, seguía fustigando implacable los bandoneones.

—Claro que puede —insistí con irreverencia.

—No puedo. Uno a esta edad debe reconocer que hay cosas que alcanzará a hacer en la vida y otras no, compañero.

—No venga con reculadas de perro flaco, Doctor.

—Este tango me llega al alma, pero ni las piernas ni la cintura me acompañan. ¿Qué quiere que le haga? —Se acomodó los anteojos y me miró desanimado—. Lo siguen mi cabeza, mi corazón, mi pasión, pero no mi cuerpo. No sé qué me pasa. No me había ocurrido antes...

—Recuerde que el tango es como el ajedrez, Doctor. Hay

que imaginar el próximo movimiento de la pareja para saber qué se hace después.

—Es fácil decirlo, Rufino...

—Pero si este tango no tiene letra ni habla de amor, así que debiera estar bien para usted —dije con sorna.

El Doctor no me respondió. Se quedó escuchando, en cambio, el inicio del tango siguiente, *Fuegos artificiales*. Pura orquesta, igual que *La Cumparsita*. Y cuando bandoneón, violines y piano se confabularon para arremeter con un stacatto capaz de aniquilar instrumentos, y la música se volvió vertiginosa y febril, y mi imaginación vio varias parejas de bailarines contoneándose en la sala, el Doctor, sin mediar palabra, se encogió de hombros, pareció esconder entre ellos la cabeza y extendió los brazos. Y de pronto empezó a girar a lo largo de los muebles, los óleos y las esculturas, y por último se adueñó de la sala y empezó a levitar sobre las tablas del piso.

Contemplé incrédulo aquel espectáculo. Ahora el Doctor daba vueltas por la sala con los ojos cerrados y un mechón de cabello caído sobre la frente, tarareando la música con tono grave y los brazos abiertos. Su chaqueta oscura se convirtió en el plumaje del cóndor que planea con las alas desplegadas sobre las cimas de Los Andes mientras sus pies tiraban cortes limpios sobre el piso como si él fuese el legendario Ovidio José Bianquet, el sin igual Cachafaz que deslumbraba con su talento a quienes atestaban los locales orilleros de Buenos Aires, inundados de humo y el aliento ácido de cuerpos sudorosos. El Doctor parecía estar bailando el tango de su vida. Giró, dio vueltas, frenó y cortó pasos aquí y allá, zas, zas, pin, pan, hasta que la orquesta de D'Arienzo calló abruptamente, como sorprendida en una falta, dejando la mansión presidencial anclada en el más completo silencio.

Fue entonces que el Doctor abrió los ojos y se asombró

—yo agregaría que se asustó también— de comprobar que la música no solo lo había seducido hasta transformarlo en un bailarín consumado sino que también lo había hecho perder el control sobre sí mismo, que, como presidente, es seguramente lo que más teme. Me observó de reojo mientras recuperaba el aliento, y a través de su mirada comprendí que me exigía guardar el secreto, no revelar a nadie lo que había presenciado y menos escribir al respecto, que es justo lo que ahora estoy haciendo. Se peinó el mechón, se ajustó el nudo de la corbata en el centro del cuello, se acomodó la chaqueta como si planease asistir a una ceremonia, pero simplemente volvió a sentarse en su sofá predilecto como si nada extraordinario hubiese ocurrido.

Durante un buen rato seguimos escuchando tangos sin decirnos nada. Luego, tras aclararse la garganta, inclinó la cabeza, alzó una ceja por sobre el marco de sus anteojos de baquelita y me preguntó:

—Bueno, ¿y qué querías decirme, Rufino?

45

Comenzó en ese instante *A media luz*, que tiene letra de Carlos César Lenzi y música de Edgardo Felipe Valerio Donato.

—Me llama la atención que a usted no le gusten las canciones de amor, Doctor —le dije cambiando de tema.

—¿A qué te refieres?

—A que lo incomodan los tangos sobre la pérdida de un amor o sobre el sufrimiento que causa la nostalgia.

Recogió sin palabras el vaso que había dejado junto al sofá, se acomodó las gafas y bebió el último sorbo con la vista perdida en la sala.

—Soy un político, compañero —afirmó al rato sin entusiasmo—. Un hombre lleno de sueños y utopías, pero agobiado por el destino de su pueblo y de América Latina. Es entendible que como presidente revolucionario no pueda dedicar tiempo a esas letras románticas, compuestas por, y discúlpeme que se lo diga con todo respeto, compañero, compuestas a menudo por llorones medio amariconados, que no se atreven a cambiar las cosas de raíz.

—A eso me refiero precisamente, Doctor.

—¿A qué?

—A que usted no soporta los tangos de amor porque, discúlpeme también que se lo diga con la sinceridad de siempre, ellos son para usted una uña que escarba la herida. —Me devolvió una mirada severa con la boca entreabierta, algo desconcertado—. Los tangos políticos o los orquestados como este —ahora sonaba *El esquinazo*— los tolera solo porque hablan de política o eluden el tema del amor.

—¿Y eso está mal? —Entornó los ojos y se encogió de hombros.

—No. No está mal. Pero eso muestra que usted le tiene miedo al amor.

Se quedó pensativo. Después volvió a acomodarse los anteojos, inspiró profundo el aire del living y nos quedamos escuchando otra interpretación de Juan D'Arienzo: *Criollo de buena ley.*

—¿Podría repetir, compañero, lo que me dijo? —preguntó instantes después con los ojos puestos en la alfombra, como si intentara descifrar el mensaje de los arabescos.

—Dije que usted le quita el cuerpo a los temas de amor y que le teme a los tangos que hablan del dolor y el sufrimiento amoroso.

—No le temo a nada. Ni a la muerte, compañero.

—No me lo niegue, Doctor. Tengo memoria de ajedrecista. Recuerde que yo le ganaba todas las partidas cuando joven. Así como usted, y disculpe la expresión habanera, tiene cojones para encarar algunos temas, en este, el del amor, discúlpeme de nuevo, anda con más cuidado que sobre huevos...

—¿Realmente crees eso?

—No es que lo crea, lo he comprobado. Discépolo sí; Julio Sosa sí; Juan D'Arienzo sí; siempre y cuando canten temas sociales y no de amor. En cuanto aparece algo que le toca esa fibra o la imposibilidad del amor, usted habla de otro asunto...

El Doctor enlazó las manos y jugó con las yemas de sus pulgares. Creo que se sentía acosado. Se acomodó los anteojos, hizo como si fuese a decir algo importante, pero solo se humedeció los labios con la lengua y se ordenó el bigote hacia los extremos.

—Si le pongo *Dos corazones, Su carta no llegó, Cómo se muere de amor, Tres esquinas* o *Noviecita mía*, usted me cambia de tema, termina de pronto la sesión de tangos o pide otro disco. Disculpe que se lo diga —agregué bajando conciliatorio la voz, mientras resonaba el ritmo endemoniado de *Rodríguez Peña* por los parlantes—. Pero creo que en el fondo de su alma anida algo que a usted le impide hablar de cosas del corazón.

—¿Y a ti, no te pasa algo semejante? —preguntó el Doctor, cruzando una pierna sobre la otra, mirándome fijo.

—¿A mí? Por el contrario. A mí me hacen bien los tangos, todos los tangos, y mejor me hacen los de amor: *Bandoneón / hoy es noche de fandango / y puedo confesarte la verdad / copa a copa, pena a pena, tango a tango / embalado en la locura / del alcohol y la amargura.*

—Yo le voy a decir una cosa, compañero: usted ve con facilidad la paja en el ojo ajeno, pero no la viga en el propio.

—Puede ser, Doctor, pero el tema de esta conversación era usted —repuse como tocado por su profundo ataque de alfil, su pieza favorita en la juventud—. Lo digo porque cuando asistíamos a las sesiones del zapatero anarquista, usted sí hablaba de política y de amor. ¿No se acuerda?

—Entonces yo era joven, soltero e idealista, no se olvide de ese pequeño detalle.

—Demarchi decía que no se puede separar el amor por una mujer del amor por una causa política, que la felicidad amorosa solo es auténtica en una sociedad justa. ¿O se le olvidó?

—Puede ser, pero no tengo tiempo, compañero, para dedicarme a letras románticas, por bellas que sean, porque los ritmos de una revolución son apabullantes. Y hay algo más:

nada más sublime que la revolución, nada superior que presenciar cómo los trabajadores y las pobladoras hacen realidad sus reivindicaciones sociales —agregó en el tono que le conozco de la radio y televisión—. Palpa aquí —me dijo tocándose el antebrazo y pasando a tutearme—. Soy político en todas mis fibras, no un Romeo ni un Casanova. Pero tú sí ocultas algo.

—¿Yo?

—Así es.

—Ahora sí que no lo entiendo, Doctor.

—¿Crees que no me doy cuenta de que tu obsesión por los tangos y los amores imposibles, que tu nostalgia por las calles empinadas de tu juventud en Valparaíso y esos momentos que consideras idos para siempre son en realidad tu confesión de que nunca más podrás volver a amar?

—¿Qué quiere decir con eso? —pregunté picado.

Me clavó desde el fondo de sus dioptrías sus ojos pequeñitos y oscuros.

—¿Crees que no siento que sigues amando a Gricel, la madre de tu hijo, que aún no sé si realmente murió o te abandonó? ¿Crees que soy huevón, acaso? ¿Crees que no me doy cuenta de que todos estos tangos son en el fondo la continuación de tus conversaciones con Gricel y tu forma de disimular ante Amanda que no la amas, que solo le tienes cariño por lo que hizo por tu hijo y que careces de cojones para decirle que vives con ella solo por agradecimiento?

Sentí que me clavaba un puñal en el corazón. Ahora sonaba *En el cielo*. No puedo describir bien lo que experimenté, pero temo que el Doctor había atravesado mi defensa con su alfil. No esperaba algo así. No recordaba que fuese un observador tan minucioso. Y no supe cómo me atreví a decirle lo que le dije:

—Prefiero eso, que es digno, a lo que hace usted, Doctor.

—¿Qué quieres decir con eso?

—Usted lleva varias vidas, Doctor, y eso es peor.

—¿Ah sí? —Se paseó por la sala con las manos en los bolsillos y de pronto se volvió hacia mí como un espadachín dispuesto a la refriega.

—Yo engaño a mi mujer con una mujer que ya no está conmigo, pero si la tuviese, no estaría con Amanda —admití de corrido, bien afincado en las piernas como cuando amaso pan—. Usted, sin embargo, vive entre varias aguas, Doctor. Lo ha hecho siempre. Cuando éramos jóvenes, usted vivía como un burgués pero estudiaba la ideología proletaria como un entomólogo estudia los insectos. Tal vez debió haberse dedicado mejor a disfrutar la vida, si lo tenía todo, en lugar de enredarse con gente modesta como Demarchi o como yo. ¿Por qué esa contradicción, Doctor?

—¿Me vas a venir ahora con lecciones de moral? —Alzó la voz, molesto, la cabeza erguida, mirándome de lado.

—Usted llevó la conversación a esto, Doctor. Yo seré panadero y usted presidente, pero no me callo ante nadie, porque he sido siempre mi propio patrón.

—No se le habla así al presidente de Chile —advirtió grave, sacudiendo la cabeza.

—Pero si usted me está juzgando a mí, Doctor. Usted, que se va todos los fines de semana a la parcela de El Arrayán... ¿Cree que no se rumorea el asunto, Doctor?

—Cuando llevas décadas casado, ese tipo de cosas pasan.

—No me venga con esas, Doctor. Cuando usted era más joven y vivía en su casita de calle Guardia Vieja, se comunicaba por el jardín trasero con la de la mujer que ahora lo espera en El Arrayán. Usted juega a dos bandas con esas mujeres.

—Compañero, le exijo respeto. Habla con el presidente de Chile.

—Discúlpeme, pero juega a dos bandas tal como ahora

que galopa en la sociedad capitalista pero soñando al mismo tiempo con construir el socialismo...

—No acepto que me injuries —afirmó agitando una mano con el índice erguido—. Te recuerdo una vez más que estás hablando con el presidente de Chile.

—Usted comenzó con las recriminaciones, Doctor —respondí. Ya no recuerdo ni qué tango sonaba. Al final, me daba lo mismo si me despedía—. Yo defiendo mi dignidad y la de Amanda, la mujer con quien vivo desde hace mucho. Puede que no la ame, como dice usted, pero la otra está muerta para mí y para mi hijo. Por eso, no hay otro cuerpo entre Amanda y yo, solo el recuerdo de una mujer con la que fui feliz y ha sido el único gran amor de mi vida. Usted, sin embargo, sigue buscando en esa tormenta que es su vida lo que aún no encuentra ni en el amor ni en la utopía, Doctor. Y discúlpeme, creo que es por eso que a usted le disgustan los tangos.

46

Volando desde Base Carriel Sur a Santiago

Sientes un latigazo de euforia cuando tu Hawker Hunter despega con un rugido desde la Base Aérea de Concepción y remonta sin esfuerzo el cielo hasta alcanzar los treinta y cinco mil pies de altura. Desde arriba, viendo el fulgor de las cabinas de las otras naves de la bandada, la alfombra verde del sur de Chile, limitada a la izquierda por el bordado blanco de las olas del Pacífico y a la derecha por los escarpados picos cordilleranos con nieve, podrías hasta olvidar la misión que te encargaron. Te sientes bien. Desayunaste solo un té con tostadas y medio plátano, porque la altura y la velocidad pueden hacer estallar los intestinos llenos de un piloto de guerra. Los estanques de combustible están *a full*, la nave se desplaza sin turbulencias con sus dieciocho cohetes Sura y únicamente la luz roja de los frenos te indica que enfrentarás problemas al aterrizar.

No hay nada en la vida como volar en una de esas naves supersónicas más alto que Los Andes, te dices. No hay nada como correr acelerando sobre la pista, levantar la nariz con un golpe de timón, ver desaparecer abruptamente la Tierra, y encontrarte de pronto dialogando solo con el cielo, con ese océano translúcido e infinito, y volver a ver al rato la patria convertida en un mapa en el cual todo te resulta minúsculo y amable. Desde arriba ya nada es lo mismo. Desde arriba, desde muy arriba, desaparecen hasta los peores problemas que uno tenga. Las tensiones con tu mujer, la desobediencia de tus hijos o las diferencias con tus amigos quedan reducidos a la nada, se transforman como por arte de magia en el recuerdo de un sueño viejo. Desde arriba te parece que el mundo está en orden y todo tiene arreglo.

En pocos minutos llegarás a Maipú y con ello a las inmediaciones de la capital. No tienes por qué preocuparte. La bandada resbala tranquila y sin novedades por el cielo como por un riel lubricado. Te llegan de vez en cuando bromas en clave a través de la radio y de pronto la noticia de que la capa de nubes en Santiago se ubica a veinte mil pies de altura, lo que te permitirá acercarte a los blancos sin que te vean.

Hoy es un día del deber. Ya sabes lo que tienes que hacer. Un piloto está allí para cumplir, no para deliberar sobre las órdenes que ha recibido, piensas tratando de convencerte de que eso es así, y luego te embarga una tristeza inmensa, repentina, porque toda tu vida te has preparado para combatir naves enemigas o bombardear posiciones extranjeras, mas no para lo que vas a hacer: apuntar tus misiles contra tus compatriotas.

Hacia el norte, ligeramente a tu derecha, distingues la primera antena de las radioemisoras gubernamentales que debes derribar. En el tablero todo parece en orden, salvo esa lucecita roja que sigue indicando el desperfecto en los frenos. Imprimes mayor aceleración a tu nave, tu cuerpo se adosa al asiento como aferrado por unos brazos poderosos y te falta el aire. Luego inclinas el timón hacia la derecha y te alejas de la bandada, tal como está planeado. El Hawker Hunter te obedece como un dragón dócil mientras su rugido arranca ecos del gran valle verde.

47

I can't see my reflection in the water,
I can't speak the sounds that show no pain,
I can't hear the echo of my footsteps,
Or can't remember the sound of my own name.

Bob Dylan, *Tomorrow Is A Long Time*

Volé de Berlín a Bruselas y me instalé en el hotel Amigo, de la Rue de l'Amigo, separado de la Grande Place apenas por la Maison de la Ville. Llamé desde allí a Casandra, le confesé que la extrañaba y me había encantado pasar la noche con ella, a lo que respondió que también deseaba verme de nuevo. Luego telefoneé a Jeff. Quedamos en que pasaría a buscarme al hotel para salir a cenar.

Permanecí el resto del día traduciendo el cuaderno, que se vuelve más y más entretenido. La descripción de las clases de tango sugiere que no son memorias, como lo pensé en un inicio, sino una ficción, un invento del panadero o quienquiera que escribe esto. El Doctor no puede haber estado de ánimo para bailar en esos meses en que lo bombardeábamos a diario con intrigas de todo tipo y pésimas noticias económicas. Verlo bailar tango y discutir de amor con un pobre empleado solo cabe en la mente fantasiosa de un escritor bohemio y, sospecho, alcoholizado.

Inverosímil que el Doctor pudiese sentarse a filosofar por horas sobre la vida con un tipo modesto e impertinente como Rufino. No, no podía. Cuando Nixon y Kissinger le declararon la guerra y se le vinieron encima la Compañía y el Departamento de Estado, aliados con los partidos opositores y sus líderes más conspicuos, así como algunos militares, el presidente no podía haber tenido tiempo para hacer lo que describe Rufino. El presidente Richard Nixon lo dijo entonces: Allende es un hijo de puta y hay que derrocarlo aunque sea destruyendo la economía de esa nación de irresponsables, que escogió el comunismo por propia voluntad. No, entonces Allende no estaba para lecciones de amor ni de tango.

Curioso este panadero o cocinero, ya no sé cómo llamarlo. Ama el tango más que nada. Como lo sugiere el Doctor, algo ambiguo subyace en su historia de amor. ¿Murió su primera mujer realmente? ¿O lo abandonó a él y a su hijo para irse con otro? No estoy tan seguro de que Gricel esté en los cielos. Esa es una idealización del panadero. Rufino es el fiel representante del alma latina, apasionada, impulsiva y poco dada a lo práctico, y al mismo tiempo oral y escandalosa, y a ratos pusilánime. Rufino es incapaz de darle por el culo al culpable de su quiebra y del desplome de su condición de propietario. Y eso que lo tiene al lado, y además le sirve. Junto al Doctor lo esperan solo el desempleo, la marginación y la muerte.

Jeff me pasó a buscar a las siete en punto, cuando nevaba tupido en Bruselas. Cruzando la Grande Place iluminada, llegamos al bar del Metropole, donde conversamos bebiendo Chivas Regal a las rocas, tal como lo hace el Doctor en el cuaderno. Luego acudimos a un sitio de pescados de la Rue de Chapeliers, el famoso Roue d'Or, restaurante de la Belle Époque con carteles a lo Toulouse-Lautrec.

—¿En qué puedo ayudarte? —me preguntó Jeff en un tono

que me sonó inquietantemente oficial. Es rubio, espigado, doce años menor que yo. Pertenece a la generación de la Compañía inspirada en el discurso optimista y mesiánico de la era de Ronald Reagan, algo necesario después de la blandenguería idealista de Jimmy Carter.

Le expliqué en lo que andaba, advirtiéndole que quería mantener el asunto en un marco privado, es decir, no reportar nada a Langley. No me conviene que la central esté atenta a mis averiguaciones. Al final, como siempre, intenta controlar todo y yo quiero ser, vamos, como Rufino, patrón de mí mismo. Ordené estofado de pescado con una garrafa de vino blanco, y él un Saucisson de Lyon aux Lentilles con cerveza. Al rato le describí a Jeff la paliza que me propinaron en Leipzig.

—¿Tal vez fueron nazis que te confundieron con turco? —me preguntó cínicamente mientras untaba una baguette en aceite de oliva.

—Por mi aspecto es difícil que un alemán me confunda con turco. Además eran latinoamericanos. Chilenos, para ser más precisos —dije, y le describí el interrogatorio.

—Expertos —murmuró Jeff—. Evidentemente le estás pisando los callos a alguien importante.

—De eso no hay duda. Aunque después de dos decenios ningún exilio es importante. Salvo el cubano. En fin, lo que necesito saber es de quién son esos callitos.

Una clientela bulliciosa y variopinta, feliz de haber encontrado un buen refugio mientras nevaba, atestaba el local. Cuando probé mi estofado admití una vez más que los belgas son grandes gourmets, no como mis vecinos de Mineápolis, que en lugar de estas delicatessen prefieren pizzas y pastas descongeladas que de italianas solo conservan el nombre.

—¿Así que chilenos? —gruñó Jeff. Asentí con la cabeza antes de catar el sauvignon blanc. Estaba seco y frío, ideal para el estofado—. ¿Seguro?

—Seguro.

—Muchos chilenos se exiliaron después del golpe de Estado de 1973 en los países comunistas. Otros se fueron a Europa occidental, Venezuela y México, pero los incorregibles optaron por ocultarse detrás de la cortina de hierro. Algunos de ellos en la ex Alemania Oriental.

—No tengo duda de que mis interrogadores eran exiliados.

El *sommelier* se acercó a preguntarme con lengua traposa y ojos acuosos qué me parecía el vino. Di muestras de mi satisfacción con un gesto de la mano.

—Conozco a quien puede darnos alguna idea —dijo Jeff cuando el *sommelier* se alejó trastabillando entre las mesas.

—Mientras no pertenezca a la Compañía... Cuando Langley se inmiscuye en la vida de uno, las cosas siempre terminan complicándose.

—Pierde cuidado, no consultaré a Langley —me aseguró Jeff mirándome a los ojos—. Además, la persona en que pienso no vive en Estados Unidos, sino en Chile. ¿Tienes ánimo para regresar allá?

48

A buen habano olía en la empresa que preside Baltasar Lepe Kroll, ubicada en una mansión de avenida Vitacura, cerca de Luis Carrera. Arquitectura francesa, balcones con barandas de hierro forjado, un césped donde se estacionan los coches. La firma se dedica a representar a empresas extranjeras ante políticos chilenos. Yo había pedido la cita desde Bruselas fingiendo ser agente de un grupo canadiense interesado en levantar proyectos inmobiliarios en la costa central de Chile.

Baltasar me ofreció café en el generoso espacio de paredes claras de su oficina situada en el segundo piso, donde resplandecen los óleos y sillones de cuero. A través del ventanal a sus espaldas, se divisa la antigua piscina, hoy vacía, de la propiedad.

Una secretaria sirvió el café en tacitas cuadradas y platillos de aluminio, y nos dejó solos. Fui directo al grano, siguiendo las instrucciones de Jeff.

—Le envía saludos Jim Napolitano.

Lepe Kroll no dejó de sonreír pero un ligero rubor cubrió su rostro mofletudo de cejas breves y ojos claros.

—Hace mucho que no lo veo —masculló.

—Es un gran amigo mío. Trabaja ahora en Europa del Este —repuse con entusiasmo. Él depositó el habano en el cenicero de su escritorio, entre el computador y los periódicos—. Usted no lo ve desde mediados de los ochenta.

—Efectivamente.

—Lo conoció cuando usted vivía exiliado en Delft, Holanda, y trabajaba en una fábrica de cerámicas. Por las noches asistía a clases de economía en una escuela para adultos, cuando no iba a las reuniones de su partido, que exigían el fin del régimen militar en Chile.

—El mundo es un pañuelo —comentó Lepe Kroll, crispado.

En el cenicero humeaba embriagador el Lanceros cubano, inubicable en tiendas de Estados Unidos por el embargo comercial, aunque hacen nata en la Canal Street del Barrio Chino, de Nueva York, entre relojes y perfumes falsos. Sí, porque los habanos predilectos de Fidel Castro también cruzan el estrecho del golfo en las lanchas rápidas que transportan clandestinamente a cubanos a los cayos de la Florida.

—Pues, Napolitano le envía saludos a usted y a Floridor Damato —agregué con la certeza de que mi daga calaba profundo en la memoria de Lepe Kroll.

Su rostro se contrajo. Floridor Damato fue el nombre que Jim Napolitano, el agudo operativo de la Compañía en los Países Bajos de los años ochenta, le endilgó a Baltasar como informante. Lo recuerdo como un tipo disciplinado, me dijo Jeff mientras caminábamos, atemperados por el alcohol y la cena, sobre la nieve que engalanaba la Grande Place. Su labor transcurrió sin sobresaltos y sin informes trascendentales sobre el exilio chileno en los países del Benelux, de modo que así pudo monitorear el ánimo de una comunidad apasionada en su denuncia de Pinochet. Eran exiliados nostálgicos, que habían perdido a familiares o habían sido torturados, marcados por un dolor irremontable. Pero en el fondo eran seres más amantes de la literatura que de los textos subversivos, del debate que de las armas, era gente que se contactaba con parlamentarios europeos para exigir democracia en Chile, que trabajaba en forma disciplinada y que pagaba sus impuestos sin hacer triquiñuelas. Además, sus partidos tendían a multiplicarse con una facilidad asombrosa, volviéndose facciones cada vez más insignificantes.

—¿Y qué dice Napolitano? —preguntó Lepe Kroll después de expulsar una bocanada de humo que era en verdad una petición de tregua.

—Le manda a pedir que me entregue información sobre unos chilenos de Leipzig —dije yo, tratando de sonar vago y soberano a la vez.

Lepe Kroll apoyó la nuca contra la almohadilla de su sillón de cuero y esbozó una mueca amarga de disgusto y sorpresa. Cuando alzó la barbilla, dejó a la vista los pliegues de una papada doble.

—¿De Leipzig? Nunca he vivido allí.

—Pero conoce la ciudad.

—Solo estuve de paso. Hace mucho. Reuniones, usted sabe.

—Necesito saber algo sobre unos amigos que residen allí y que no se renuevan ni con la primavera. Gente que quedó rezagada en la historia, si quiere ponerlo así. Imagino que deben despotricar en contra suya en sus boletines porque no toleran que a uno de los suyos le vaya tan bien —afirmé indicando hacia los cuadros—. Pero no se preocupe, esos pasquines no los lee nadie. Es gente que nació con vocación de minoría perpetua, *non-sellers* genéticos.

Lepe Kroll trató de sonreír, pero terminó acariciándose pensativo la papada, que seguiría conquistando terreno mientras su dueño continuara sentado todos los días en una poltrona de cinco mil dólares en lugar de salir a trotar a diario cinco millas, como yo.

—Leipzig está lejos —comentó ostensiblemente agobiado.

—Napolitano dice que es urgente.

—Tal vez pudiera conseguirse algo —murmuró al rato—. Pero habría que incurrir en algunos gastos, desde luego...

Abrí los brazos indicando hacia los óleos y los muebles, y después dije:

—Alguna vez hay que hacer algo por convicción e ideales, mi querido Damato. No todo se hace por dinero en esta vida...

49

¿Dónde están los muchachos de entonces?
Barra antigua de ayer, ¿dónde están?
Yo y vos solo quedamos, hermano,
yo y vos solo para recordar...

MANUEL ROMERO, FRANCISCO CANARO,
Tiempos viejos

Me despertó el repentino encendido de luces en la planta baja de la casona. Tres de la mañana. Frío. El Doctor se había retirado a medianoche a dormir tras dialogar con un amigo y ministro de Gobierno, un hombre gentil y espigado, de barbita de chivo y ojos amables, parecido a Don Quijote, que saluda con una sosegada inclinación de cabeza.

Pero ahora los autos de la caravana tienen los motores en marcha y los escoltas aguardan en el patio. Algo ocurre. Tal vez la insurrección militar. Se comenta que en ese sentido los dados ya están echados. Me vestí a la rápida y salí corriendo a la cocina porque las instrucciones para una emergencia son que cada cual acuda a su puesto de trabajo, la forma más efectiva de enfrentar las maniobras del enemigo.

En la cocina calenté agua por si el Doctor deseaba tomar un café, tosté rebanadas de molde y saqué la mantequilla del refrigerador, que cuando se endurece irrita al Doctor. Esperé mientras él impartía órdenes por teléfono desde su escritorio. Encendí las lámparas del living, introduje en su sobre un *long play* de Julio Sosa que yacía bajo un sofá, lo puse en el mueble del tocadiscos y regresé a la cocina. Un escolta husmeaba allí como chucho en busca de un poste donde mear. Se le notaba el bulto del arma bajo el chaquetón. Al rato apareció el Doctor detrás de la puerta.

—Prepárame un café —dijo.

Andaba en su bata burdeos, con las manos en los bolsillos. Se fue al living, solo. Le preparé Nescafé en la tacita marrón, que le obsequió Celia Sánchez Manduley, la secretaria de Fidel Castro, y se lo llevé de inmediato.

—Acabamos de perder a un gran compañero —comentó mientras vertía azúcar en su café y pronunciaba su nombre.

—¿Qué pasó, Doctor?

—Iba en el asiento del copiloto de un Fiat 600. Chocaron con un camión cerca de Llay-Llay. Murió instantáneamente.

Me vino a la cabeza el rostro del político. ¿Cuántos años tendría? ¿Treinta o menos? Era delgado, de bigotazo. Unas entradas profundas mordían su cabellera negra. Tenía ojos oscuros, de árabe. No le hacía olitas al Doctor como sí se las hacían otros con las ocupaciones de fábricas y fundos, la exigencia de instaurar el poder popular y prepararse para el enfrentamiento militar, que consideraban ineludible.

No supe qué decir, pero tampoco el Doctor dijo más. Permaneció sentado, inmóvil, encorvado sobre la taza, los ojos fijos en la alfombra que trajimos de Reñaca.

—¿Necesita algo? —pregunté.

El Doctor me miró con los ojos enrojecidos. Masculló que el dirigente dejaba a un hijo y una mujer con cinco meses de embarazo, y que había sido siempre leal a su gobierno, algo que no podía afirmar con respecto a otros dirigentes de la izquierda. Me pidió un whisky y, cuando yo iba a la cocina, agregó:

—Esos hijitos de su papá, que no tienen la más mínima idea de cómo es la vida de los obreros, los campesinos o los pobladores, sueñan ahora con conquistar el poder por las armas e instaurar el socialismo por decreto. No creen en mi alternativa de revolución dentro de la democracia. Los obnubila su origen.

—Usted tampoco es hijo de familia proletaria, Doctor —le recordé mientras alguien apagaba la luz de la escalera que conduce al segundo piso.

—Pero desde la juventud me interesé por conocer la vida y la ideología de los trabajadores. Y eso tú lo sabes mejor que nadie. En cambio, los que quieren radicalizar el proceso y que nos armemos para enfrentar a los enemigos de clase, imitando a Lenin y Fidel, egresaron de colegios burgueses y de escuelas de sociología parisina, se colaron en puestos gubernamentales y ahora pretenden dictarme cátedra sobre lo que quiere y conviene al pueblo.

—Cuando jóvenes nosotros también fuimos radicales, Doctor —dije yo.

—Disfrazados de barbudos y melenudos —agregó, moviendo la cabeza—, usando boinas y bototos, me acusan de reformista, a mí, que he dedicado toda mi vida a la causa popular, que he sido médico de pobres y parlamentario de los trabajadores de mi patria durante decenios...

—Así es la juventud, Doctor. Usted lo sabe. Es impaciente e ingrata. Así ocurre también con mi hijo.

—Ya sé que te mortifica que le guste el arte porque crees que el arte no llena el plato de comida —dijo mirándome de lado—. Pero, ¿sabes? Déjalo que sea lo que quiera ser. No hay nada peor que imponerles a los hijos lo que han de hacer y pensar.

—¿Así lo hizo con sus hijas?

—Con todos. La tolerancia no se la debo al marxismo,

Rufino, sino a mi formación masónica, que se inició con mi abuelo, Allende Padín, al que le decían El Rojo. Los masones me enseñaron a respetar al que piensa diferente.

—Quién como usted. Yo no tengo abuelos de tanta prosapia —dije, y estuve a punto de agregar: y por eso usted es presidente y yo su mozo, pero no me atreví.

—Da lo mismo, Rufino. Deja mejor que tu hijo sea lo que quiera ser. Tú has sido zapatero en Valparaíso, cocinero en un barco ballenero y panadero en tu propio negocio, y ahora eres ayudante del compañero presidente. La felicidad te la brinda lo que vas haciendo con amor y dedicación a lo largo de la vida, no lo que te imponen. Mi abuelo me enseñó mucho sobre el ser humano y la tolerancia, Rufino.

—Usted siempre habla de su abuelo.

—Así es —dijo inclinando la cabeza.

—Nunca de su padre.

—Y eso porque mi abuelo fue un gran hombre, un distinguido masón y un auténtico humanista. De su propio dinero le compraba la medicina a los pacientes pobres. Me hice médico por el ejemplo que me legó.

—También su padre fue médico, Doctor.

—Así es.

—Pero de él nunca habla.

—No hemos hablado tanto como para que te relate toda mi historia familiar.

—No es que no me hable a mí de su padre, sino que a los periodistas tampoco les habla de él. En los diarios solo comenta de su abuelo, nunca de su padre, así como conversa solo de su Mama Rosa, nunca de su madre verdadera...

Se despojó de las gafas y los ojos se le engurruñaron. Viéndolo en el sofá, solo, vulnerable y abatido, se me antojó el náufrago que aguarda en una isla remota. Se restregó los párpados con el índice y el pulgar, y volvió a acomodarse los marcos.

—Con lo que a ti te gusta dar consejos sin que nadie te los pida, mejor lo dejamos hasta aquí —añadió sosegado.

—Como usted diga, Doctor.

Sacudió la cabeza como para librarse de una visión perturbadora.

—Cuéntame otra cosa —dijo después—, tú que sabes tanto de música.

—Lo que usted diga, Doctor.

—¿No tienes algún tango sobre un amigo que se fue para siempre?

50

Está mal el Doctor, de salud y de ánimo. No necesito escucharlo para darme cuenta de que atraviesa una situación terrible. Por eso esta mañana salí temprano a La Vega y traje papas, tomates, cebollas y algo de ají (a él le gusta un poco el picante, no mucho, con moderación) y pasé a la carnicería que nos entrega carne por una puerta trasera que da a la calle San Diego. Buscaba guatitas. El Doctor prefiere que se las cocinen a la italiana.

También en esa calle atestada de tiendas de telas, de almacenes y librerías de viejo, está don Salomón. Es el sastre que desde los años cuarenta le corta los trajes a la medida. Se los confecciona a su gusto: ajustados a su pecho de gallito y disimulando con la caída de la chaqueta sus piernas cortas. La gente piensa que el Doctor los importa de Europa, y que son de una tienda exclusiva de París o Roma, pero yo mismo voy a dejar allí pantalones o chaquetas que necesitan correcciones. No, no está en Europa la tienda. Además, es pequeña, está ubicada en un segundo nivel, tiene un piso de madera que cruje y ventanas altas y sucias, que tamizan la entrada del sol. Ni don Salomón ni su negocio han aparecido nunca en diario alguno.

En San Diego, a pocas cuadras de la Alameda, me estaban esperando las guatitas ya limpias envueltas en papel de diario. Las traje a la casona en la Ford, que está quemando mucho aceite. Deja una estela de humo que me temo llama la atención. En fin, estas guatitas son lo mejor que puedo ofrecerle al Doctor en estos días. Se trata de un plato sabroso, contundente y simple, que puede acompañar con pan amasado, hecho por mí mismo. Me imagino que cuando saborea mis platos o mi pan calentito, el Doctor entra a un oasis en el cual reinan la paz y la sombra, y se desvanecen de golpe todos sus problemas. No sé en verdad cómo le da el cuero para enfrentar a Estados Unidos, la oposición y los gremios en huelga, y al mismo tiempo vivir bajo el mismo techo aunque no en la misma cama con su señora de toda la vida, y correr los fines de semana adonde la Payita, que vive en la finca de El Cañaveral, allá lejos, metida entre los contrafuertes cordilleranos. De vez en cuando pasa rápido por acá por asuntos de trabajo. Es como veinte años menor que él, atractiva, buen cuerpo, ágil y de carácter. Eso uno lo advierte en su voz y los rasgos de su cara, que transitan fácilmente de la sonrisa jovial a la severidad exigente. Se divorció de un empresario para estar con el Doctor, aunque no viven juntos. En fin, me limito yo aquí a describir lo que he visto y lo que comentan algunos escoltas.

No es cosa fácil soportar esa situación. Mientras yo venero a la mujer que amé y a la cual le dedico, en silencio, *Espérame en el cielo, corazón*, el Doctor nada entre dos islas que no le brindan lo que en el fondo anhela. Quizá por eso se refugia en mis comidas y en esas siestas de quince minutos que se echa cada vez que puede y que lo reconfortan como si hubiese dormido varios días seguidos. ¿Cómo puede dedicarse a tanta cosa distinta a la vez? Es un enigma. Vive en el primer nivel de esta casona, la señora en la planta alta, y la Payita lo espera junto al río, en la finca cordillerana, mientras un pueblo entero deposita sus sueños y esperanzas en el Doctor.

Me pregunto cómo sobrellevarán eso ambas mujeres. Y eso

que no me quiero referir a otras que rondan o rondaban hasta hace poco en su entorno, mujeres con las cuales, según las malas lenguas, se reúne o reunía en un departamento que posee cerca de la embajada de Estados Unidos.

«Ir a buscar información» denominan los escoltas los viajes que el Doctor hace para juntarse con amantes entre gallos y medianoche. Yo no debería ni pensar en esto, menos escribirlo, como lo estoy haciendo. Lo que uno deja escrito es como una espada de Damocles. El día menos pensado, zas, cae y le rebana a uno el pescuezo y no hay nada más que hacer. Es un peligro, lo sé. Pero al menos quiero dejar registro, porque sé que esto es historia y sería pecado, diría un católico, no hacerlo. De lo contrario, cuando yo muera, nadie sabrá lo que en verdad ocurrió entre las paredes de Tomás Moro y las de la oficina del Doctor en La Moneda.

Intuyo que al Doctor le disgustaría profundamente saber que yo apunto todo lo que veo y escucho en esta casona. Sé que eso no está bien. Sé que no debiera hacerlo. Al brindarme alojamiento en su casa, el Doctor me permitió ingresar en su vida privada y por eso no debería andar hociconeando sobre lo que aquí pasa. Tengo que conservar el cuaderno con el rostro de Lenin, porque guarda la historia tal como es. Jamás debe caer en las manos del enemigo, como se lo he dicho a Amanda, quien es la única persona que sabe mi secreto.

Volviendo al tema de más arriba: no puedo entender cómo esas mujeres aceptan el coqueteo del Doctor. Ambas son bellas, inteligentes y elegantes. La Payita es más joven que doña Tencha, pero ambas destacan por ser agradables, conversadoras y atractivas. A doña Tencha la ubico desde que era una muchacha, cuando flechó al Doctor. Fue después de un terremoto, cuando él aún vagaba por las calles sin luz de Santiago tras huir despavorido de un templo masónico. Doña Tencha, entonces, lo calmó o, más bien dicho, sus ojos claros y su larga cabellera negra lo sedujeron en el acto. Terminaron casándose poco después, aunque no por la iglesia.

Hace unos días me dijo que no le teme a nada, ni siquiera a la muerte. No es cierto. El Doctor le teme a los terremotos. No, la muerte le da lo mismo. Por eso trabaja y vive intensamente, como si sus días estuvieran contados y fuesen escasos. Incluso en estos meses, en que se rumorea que su corazón no funciona bien y yo veo que el lado izquierdo de su labio superior tiende a paralizarse, él sigue con su ritmo endemoniado de trabajo.

No es broma. Su día comienza a primera hora, después de sus ejercicios físicos: maratónicas sesiones ministeriales, visitas a fábricas y sindicatos, entrevistas, discursos, recepción de embajadores, negociaciones con los militares y los ultraizquierdistas que desean imponer el socialismo por la insurrección armada. Cierra tarde por la noche en Tomás Moro, o en El Cañaveral o en la vivienda de alguna otra amiga cariñosa.

En fin, sigo preguntándome cómo doña Tencha y la Payita aceptan ser islas en el océano de pasiones del Doctor. Cuentan que don Pablo Neruda le decía «mi catedral» a Delia del Carril, su segunda esposa, y «capillitas» al resto de las amantes que frecuentaba. Ni Gricel ni Amanda habrían aceptado compartirme como si yo fuese el pan de los milagros de Cristo. Pero hay algo más: a sus años, ¿cómo logra el Doctor atender dos frentes al mismo tiempo?

Mientras guardo las conservas en la despensa y la casa yace sumida en la oscuridad y el silencio, me pregunto qué sentirá doña Tencha cuando el Doctor se marcha los viernes por la tarde y no regresa hasta el domingo por la noche. ¿Qué emoción la embargará al saber que su esposo duerme esa noche bajo el mismo cielo capitalino pero bajo otro techo y con otra mujer? ¿Creerá que el amor es divisible o se habrá resignado a que él ya no la ama? ¿Y ella lo seguirá amando o solo guarda las formas por una razón que desconozco? ¿Y qué sentirá la Payita cuando el domingo por la noche el Doctor aborda su vehículo para ir a su residencia oficial? ¿Ama realmente el Doctor a ambas mujeres? ¿Y pueden ellas amar a un hombre que en el sentido amoroso es un velero que navega de una isla a la otra, pero que actúa como si solo existiese una sola isla en el mapa? ¿Las amará o se miente a sí mismo y eso ha terminado por mellar su corazón?

Junto retazos de los comentarios al pasar de los escoltas. Uno dijo hace poco que el Doctor está enamorado de la Payita, pero que no se atreve a dar el paso definitivo porque quiere a su familia y una separación a estas alturas implicaría el fin de su carrera política y la pérdida del escaso apoyo que encuentra entre las electoras. Otro le rebatió diciendo que el Doctor ha amado toda su vida solo a doña Tencha y que lo demás son aventuras, pasiones temporales, historias sin consecuencias, producto del instinto del macho que busca saciarse.

Me cuesta imaginarlo, me digo mientras dejo reposar la masa del pan y paso a picar, llorando como una abuela, la cebolla para las guatitas a la italiana con que esperaré al Doctor. Se rumorea que doña Mercedes, la cocinera aquejada de artritis, ya no volverá a trabajar a Tomás Moro. Ahora soy el cocinero oficial del Doctor. Tendrá que adaptarse al menú que yo ofrecía en la estrecha cocina del ballenero. Es de noche, hay estrellas en el cielo y reina un sosiego de cementerio en la casona. Doña Tencha duerme ya seguramente, y el Doctor aún no regresa. Anda con la caravana oficial completa, así que realmente asiste a una reunión de trabajo, me digo mientras me corren lágrimas por las mejillas y no estoy ya tan seguro de que se deban solo a la cebolla.

51

Tres días después, Baltasar Lepe Kroll me anunció que tenía nuevas que entregarme en persona. Cancelé una salida con Casandra a la costa y lo invité a almorzar al El Caramaño.

—Lo espero en una de las mesas que dan a la calle —precisé.

—Prefiero las del fondo —respondió.

Sigo traduciendo el texto del zapatero devenido panadero y cocinero. Tiene razón el Doctor cuando afirma que bajo otro sistema, el nuestro, por ejemplo, ese hombre hubiese llegado lejos y tendría otra vida. En el Chile de entonces estaba condenado a ser pobre perpetuamente. En eso el Doctor no se equivoca y no cae en idealizaciones, o no se equivoca el escritor que simula ser un zapatero mientras escribe sus supuestas conversaciones con el presidente.

No le he comentado a Casandra lo del encuentro en Leipzig con sus compatriotas. Atribuí mi magullón en el rostro a un golpe que me di con la puerta del tren a Leipzig y he tenido el cuidado en hacer el amor con ella en la penumbra. Creo que ella sospecha que algo no está en orden en mi vida pues la percibo distante. Ignoro si ella actúa de otra forma porque le incomoda mi presencia en la intimidad o porque sospecha que le he mentido sobre mi verdadero pasado en este país que exilió a sus padres.

¿Habrá averiguado algo sobre mí mientras yo andaba en Europa? ¿Se le habrá acercado alguien a contarle algo? ¿Algún exiliado, exmilitar o militante de izquierda? ¿O se lo habrá revelado el Tarot? Quienes experimentaron el exilio son desconfiados por naturaleza y suelen conservar redes subterráneas con las que se protegen e intercambian informaciones. Tal vez no debiera preocuparme. En rigor, ni la búsqueda del desconocido para entregarle las cenizas de mi hija, ni la consulta a una tarotista, ni la tortura a la que me sometió una banda de exiliados nostálgicos tiene pies ni cabeza. A pesar de eso, siento que avanzo en alguna medida en una dirección que me permitirá esclarecer el pasado de Victoria. Pero tampoco soy indiferente ante el hecho de que cuento con el apoyo de una mujer cuyos padres fueron víctimas de un régimen que contribuí a establecer desde el anonimato. ¿No estaré abusando de Casandra al utilizarla para hallar a mi hija sin revelarle mi trayectoria? Ella, en cambio, ha sido honesta. Me contó su historia desde un comienzo, pasando por la de sus padres, el inicio de su exilio y el regreso a la patria. Mientras ella ha sido transparente, yo nuevamente caí en aquello que me enseñaron: el fingimiento, el desdoblamiento y la mentira.

En fin. No sé bien qué hacer. Era más fácil antes. Nunca tenía dudas. Me limitaba a cumplir mi deber. Vuelvo mejor a la traducción. Me conmueve la visión romántica del amor que tiene el zapatero. Sigue amando a Gricel, su mujer ya fallecida, pero vive con Amanda, a quien respeta porque se encargó de la educación de su hijo del primer matrimonio. Él presenta su fidelidad como algo loable, pero en el fondo aquello no es nada más que una vil cabronada. En verdad, utiliza a Amanda, al igual que yo a Casandra, para conseguir propósitos mezquinos.

Pobres mujeres. Siempre son las víctimas de los hombres, de sus designios y pasiones, de su egolatría y sus ambiciones. ¿Qué debió haber hecho el zapatero? ¿No haber engañado a Amanda? ¿Haberle confesado que aún amaba a su primera mujer? En verdad, me resulta estúpida su conducta pues no calza para nada con la imagen que tengo de alguien que fue anarquista y sirvió a un líder socialista.

No obstante, su figura crece ante mis ojos al compararlo con la vida amorosa que pinta del Doctor. Yo veo al Doctor como él lo describe: la espalda recta y la mirada severa detrás de los grandes anteojos de marcos negros, las mejillas leve-mente caídas, los bigotes largos y cenizos, la nariz aguileña. Siento que al leer y traducir estas páginas llego a conocerlo mejor: sus manos de dedos regordetes, las piernas cortas, que disimula con chaquetas confeccionadas por don Salomón, la variedad de sombreros exóticos y chaquetas de gamuza o cue-ro, su convicción de que es un personaje de la historia univer-sal, su innegable talento histriónico y su sagacidad para com-partir techo pero no el lecho con la mujer que legalmente es su esposa. En fin, están los fines de semana donde se refugia, como me cuentan, en El Cañaveral de la Payita, sus apari-ciones relámpago donde Inés Moreno, Elena Vial o Gloria Gaitán, y el cariño que prodiga a mujeres que adora como amigas: sus hijas, sus sobrinas, las hijas de Gloria.

Rescato de la letra descuidada del zapatero la casa blanca de tejas y estilo mediterráneo de Tomás Moro 200, que se alza detrás de los muros, en medio del inmenso jardín con piscina y cancha de tenis, la garita de acceso frente al portón y el gran mosaico con el escudo chileno. Veo el césped tupido que rodea la piscina junto a la cual dormita el caimán embalsamado, la vasta terraza de baldosas moriscas, protegida por la flor del inca que se retuerce en un entramado de madera, y veo también las dos palmeras a los lados de la puerta de entrada, la que conduce, por la mano izquierda, al hall de recepción y el living con chimenea, y por la derecha al estudio y al estrecho dormitorio del Doctor.

Y al recrear en mi imaginación esa casona, no puedo dejar de recordar que el Doctor escapa cada viernes a la finca de 32 hectáreas, ubicada en un cañón cordillerano, a orillas del río Mapocho, donde lo espera la Payita en su casa de estilo alpino, de piedra, maderas preciosas y baldosas de barro, una construcción de arquitectura laberíntica, en cuyo segundo nivel el Doctor dispone de habitaciones para él solo, a las cuales accede por unos peldaños de encina que, como están empotrados en una pared blanca, parecen levitar sobre el piso.

Allí está su verdadero refugio. Allí se siente libre del acoso periodístico diario, de las encendidas reuniones del gabinete y de las demandas de la oposición, de los pactos que violan sus aliados y las inútiles negociaciones con los líderes opositores, de sus prolongados discursos, de los compromisos que conlleva el poder, y la responsabilidad agobiante que implica haber contagiado a la población con su utopía. Sospecho que más de alguna vez, después de ejercitar en El Arrayán el tiro al blanco con el fusil que le regaló Fidel Castro, el Doctor ha descendido a contemplar las aguas que bajan murmurando de la cordillera y a soñar que su existencia pudo haber sido simple y transparente como ese río.

Estoy pensando demasiado en el Doctor a través de lo que me permite atisbar el cuaderno. No hay duda de que atravieso una etapa de fragilidad debido al desequilibrio emocional que me causa la muerte de Victoria, estado que me puede hacer caer bajo el dominio sicológico del adversario, como decíamos entonces. No debe sorprenderme, ya solo el jet lag y el interrogatorio a que me sometieron los exiliados en la estación de Leipzig me trituran la cabeza. Ahora que lo he repasado mil veces mientras volaba de Europa a Santiago, lo sé. Estoy seguro de que lo que activó la sospecha de los exiliados fue que usé el nombre de Aníbal, que es el que Victoria le da al joven en su carta. Para los demás es Beto o Héctor u otro nombre, pero Aníbal fue lo que hizo saltar las alarmas entre esos fanáticos.

Escondo el cuaderno bajo la alfombra y salgo hacia El Caramaño. Vuelvo a preguntarme por qué Victoria ocultó ese texto toda su vida. Me siento confundido. No me cabe duda de que lo leyó. ¿Intentó también publicarlo o solo tenía el encargo de guardarlo? ¿Quién le pidió que lo ocultase para siempre? Ahora no creo que el texto sea solo una novela. Me cuesta imaginar que el zapatero de esas páginas sea producto de la imaginación de un escritor en ciernes, y que lo que allí se narra sobre el Doctor y su entorno surjan exclusivamente de la fantasía de un autor anónimo, de lo que escuchó de terceros, de gente cercana al Doctor. ¿Y desde cuándo existe el texto? ¿Será Aníbal el autor? ¿Y el Aníbal que Victoria me rogó buscar es a la vez Héctor? Pero no creo que Aníbal sea ese zapatero. No creo que mi hija, educada en un colegio privado y en una sólida familia estadounidense, pudiese enamorarse de una persona tan humilde.

El taxi detiene su marcha junto a la pequeña plaza sombría que se extiende frente al restaurante. Pago, cruzo la calle y entro al local vacío. Ocupo una mesa lejos del ventanal al que Baltasar Lepe Kroll tanto teme.

52

—Le voy a pedir una cosa —anunció Lepe Kroll en cuanto se sentó a la mesa, frente a mí. Venía de traje claro
y corbata, sudando—. Después de esto, por favor, déjenme
tranquilo. Quiero dedicarme a mis negocios. Ya hice lo suficiente por ustedes.

—No se preocupe —respondí mientras le alargaba la carta—. Si la información es buena, usted vuelve a dormir a pierna suelta. ¿No le apetece un pisco sour? Aquí hay una señora
que lo prepara bastante bien.

Mientras saboreábamos el pisco sour y me atormentaba a
ratos un dolor agudo en el abdomen por los golpes recibidos
en el interrogatorio de Leipzig, Lepe Kroll fue al grano:

—En 1974 llegaron a la República Democrática Alemana
centenares de chilenos de izquierda, en su mayoría comunistas y socialistas. Huían de Pinochet. A muchos de extrac-
ción pequeñoburguesa los enviaron a proletarizarse a las industrias de Sajonia, como a la fábrica de los autos Trabant, en
Zwickau. Pero aquellos con buenos puestos y contactos en
el partido entraron directo a estudiar a la Universidad Karl
Marx, de Leipzig, o a la Universidad Humboldt, de Berlín. O
bien a trabajar en el Comité Chileno Antifascista, de Berlín
Este.

Se me pasaron por la cabeza en sucesión apresurada las
imágenes del aeropuerto de Schoenefeld, el Ostbahnhof y el

hotel Stadt Berlin, de la capital de la antigua RDA, así como la estación de trenes con sus altas ventanas, el histórico Auerbachs Keller donde el diablo se le aparece a Fausto y el monumental Völkerschlachtdenkmal con su enorme explanada, en Leipzig.

—Pero eso ocurrió hace más de veinte años —reclamé, dejando traslucir mi desencanto, algo que usualmente empuja a los informantes a suministrar información adicional.

—Calma, calma. La gente que a usted le interesa es aquella que no fue enviada a proletarizarse a las industrias —afirmó Lepe Kroll con aplomo antes de beber de su copa.

—¿Los burguesitos con buenos puestos y contactos?

—Exactamente.

—¿Por qué?

—Porque liberados del agobio de tener que trabajar como obreros en las VEB, conocidas como fábricas de propiedad popular, tuvieron tiempo, musa y maña para diseñar la futura resistencia revolucionaria del proletariado chileno.

Le pregunté a qué se refería. Lo hice en tono magnánimo. A los informantes hay que tratarlos dignamente, pero nunca brindarles demasiada confianza porque pierden el respeto por su líder y tienden a transgredir las distancias que deben imperar entre oficial y agente.

—¿Se acuerda del derecho a la insurrección popular que proclamó el Partido Comunista para derrocar a Pinochet allá por 1980? —preguntó Lepe Kroll mientras echaba un vistazo al local, que comenzaba a llenarse con empleados de los alrededores—. En el fondo ese viraje en 180 grados fue una autocrítica que se hizo el partido por haber carecido de una política militar para enfrentar el golpe de Estado de 1973.

Eso aparecía incluso en los apuntes de Rufino. Desde el Palacio de La Moneda el Doctor se había opuesto siempre a formar milicias populares. Creía que era posible instaurar el socialismo dentro de los marcos legales y confiaba en que el Ejército lo aceptaría. En 1971 Fidel Castro lo había conminado a armar a sus seguidores porque intuía que el Ejército chileno no aceptaría la imposición de un orden revolucionario. Miguel Enríquez y otros líderes ubicados a la izquierda de Allende proponían armar a sus militantes para enfrentar un eventual golpe de Estado. El Partido Comunista, en cambio, apostó hasta el último minuto por la vía pacífica, que les permitiría construir el nuevo régimen. Años después, ya despojado del poder e instalado en el exilio, el partido proclamó una política militar que incluía el adiestramiento de jóvenes militantes en el Ejército cubano. Pero ya era tarde, demasiado tarde, la ola revolucionaria de la que hablaba Enríquez se había ido.

—Me acuerdo —le dije, y de verdad recordaba ese viraje histórico del Partido Comunista aunque de forma vaga, porque en 1980 yo estaba acreditado en Varsovia. Me habían destinado a Polonia, el eslabón más débil del dominio soviético en Europa del Este gracias a la influencia alcanzada allí por la Iglesia católica entre los jóvenes y los sindicatos. Bajo esas circunstancias mis prioridades a la hora de recolectar información habían cambiado de forma drástica—. Me acuerdo, pero no sé adónde quiere ir con eso.

—¿Nunca escuchó hablar del Círculo de Leipzig? —preguntó Lepe Kroll, echándole una mirada a la carta.

—En verdad, no.

—Es una lástima, porque es importante.

—¿Sí? ¿Y por qué?

—Porque es una organización secreta.

—Cuénteme. —Sorbí mi pisco sour acicateado por la curiosidad.

Lepe Kroll aspiró una bocanada de aire y se dio ciertas ínfulas. Luego dijo:

—Los hombres que combatieron con las armas a Pinochet se formaron principalmente en Cuba, Bulgaria y Libia, como usted sabe. Hubo hasta algunos que aprendieron a usar pistola en el Parque O'Higgins de Santiago, pero la Universidad Karl Marx de Leipzig fue la institución realmente esencial en toda esa estrategia.

Lepe Kroll guardó silencio cuando el mozo se acercó a tomarnos la orden. Pedimos una bandeja de locos y sendos platos de corvina al grill, y esperamos a que el mozo se alejara por ese local largo y angosto, de piso de tablas y manteles blancos, para seguir conversando.

—¿De dónde viene la importancia de Leipzig? —pregunté cuando quedamos solos. Pensé en el subterráneo de la estación de esa ciudad, en los tenebrosos espacios de piedra que evocaban el interior de templos medievales.

—De algo que es tan desconocido como crucial —afirmó Lepe Kroll con autoridad—: Fue en esa ciudad donde sesionaron, a partir de 1974, los ideólogos chilenos que fundamentaron teóricamente la política de insurrección militar contra el régimen de Pinochet. Usted sabe, un partido de dogmas necesita dogmas para rectificar y plantearse nuevas alternativas.

—¿Entonces fue en Leipzig donde el Partido Comunista diseñó la vía armada? Porque hasta ese instante la rechazaba de forma tajante. A quienes la proponían los acusaba de pequeñoburgueses, ultraizquierdistas y aventureros.

—Exactamente. Hasta 1975 defendió la vía pacífica que proclamó Allende. Era la que respaldaba Moscú. En esa época Moscú ya no estaba interesado en una nueva Cuba, esta vez en el extremo sur del continente. El desastre económico del régimen castrista era un lastre para las debilitadas arcas soviéticas. Nunca creyeron ellos mucho en el éxito de Allende. Ni creyeron en él ni se jugaron por él. Desde un comienzo el proyecto de Allende estaba condenado al naufragio. Sin el apoyo decidido de la Unión Soviética mientras se enfrentaba a la burguesía nacional y Estados Unidos, Allende no podría triunfar.

Pensé en el cuaderno de Rufino, en su descripción del viaje a Moscú, en la negativa soviética a ayudar a Allende con cuatrocientos millones de dólares para que pudiera importar los alimentos que necesitaba con urgencia.

—La gerontocracia soviética lo dejó solo —afirmó Lepe Kroll—. En lugar de prestarle dinero, le ofrecieron créditos atados para comprar tractores y camiones Zyl, pura chatarra soviética.

—¿Y qué papel juega Leipzig en todo esto? —pregunté al sentir que Lepe Kroll se apartaba del tema.

—Fue el Círculo de Leipzig el que diseñó las bases teóricas para que el partido rompiera con la vieja política y se plegara a la vía armada que propugnaban Fidel Castro, el MIR y los socialistas. Así dejaron sentadas las bases para comenzar a preparar afuera un Ejército liberador que un día debía invadir Chile, tomar el poder e instaurar el socialismo.

—¿Y todo eso comenzó en Leipzig?

—En Leipzig.

—Nada menos que en esa ciudad —comenté acodándome a la mesa.

—Lo interesante es el aspecto simbólico en todo esto —afirmó Lepe Kroll.

—¿A qué se refiere?

—Es simbólico que esa voltereta política con efectos militares haya tenido lugar en la ciudad del Auerbachs Keller, el restaurante donde en el drama *Fausto*, Mefistófeles hace brotar la cerveza de una pared para impresionar a unos estudiantes. Los ideólogos chilenos hicieron brotar la vía armada de las paredes de la torre de la Universidad Karl Marx y un partido entero se la tragó sin chistar.

Nunca he leído el *Fausto*, ni tampoco un poema de Goethe. Tampoco los leeré. Soy estadounidense, pertenezco a una tradición que valora más el presente que el pasado, porque el pasado ancla a los seres humanos y las sociedades. Que mi hija, nacida en Minnesota, se haya interesado en culturas precolombinas ya es más que suficiente dentro de mi historia familiar.

—Entonces fue en Leipzig donde diseñaron la política militar —recapitulé.

—Y lo hicieron con el apoyo del SED.

—El SED es el partido comunista que gobernó de manera dictatorial Alemania del Este entre 1949 y 1989, cuando cayó el Muro de Berlín por el repudio popular.

—Correcto. El SED les puso a disposición oficinas en la torre de la Universidad Karl Marx y departamentos en la Strasse des 18. Oktober. Allí un par de cientistas sociales y políticos se la pasaron estudiando *El 18 Brumario de Luis Bonaparte* de Marx, *El estado y la revolución* de Lenin, y la traumática derrota de los comunistas y socialdemócratas alemanes a manos de Hitler en 1933, y extrayendo las lecciones de la frustrada revolución chilena. Enfrascados en textos como esos y el *Diario de campaña del Che en Bolivia* elaboraron la tesis para la insurrección militar que tenía como objetivo derrocar a Pinochet.

Vislumbré de pronto el hilo de la madeja que Lepe Kroll me enseñaba. De los parlantes llegaba música chilota del grupo Los de Ramón. Pensé que Chile se las ingeniaba de una u otra forma para mantenerme prisionero entre los tentáculos de su historia. Cuando uno sale definitivamente de un país cree que se desliga para siempre de él. Sin embargo, eso es imposible cuando se trata de Chile. Este país te atrapa, se aferra a ti, impide que tú te liberes de él y te persigue donde quiera que estés con sus crisis, tensiones y recuerdos. Más que un paisaje, Chile es un estado de ánimo. Ahora me tortura no solo mediante la petición póstuma de mi hija y un manuscrito misterioso, sino también a través de la violencia que ejercieron chilenos en mi contra.

—Entonces fue el Círculo de Leipzig el que generó la estrategia de la insurrección armada y las acciones armadas contra Pinochet —repetí.

—Y el que realmente condujo a la creación del Frente Patriótico Manuel Rodríguez —comentó Lepe Kroll tras vaciar su pisco sour. Tuve la impresión de que le aliviaba abordar el tema bajo el efecto de una nueva copa.

—Nadie podría imaginarlo —comenté.

—Así es —aseveró Lepe Kroll, mirándome con unos ojos acuosos—. La alternativa insurreccional nació en Leipzig, impulsada por esos ideólogos y apoyada en términos teóricos por el SED. Su objetivo: tomar el poder en Chile.

—¿Y? Porque la cosa terminó de otra manera, según veo.

—Lo que pasó es que los ideólogos de la torre de la Universidad Karl Marx terminaron renunciando al partido chileno porque este, en un nuevo viraje, volvió años más tarde a su vía electoral de siempre. Las ideas de Leipzig inspiraron la creación en Cuba de un núcleo militar que debía liberar Chile, pero esa gente jamás vio el Pacífico y regresó al país a buscar trabajo en lo que fuese, habiendo sido derrotados dos veces. Los filósofos de la torre de la Universidad Karl Marx despertaron un día con una realidad que no habían percibido aunque había germinado bajo sus propias narices: el fin de la RDA y el inicio de la unificación alemana. De pronto su amada República Democrática Alemana socialista se volvió de un día para otro capitalista.

Las ironías de la historia, pensé.

—Fue en esa torre, que ya cambió de nombre, donde firmaron el pacto con el diablo —agregó Lepe Kroll—. El diablo era la violencia armada que ellos habían rechazado. Pues bien, el diablo los engañó. La insurrección jamás tuvo lugar y en Chile se impuso una transición pacífica que se inspiró al final en algunas ideas de Allende y de la cual ellos quedaron marginados.

—Muy bien, muy bien, pero ¿eso qué tiene que ver con mi asunto? —pregunté obligando a Lepe Kroll a volver a lo que realmente me interesaba.

—Según mis fuentes, el círculo sigue activo en Leipzig. Sus integrantes son hoy veinte años más viejos, viven de la traducción de textos comerciales, la jubilación o la ayuda social de un Estado capitalista, y desterrados de la torre que se llamaba Karl Marx. Devinieron los guardianes de esa historia secreta. Continúan, eso sí, reuniéndose cada noche de jueves en el Auerbachs Keller, donde cultivan las formas y rituales de antaño.

—Como los púgiles viejos que mueren comentando sus mejores combates.

—Siguen juntándose en ese sótano de columnas y cielo abovedado —afirmó Lepe Kroll, con un fulgor metálico en sus ojos—. Siguen ordenando allí cerveza de Pilsen, *Eisbein* con *Klösse* y *Rotkohl*, discutiendo con amargura sobre la historia que los dejó abandonados en un andén, incapacitados para entender la nueva Alemania y, lo que es peor, el nuevo Chile.

¿Quién era capaz de ver el nuevo país y olvidar al mismo tiempo su pasado reciente?, me pregunté. Ni yo, que al desembarcar en Santiago, después de más de veinte años de haber arribado allí por primera vez, regresaba porque ni siquiera mi hija muerta había logrado desprenderse de ese rincón del mundo.

—Pero tan enajenado no está ese círculo —alegué—. Fue

245

capaz de ubicarme y enviarme una advertencia inquietante. Además, todos eran jóvenes. ¿Quiénes son?

—Deben ser sus relevos.

—¿Los retoños?

Lepe Kroll asintió con una sonrisa amplia y prolongada, melancólica. Recordaba tal vez su juventud como militante.

—La historia no es lineal ni tiene lógica —aclaró—. Sospecho que creen en el eterno retorno de la historia. ¿Por qué no? Los seres humanos somos los únicos capaces de tropezar dos veces con la misma piedra. Todo puede volver a ocurrir en América Latina. De forma parecida o diferente, pero todo puede suceder de nuevo. ¿No le espanta esa perspectiva?

No estoy para filosofar en esta vida, menos bajo mis actuales circunstancias, así que le pregunté:

—¿Cómo se mantienen esos comensales del Auerbachs Keller al tanto de lo que ocurre en el mundo? ¿Cómo saben de mi persona, por ejemplo?

—Tal vez usted mismo tiene la respuesta —respondió Lepe Kroll mientras apartaba la cabeza para que sirvieran la bandeja con locos.

—¿Por qué?

—No nos veamos la suerte entre gitanos, míster Kurtz. Solo usted sabe qué tema lo trajo a estas tierras —dijo Lepe Kroll con una parsimonia que me pareció displicente—. Si quiere seguir avanzando, atienda el llamado que le dará al hotel un señor de nombre Beltrán Lemus. Una cosa está más que clara a estas alturas: lo suyo es un asunto que resulta en extremo sensible para el Círculo de Leipzig.

53

¿Dónde estará mi arrabal?
¿Quién se robó mi niñez?

OVIDIO CÁTULO GONZÁLEZ CASTILLO,
SEBASTIÁN PIANA, *Tinta roja*

Esto no puede seguir así. Marcha mal, muy mal. *Hay ansias de pasar pronto / del repecho al otro lao...* El Doctor parece una fiera enjaulada porque la oposición le niega la sal y el agua en el Congreso, Estados Unidos le cortó los créditos y financia a los huelguistas, y además continúa la escasez de comida y combustible. Como si no bastara, las calles se transformaron en campos de batalla entre simpatizantes y adversarios del gobierno, mientras el Partido Socialista, el MAPU y el MIR tildan al Doctor de reformista y le exigen avanzar sin transar al socialismo. El Doctor está solo, aislado, deprimido.

De la mañana a la noche me consumen los mandados, más aún cuando no hallo azúcar, conservas ni carne, y aumentan las noches en que debo pernoctar en Tomás Moro porque se hace tarde para volver a casa y la escolta teme que yo sufra una provocación en los controles militares. Te pueden matar en una de esas, me dicen. Imagínate, te ponen un arma en el pecho y después acusan que un hombre de confianza del Doctor recorre armado la ciudad. ¿Y entonces qué ha pasado? No puedo volver todas las noches a casa. Por eso, cuando lo hago, trato de aparecerme siempre donde Amanda con un pollito o un costillarcito, algo de azúcar o de arroz, con esos tesoros que por desgracia ya solo consigue uno en el mercado negro. Trato de levantarle el ánimo diciéndole que las cosas mejorarán, que el Doctor encontrará un atajo en las actuales circunstancias o al menos un acuerdo con la oposición para salir del atolladero en que nos atascamos.

Pero la tristeza agobia a Amanda. Está cansada de las colas para comprar pan siendo que soy panadero o para comprar el aceite que necesitamos para freír pescado, o el azúcar para el tecito de la mañana o la carne necesaria para hacer una cazuela o un asado al palo. Tampoco el barrio es ya lo que era. Nadie de por allá cree que esto tenga arreglo. El odio contra el que piensa diferente lo emponzoña todo. Esta mañana, antes de que me subiera a la camioneta para ir a la casona de Tomás Moro, Amanda me pidió que le recomendara al Doctor que mirara el país con sus propios ojos y no con los de sus asesores, que lo engañan y le ocultan lo que de veras ocurre. Está loca mi mujer.

No fue fácil este día en Tomás Moro. Por la noche, cuando el Doctor se sirvió su acostumbrada medida de Chivas Regal y ya se habían retirado los cocineros de la Armada, que de seguro son unos espías consumados, me preguntó qué pensaba acerca de la situación. Así dijo, la situación.

—¿La verdad verdadera, Doctor?

—La verdad es lo único que me interesa —repuso con el vaso en la mano.

—Es que no es fácil.

—Recuerda que estás hablando con un ajedrecista, que intuye...

—... desde la primera movida hacia dónde apunta el juego de su adversario.

—Correcto, compañero. Por eso quiero la verdad a la milanesa.

—La verdad a la milanesa, Doctor, es que todo está harto jodido.

Bebió un sorbo sin decir nada. Dejó el vaso sobre la mesa junto a la radio, donde sonaba suave un tango, y se soltó el nudo de la corbata.

—La única verdad es que el imperialismo y la derecha nos están golpeando duro en la lucha por nuestra segunda independencia —dijo después de que se le escapara un suspiro. Estaba de pie, con la espalda recta, la barbilla erguida, los brazos pegados al tronco. Me acodé en la mesa—. Esto es un Vietnam silencioso, como dice mi amigo Pablo Neruda, una epopeya ardua y heroica, pero el futuro es luminoso. No hay proceso revolucionario que no exija sacrificios. No hay que cejar, Rufino. Nuestra utopía es justa y tiene sentido.

—Pero la vida es dura, Doctor.

—Es que no es fácil forjar la nueva patria. Es como un parto, la nueva vida se abre paso a través del dolor. Lo que nos confunde es que las utopías siempre parecen al alcance de la mano porque se avizoran en el horizonte. Pero un marinero de tu experiencia sabe cuán engañoso es el horizonte.

—El horizonte es la nada misma, Doctor. Es un pretexto para ilusionarnos.

—¿Cómo que la nada misma? ¿Cómo que un pretexto? ¿De dónde diablos tanto pesimismo? ¿No te lo dije? Las letras de los tangos inciden negativamente en tu carácter. Lo noto a simple vista. Todo se te viene encima con demasiada facilidad.

—Es que yo veo lo que está allá afuera, Doctor. Usted, en cambio, ve lo que viene.

—Aunque impalpable, nuestra utopía es a la vez la promesa y el acicate que inspiran nuestra marcha y hacen flamear la bandera patria, Rufino. No hay nada más triste que un hombre o una mujer sin utopías. No hay ser humano más esclavo y servil de las cosas inmediatas que uno sin sueños sociales.

No supe qué decir. El Doctor habla de metas que están inscritas en el horizonte, en esa línea que yo, excocinero de ballenero, sé perfectamente que jamás se alcanza, esa fatamorgana del océano. Mientras el Doctor habla de la utopía, Amanda me recuerda que hay que parar la olla cada día.

—Lo dijo Fidel durante su visita a Chile el 71 —comentó el Doctor, sentándose frente a mí. Tenía los párpados hinchados y pesados, el bigote ahora completamente blanco—. El fascismo está en la calle para impedir el socialismo y en ese intento no trepidará ante nada ni nadie.

—Discúlpeme, Doctor, pero a mí no me convence el comandante. —La voz me brotó casi inaudible.

—¿Y esa expresión, compañero, a qué se debe? —Alzó la barbilla, imprimiendo un aire de severidad en su rostro.

—A lo que vi en La Habana, Doctor. Interminables colas delante de almacenes vacíos con vitrinas en las cuales solo hay maniquíes desnudos. Mucha foto de Fidel y el Che, mucha valla revolucionaria, pero poco... No sé. No me gusta eso para acá, Doctor.

—Usted sigue pensando como un pequeñoburgués, compañero. —Comenzó a gesticular como en una tribuna—. El pueblo cubano ha enfrentado durante trece años el bloqueo y las agresiones yanquis, pero ahí sigue firme como un roble junto a Fidel. Ahí se construye un futuro mejor, pletórico de posibilidades y de igualdad para los hijos de Martí. Libre del capital extranjero que sojuzga y explota a nuestros pueblos. Sin casinos ni turismo ni prostitución. Ya verás, Rufino, recuérdalo bien: en una generación más, Cuba será una potencia económica regional y un modelo inspirador para el conjunto del Tercer Mundo. Recuérdalo, soy yo el que te lo está diciendo.

—Será todo eso, pero no vi panaderías, Doctor.

—¿Cómo que no?

—No las vi por ninguna parte.

—Déjate de payasadas. Si algo comen los cubanos es pan. ¿Dónde crees que hacen el pan, entonces? ¿En Miami?

—En la isla, pero no en panaderías como la mía, Doctor. No soy bobo, pregunté por el tema cuando estuvimos allá. Lo primero que hice en mis horas libres fue ir a una panadería. ¿Y sabe lo que me dijeron?

—Ya me imagino. Pero ellos están en una transición complicada por el bloqueo del imperialismo.

—Muy transición será, pero todas las panaderías, grandes, medianas y chicas son del Estado, Doctor. Yo allá no tendría panadería, el socialismo me la expropiaría.

—¿Y qué le hizo aquí el capitalismo a tu panadería? —me preguntó el Doctor, y luego sorbió breve del whisky y creo que hasta disfrutó clavándome una mirada irónica, aguda, cruel.

—Igual, no me convence, Doctor. —Mi voz trémula acusó el golpe.

—No hay nadie con cabeza más dura que los panaderos —afirmó el Doctor, dándome un toque suave en el brazo—. Ya vendrán días mejores, ya podrás abrir tu propia panadería y Amanda será feliz, Rufino. Pero no puedo aceptar que te quedes con esa mala impresión del compañero Fidel.

—También me desagradan las manos de Fidel, Doctor.

—Por la cresta, Rufino, en lugar de dedicarte a amasar, debiste haberte dedicado a hacer la manicura. Hace un tiempo no te gustaron las manos del general Pinochet, ahora no te gustan las del comandante Fidel.

—No se burle. Usted sabe, a mí me gusta mirarle las manos a la gente.

—Yo prefiero mirar otras cosas, mi amigo. En especial, de las mujeres.

—Solo quiero decirle que esos dedos largos y bien cuidados del comandante, esas uñas requetebrillantes y de cutícula recortada con tanto esmero, esas palmas suaves y pálidas como las de una niña... ¿Sabe? Al final me recuerdan las manos del general Pinochet. Las manos de ambos me dan mala espina. Usted sabe que yo juzgo a las personas no por lo que dicen, sino por sus manos, Doctor. Las palabras son de elástico, las manos de greda, van guardando las huellas, dicen la verdad sobre las personas. Graban la historia de la persona.

Noté que el Doctor se contemplaba de reojo sus manos de dedos regordetes y peludos, de uñas cortas y limpias, y las retiraba con disimulo de la superficie de la mesa.

—Es un análisis superficial que avergonzaría al mismo Demarchi, Rufino —alegó el Doctor—. Si yo no hubiese compartido contigo sus lecciones en el cerro Cordillera, hace rato que te hubiese sacado a chuleta limpia de Tomás Moro. Para momiachos suficiente tengo ya con los de la oposición. Lo único que me faltaría ahora es andar cebándolos en mi propia mesa y bajo mi propio techo.

—Doctor, me he estudiado la historia completa de su amigo barbudo y le digo una sola cosa: él a usted no le llega ni a los talones.

—¿Qué insinúas con eso?

—Que él nunca en su vida ganó una elección. Ni siquiera en el colegio privado de curas al que acudió en el oriente de la isla, ni en la Universidad de La Habana, donde estudió leyes, ni en la vida política antes de tomar el poder. Nunca ganó nada. Nada. Nada en elecciones libres y secretas. ¿Qué cara pondría Demarchi al escuchar esto?

Los tangos seguían sonando. El Doctor se puso de pie y se paseó un rato por la cocina con la cabeza gacha, en silencio. De lejos llegó el estampido de una explosión que hizo parpadear la luz de la casona.

—Hoy el compañero Fidel construye el socialismo con el respaldo de todo su pueblo, Rufino. ¿O no has visto nunca las multitudinarias concentraciones en la plaza de la Revolución? —preguntó aliviado, como si hubiese estado buscando con ahínco una respuesta a mi comentario—. Y no solo eso. Él y su pueblo están dispuestos incluso a sacrificar sus vidas si el imperialismo los invade con el propósito de echar atrás la rueda de la historia en la isla.

Hice de tripas corazón y le dije lo que ya no podía callar:

—Perdóneme, pero no le creo al comandante que esté dispuesto a morir por nada ni nadie, Doctor. —Ahora Gardel cantaba *Mi Buenos Aires querido*—. La única vez que tuvo que escoger entre rendirse o morir por su causa, se rindió.

—¿Qué dices?

—Fue después del ataque al Moncada, el 26 de julio de 1953, Doctor. Muchos de sus compañeros murieron en el combate o fueron asesinados a sangre fría por tratar de apoderarse del cuartel. El comandante escapó al monte, donde contactó a la Iglesia católica y a militares amigos de su familia para entregarse con garantías, Doctor. Sí, se rindió. Se rindió la única vez que estuvo en peligro su vida. Se entregó sin sufrir un solo rasguño.

Me quedé mirándolo. Él se sentó a la mesa con aspecto de fatigado, se acomodó los anteojos y se rascó la nuca. Yo esperé sin mover un músculo, escuchando los compases de un tango, aspirando el aroma de la noche que invadía los cuartos.

—¿Hubieses deseado que muriera? —preguntó el Doctor con voz grave, nasal.

—Creo que usted, que defiende la vía pacífica y solo toma armas para practicar tiro al blanco, hubiese actuado diferente, Doctor. ¿O no?

Me aguantó la mirada mordiéndose los labios.

—¿O también se hubiese rendido, Doctor? —continué. Sentí que iba resbalín abajo, pero a esas alturas no tenía otra más que decir lo que sentía.

—Situado en un trance histórico, en una disyuntiva en que hay que morir o rendirse por los ideales, Rufino, yo muero por ellos. Y eso lo sabes, y eso lo sabe el pueblo —afirmó el Doctor con tono golpeado por encima de los compases del bandoneón, como si pronunciara un discurso.

—Por eso digo que usted es superior, Doctor.

—Si el compañero Fidel se hubiese inmolado, como tú lo exiges —agregó el Doctor, alzando la frente, clavándome ahora unos ojos en que resplandecía animadversión—, no habría hoy revolución cubana, Rufino.

—Tal vez sí, tal vez no. ¿O ya no recuerda lo que nos enseñó Demarchi sobre el papel del individuo en la historia? —Yo rebatía sin importarme ya las consecuencias—. En los momentos cruciales siempre emerge el hombre o la mujer imprescindibles. Pero, volviendo a nuestro tema, lo cierto es que en el único momento en que el comandante tuvo que decidir entre morir por su causa o rendirse, prefirió rendirse. Se entregó. ¿Cómo se llama eso?

El Doctor se acarició el bigote mirando su reflejo en la ventana como si buscara allí, en la duplicidad vaga y pálida de nuestros cuerpos, las palabras precisas. Después se puso de pie y caminó hasta la puerta de la cocina, donde giró sobre los talones y me dirigió una mirada severa.

—Lo mejor será que me vaya a dormir —comentó—. Ha sido un día demasiado largo y duro. Y a ti te sugiero pensar mejor si de veras quieres continuar en este barco que, a tu juicio, ya hace agua...

54

¡Que se vaya a la mierda! Que todo se vaya a la mismísima mierda. Estoy harto. No vuelvo más a Tomás Moro. ¿Qué he sacado en limpio con trabajar allá? Solo problemas con Amanda por haberla postergado, jornadas interminables, tensiones con el propio Doctor. Además, mi mujer perdió los últimos clientes de lavado y planchado que tenía porque ya ni en el barrio alto, donde viven sus patronas al igual que el Doctor, hay a estas alturas detergente ni almidón para las camisas. Nada he sacado con trabajar en Tomás Moro, únicamente malos ratos con mi mujer y mis vecinos, los que ahora dudan de mi honestidad y me consideran un especulador del mercado negro.

Perdí incluso el çontacto con mi hijo, al que ya no veo, pues cuando nos visita, yo ando en la Ford cumpliendo encargos para el Doctor y los escoltas. Además, estos últimos se la pasan el día armando y desarmando armas, haciendo ejercicios y, como si fuera poco, comiéndose la comida que le preparo al Doctor, en lugar de contentarse con la bazofia que les hacen los cocineros espías de la Armada.

Cansado estoy de todo esto. Harto de no poder volver a mi panadería que, aunque pequeña, era digna y mía y alimentaba al barrio completo. Antes gozaba del aprecio de los vecinos, era dueño de mi propio negocio y aunque vivía apretado no tenía patrón. Ahora tengo patrón, o más bien dicho tenía, y vivo más apretado que nunca porque dependo de favores de terceros para conseguir qué echarle a la olla. Tiene razón el Doctor: siento que esto es un barco que va a la deriva y no solo eso, temo que se hundirá. Pero lo que me insulta es que al mismo tiempo haya sugerido con esas mismas palabras que soy una rata, porque todos conocemos el dicho sobre las ratas que abandonan el barco que se hunde...

Lo que le falta al Doctor es una dosis de realismo. Sus asesores lo tienen entrampado en La Moneda. Le hace falta salir a la calle, pero no a dar discursos, sino a ver las colas ante los almacenes, los escaparates vacíos y las luchas campales en el centro de la ciudad. Le hace falta presenciar cómo la gente abuchea, descalifica y apedrea a otro por el solo hecho de pensar diferente. Le hace falta ver cómo el país se inundó de pronto de odio y resentimientos y está dividido como nunca antes en este siglo. En verdad, le hace falta observar las cosas como las ve una mujer sencilla y sacrificada como la buena de Amanda, a quien los discursos de izquierda y derecha la tienen sin cuidado, pues lo que añora es simplemente encontrar comida en los almacenes y no tener que pasarse horas en una cola para conseguir algo de pollo, azúcar o aceite. A ella la asustan la aparición de las Juntas de Abastecimiento y Precios que racionan los alimentos por familia, las marchas callejeras de milicias de izquierda y derecha armadas de palos, linchacos y hondas, las refriegas callejeras de todos los días en medio del humo de los gases lacrimógenos y el patrullaje de comandos militares que un día, teme Amanda, le darán un golpe de Estado al Doctor.

—No me importa quién es el culpable de que exista el mercado negro —me gritó Amanda esta mañana en que no volví a Tomás Moro, porque decidí que no volveré nunca más—. Me da lo mismo quién tiene la culpa, quién comenzó primero, quién se beneficia con esto. Lo que quiero es poder comprar pan, azúcar y arroz como antes, hacer mi cazuela y mis sopaipillas. No quiero las calles convertidas en campos de batalla ni que la izquierda y la derecha formen milicias. No quiero ni capitalismo ni socialismo, sino vivir como antes, Rufino. Estoy aterrada. Y tú, que estás cerca de él, tienes que decírselo.

La única compañera fiel del poder es la soledad, comentaba hace poco el Doctor a sus amigos Olivares y Poupin, con quienes a veces pasa horas jugando al ajedrez por las tardes. Les gana por lejos. No quiero ni pensar en la paliza que les propinaría este pechito. Dos veces le oí afirmar al Doctor en estos días que si le dan un golpe de Estado lo tendrán que sacar muerto de La Moneda, y al decir aquello simulaba tener una pistola en la mano y dispararse a la sien.

—Basta solo un mínimo click —dijo—. Y sanseacabó. Si hay golpe de Estado, me encontrarán en La Moneda. Me tendrán que sacar del palacio con las piernas por delante, en piyama de madera. Un presidente de Chile no se rinde, mierda.

Sus amigos callaron, espantados, fingiendo estar atentos a la próxima jugada.

—Al final las decisiones ante la historia las toma uno solo —agregó el Doctor tras mover un caballo por sobre la defensa de Poupin—. Un presidente es un solista que no puede desafinar ante el teatro atestado de espectadores.

No volveré a la casona. Aunque me aleje de la historia con mayúscula, como afirma el Doctor, no volveré a Tomás Moro. A Gloria Gaitán, la bella amiga colombiana que lo fue a ver a la residencia, le dijo que estar junto a él era estar con la historia con hache mayúscula, o algo así. Me extrañó aquello, pues él no fanfarronea con asuntos así. Lo escuché porque ellos estaban en su dormitorio, que se parece más a la celda de un monje franciscano que al dormitorio de un presidente. Estaban allí, con la puerta abierta, y yo andaba cerca, en el escritorio, desempolvando los huacos. En todo caso, sus palabras me sonaron demasiado dramáticas en ese momento. Pero lo peor fue cuando escuché que le decía a la colombiana que no creía que le quedase mucho tiempo de vida.

Es bella esa mujer. Treinta años más joven que él, de ojos despiertos y tez clara, larga y sedosa melena, una beldad tropical como de las películas. Ignoro cómo apareció en la vida del Doctor, pero allí está, ubicada de pronto como en el centro de la vida romántica del Doctor. Y a doña Tencha la tiene sin cuidado que él la traiga a casa, mientras llegue después de que ella se haya retirado a sus aposentos del segundo nivel y se circunscriba al primer piso. Es como si doña Tencha, después de la cena que comparte a veces con el Doctor y algunos ministros y amigos, ascendiera la escala como una reina que abdica momentáneamente de su poder para dejar la planta baja de su palacio en manos de un subalterno.

A la Payita, en cambio, siempre le interesa saber quién está con el Doctor. Siempre lo ubica por teléfono o radio para comunicarle algo urgente. Siempre quiere saber dónde anda y qué hace. Si está en la casona de Tomás Moro, en el departamento de Gloria Gaitán, en la avenida Vespucio o en la parcela de Inés Moreno, en Lo Barnechea, o si cena con otra favorita en Las Delicias, un restaurante apartado y exclusivo, donde preparan buenas carnes de Osorno. Curioso. La Payita es su secretaria y amante, pero es quien sufre con las aventuras amorosas del Doctor. El Doctor es un amante infiel.

Sin embargo, a doña Tencha, su esposa, no le incumbe eso. Para ella es como si todo aquello acaeciese detrás de un tupido velo que ella no está interesada en apartar. Tal vez está tramando su venganza para más adelante, en el futuro, y cuenta para ello con la complicidad de quienes van a escribir la historia definitiva de este país. Tal vez ellos dejen en los libros de historia a doña Tencha como su auténtica mujer y al resto como meretrices. Es posible. La agudeza e inteligencia de doña Tencha pueden haberla llevado a trasladar su lucha de escenario, a instalarla en la dimensión histórica, allí donde las cosas quedan inscritas para siempre como si hubiesen sido talladas en mármol.

¿Qué busca el Doctor en los brazos de tanta mujer en medio del proceso revolucionario y la frontal oposición que este despierta en la derecha y la democracia cristiana? ¿Procura olvidar las tensiones y los ratos amargos, las traiciones y las bajezas políticas, los disgustos con ministros ineficientes y militares veleidosos, las conspiraciones de todo tipo, las maniobras que tejen a su espalda quienes aspiran a sobrepasarlo por la izquierda e incrementan al mismo tiempo el caos y el desabastecimiento nacional?

Es contradictorio el Doctor. Rechaza la estrategia armada del MIR, que propugna su amigo Fidel Castro, pero sus escoltas provienen de ese partido de ultraizquierda. Rechaza la escolta que le brinda el Estado chileno, pero acepta que los cocineros de la casona y del palacio de Viña del Mar los escoja la Marina de guerra. Está casado con doña Tencha, pero pasa los fines de semana con la Payita. Tiene a la Payita de amante, pero la engaña con Gloria Gaitán, Inés Moreno y otras mujeres con las que se da cita en lugares secretos, hacia donde se desplaza en un cacharro, llevando sombrero. Tiene La Moneda, donde es el presidente ejecutivo; la casona, donde es el presidente casado; El Cañaveral, donde es el presidente con amante; y Lo Barnechea, donde es el presidente con amante a la que engaña con otra amante.

¿Las amará a todas de forma distinta? ¿O a todas de la misma forma? ¿Las busca porque las necesita o las busca porque necesita verse a sí mismo en compañía de ellas? ¿Les hará el amor de verdad? Tenemos la misma edad y el mismo físico, pero a estas alturas de mi vida yo no podría hacer el amor con tantas mujeres, aunque fuesen bellas como las del Doctor. Simplemente no me daría el cuero. Me extenuaría y andaría somnoliento, pálido y ojeroso y, lo peor, con una espantosa sensación de culpabilidad. ¿Será que los políticos pueden fingir de esta forma y continuar como si nada y nadie tuviera derecho a juzgarlos?

Dejo de escribir unos instantes en este cuaderno con el rostro de Lenin para preguntarme si tengo derecho a cuestionarlo como lo estoy haciendo. Al final, nadie tiene derecho a inmiscuirse en la vida privada de las personas. Además, el Doctor no anda husmeando en la vida íntima de los demás. Incluso, y esto es algo que no debiera ni siquiera escribir aquí porque lo escuché a la pasada, cuando gente de su confianza le sugirió hace unas semanas en Tomás Moro que usara la vida privada de ciertos militares y opositores para dejarlos tranquilitos, el Doctor respondió molesto diciendo que él jamás llegaría a una bajeza semejante.

No, no vuelvo más a Tomás Moro. Trataré de reabrir mi panadería y de conseguir los insumos para hacer pan de nuevo. Trataré de volver a ser de nuevo mi propio patrón y de repartir por las mañanas batido, hallulla y colisas crujientes en mi destartalada camioneta. Trataré de reinsertarme en este barrio de casas bajas y pequeños antejardines, que nunca debí haber abandonado. No, no regreso más a la casona de Tomás Moro.

55

When I am in trouble or out of step
If my balance has been upset
Oh, there is a feeling I cannot accept.

FINE YOUNG CANNIBALS,
I'm Not The Man I Used To Be

Beltrán Lemus me esperaba sentado a una mesa del Café Santos bebiendo un expreso. Es un tipo delgado, de ojos verdes, barba desgreñada y pelo negro, que habla con inflexiones caribeñas. Vestía de forma descuidada en esa capital tan fijada en las apariencias: pantalón marengo, camisa violeta, zapatillas sucias. Lo identifiqué porque sobre la mesa yacía el libro acordado: *Pisagua. La semilla en la arena*, de Volodia Teitelboim.

—Conozco a alguien que ubicó a su hija en los setenta —manifestó Beltrán—. Pero primero necesito que me cuente algo.

—Como quiera. —Fingí tranquilidad.

—Usted es canadiense, pero vive en Estados Unidos, ¿verdad?

—Desde hace diez años.

—¿A qué se dedicaba en Chile en 1973?

—Intuyo por dónde viene su pregunta —sonreí—. Pero

se equivoca. Yo entonces era de hecho un vendedor de equipos fotográficos.

—Y también fotógrafo —agregó Beltrán mientras arrojaba en la taza el sobrecito de azúcar—. ¿Qué fotografiaba?

—La ciudad, paisajes, el ambiente político de aquellos días. El mundo se interesaba por la revolución chilena.

—¿Y esa pega le permitía vivir en el barrio alto y enviar a su hija a un colegio exclusivo?

—Así es.

—¿No se dedicaba a otras cosas bajo cuerda?

—Si hubiese sido lo que usted supone, no estaría aquí solicitando datos sobre mi hija. Una poderosa institución estaría ayudándome.

—¿Cómo lo sabe? —Beltrán me miró a los ojos un segundo, luego cogió un mondadientes y se lo instaló entre los labios. Yo aproveché para pedir un cortado, que llegó de inmediato.

—Son las ventajas de un agente —dije encogiéndome de hombros—. Lo enseñan en las películas.

—Dígame otra cosa —agregó Beltrán rascándose una oreja—. ¿De dónde sacó usted que su hija era amiga de un tipo llamado Aníbal?

La pregunta me desconcertó. Recordé la opinión de Lepe Kroll en el sentido de que mi investigación invadía un territorio que alguien —un grupo, una institución o un gobierno— protegía celosamente. ¿Por qué el Aníbal que menciona mi hija es tan especial?

—Su nombre aparece en una carta que ella me dejó —expliqué—. Allí me pide que lo ubique para entregarle algo. Ella me dio ese nombre. Ignoro quién es Aníbal. Solo tengo la foto, en la que dicen que aparece él, nada más. No puedo creer que lo que hago sea un delito.

—¿Qué debe entregarle usted a Aníbal?

Revolví mi cortado, incómodo. El espacio circular del café se me tornó agobiante. La ciudad vibraba maligna afuera, alimentada por una curiosidad malsana que traspasaba los muros y se instalaba en el local. Supongo ahora que Beltrán mantiene efectivamente vínculos con el Círculo de Leipzig. Alcé los ojos hacia él y dije:

—Las cenizas. Las cenizas es lo que deseo entregarle.

—¿Qué cenizas?

—Las de mi hija.

Beltrán bajó la mirada y posó una mano sobre el libro, pensativo. El palillo iba de un extremo a otro de sus labios, como decenios atrás los clavos entre los labios de Demarchi. Una vena palpitaba en su sien derecha. Si Beltrán comenzaba a desconfiar de mí, yo perdería la hebra que conducía al pasado de Victoria. No le mencioné el cuaderno con la cubierta de Lenin por miedo a que me pidiera verlo.

—Atiende bien lo que voy a decirte —anunció con voz nasal y acercó su rostro al mío—. Una amiga que se exilió en Weimar, la antigua República Democrática Alemana, te va a contactar próximamente. Si me has dicho la verdad, ella quizá pueda ayudarte. Su nombre es Birgit. Y no te preocupes, ella sabrá ubicarte también en el hotel.

56

Si supieras
que aún dentro de mi alma
conservo aquel cariño
que tuve para ti.

CONTURSI, MARONI,
MATOS RODRÍGUEZ,
La Cumparsita

Te mandé a buscar porque creo que no te traté correcta-
mente en nuestra última conversación —me dijo el Doctor con el tablero de ajedrez en las manos. Era de noche, él
acababa de regresar de una cena con unos generales en el Palacio de La Moneda. Estábamos en la cocina de la casona de
Tomás Moro—. Coloca las piezas mientras yo sirvo el whisky. Tenemos una vieja partida pendiente.

No me quedó más que obedecerle. Un presidente es un
presidente. Algo de Alberto Podestá venía de la radio. Ordené las piezas y escogí las blancas. No se quejó, aunque las
blancas son las suyas, pues prefiere la ventaja del peón de salida. Simplemente se limitó a poner sobre la mesa dos vasos
con una medida simple de whisky y un platillo con cubos de
hielo. Menos mal que Amanda no podía verme. Antes de salir
de casa me había advertido junto a la puerta de la camioneta:

—Yo que tú no iba a ninguna parte.

—A un presidente no se le dice que no —dije yo por sacármela de encima, pero fastidiado por la obligación de cruzar toda la ciudad.

—Dile al menos que su gobierno va mal mientras no haya comida en los almacenes.

Y ahora yo estoy por jugar como un tonto con él. Abrí con la ofensiva que más desconfianza le infunde, porque está inspirada en la que José Raúl Capablanca empleó contra Karel Treybal, en Carlsbad, allá por 1929. La gocé bebiendo de mi vaso.

—No debí haberte tratado como lo hice —repitió el Doctor, grave. Se despojó de la chaqueta y quedó en camisa y corbata, una corbata de seda, color perla—. Si lo herí, le pido las disculpas pertinentes, compañero —agregó fingiendo distancia y gravedad—. Usted puede quedarse en Tomás Moro todo el tiempo que desee mientras siga cocinando tan bien y jugando al ajedrez como cuando era joven. O nos lo permita el enemigo.

Del zapatero aprendimos a jugar al ajedrez. Demarchi pensaba que un anarquista debía cultivarse a lo largo de toda la vida. Para él, un anarquista auténtico debe aprender a leer y multiplicar, conocer bien la historia del movimiento obrero y leer novelas realistas, así como practicar deporte y asistir a fiestas, y estar siempre en contacto con los trabajadores. Y, un detalle no menor, debe saber jugar al ajedrez. Es una forma de ejercitar la agudeza y la lógica, de disciplinar el espíritu, de establecer amistades a través del silencio y de anticipar las intenciones de los demás, afirmaba Demarchi con su voz aguardentosa. Sospecho que la buena *muñeca* del Doctor para la política viene de su temprana afición por el ajedrez.

—Pues si la comida es tan importante para usted, que ten-

ga en casa dos cocineros de la Marina no habla bien de mí
—reclamé.

—¿Ahora va a comenzar con resentimientos de mujer despechada? —preguntó el Doctor sin levantar la vista del tablero. Noté que andaba despistado, ido, como si no hubiese llegado a la casona y aún atendiera en La Moneda los negocios insolubles del país. Ni siquiera tocó su vaso—. Usted sabe que solo doña Mercedes y Mama Rosa cocinaban mejor que usted, compañero Rufino.

—No es por la comida, Doctor.

—¿Ah, no? ¿Y por qué es entonces? —Colocó con un sonido seco y amenazante un alfil junto a un caballo mío.

—Es porque esa gente, además de cocinar, permítame decírselo, lo espía, Doctor.

—Eso lo sé —afirmó sin levantar la cabeza—. Te toca.

Moví una torre para reforzar el caballo y amenazar a su vez al alfil.

—¿Y no le molesta? —pregunté.

—¿Esa torre o los espías?

—Los espías.

—No tengo nada que esconder, Rufino, soy un hombre transparente. Ellos saben que estoy haciendo transformaciones radicales y necesarias en nuestra patria, la que debe librarse del saqueo imperialista y no debe seguir mostrando las indignas diferencias sociales que condenan a los pobres a una miseria eterna.

—¿Y no le molesta que estén hurgando en su vida privada? Digo... usted sabe. Ellos lo saben todo.

—Si lo están haciendo, allá ellos. La vida privada es privada.

—Dicen que la información es lo que da poder, Doctor.

—Bueno, si los oficiales de las Fuerzas Armadas deciden espiar al propio presidente de la República, los juzgará un día la historia. Te toca —dijo tras mover un peón y amagarme la torre.

—Lo espían igual, Doctor. —Jugué—. No creo que les preocupe el veredicto de la historia. Eso es un concepto suyo que se orienta a la posteridad. Ellos viven en el presente. Además, y disculpe que le cambie el tema, creo que esta noche lo voy a derrotar más rápido que cuando le decían El Pije, en Valparaíso. Lo siento descompaginado.

Alzó la vista del tablero e inclinó la cabeza. Sus ojos, ahora melancólicos, me miraban desde el pozo de sus dioptrías.

—No es para menos —comentó dejando las mancuernas de oro sobre la mesa para remangarse la camisa—. La ciudad duerme, excepto nosotros y los conspiradores. Los huelo a la distancia. No necesito verlos, Rufino. Logro escuchar sus pasos y suspiros, registro sus genuflexiones falsas como una moneda de tres pesos, percibo el sigilo con que cierran las puertas y la discreción con que se sientan a la mesa de la traición. Sé que en este mismo instante conspiran.

—¿Y por qué no los manda a encarcelar? Le toca, Doctor.

—Es que no veo sus rostros, Rufino. Solo escucho sus voces como en la oscuridad de un túnel sin luz. Soy un demócrata. No puedo actuar inspirado en pesadillas y *tincadas*. ¿Dónde crees que estamos?

—Entonces ellos se encargarán de descuajeringar sus sueños, Doctor.

—Pero no podrán derrotar al pueblo.

—¿Me permite decirle algo francamente?

El Doctor se atusó los bigotes y guardó silencio con la barbilla alzada.

—Supongo que eso es lo que estamos haciendo desde siempre, Rufino. Hablar francamente —afirmó.

—¿No se va a molestar, Doctor?

—Ya te dije. —Meneó la cabeza con algo de impaciencia.

—Usted habla mucho del pueblo, Doctor, pero la verdad a la milanesa es que nunca ha vivido como el pueblo. Con Demarchi conoció la ideología revolucionaria del pueblo y a la gente del pueblo, como a mí y los compañeros que iban al taller, pero usted nunca se ha vestido ni ha comido ni hablado ni vivido como alguien del pueblo.

—Eso ya lo sé. ¿Adónde vas con eso?

—A ninguna parte. Solo quería decírselo.

—No es la primera vez que me lo dices.

El Doctor se puso de pie y comenzó a pasearse, olvidando el ajedrez. La suela de sus zapatos escrupulosamente lustrados crujió sobre las baldosas. En la radio cantaba Julio Sosa.

—Si vas a aprovechar la confianza que deposito en ti para atacarme políticamente al término de un día como este...

—¿Me va a sacar a chuletas de Tomás Moro, Doctor? ¿Le desagrada que le diga cosas como esas? ¿Prefiere lo que hacen sus asesores, que solo lo halagan y le cuentan lo que usted desea escuchar, y no la verdad?

—Sabes que prefiero que me digan la verdad.

—Entonces es bueno que sepa que la gente está sufriendo sin alimentos ni transporte. No importa si son de izquierda o derecha, se están cabreando, Doctor, y eso es peligroso.

—Eso lo sé. ¿O crees que vivo en la Luna? Pero en algún momento del día tengo que hacer una pausa, desconectar, Rufino. No puedo ocuparme cada noche de los mismos temas que me atormentan durante el día. —Se humedeció los labios. El cinturón del pantalón le quedaba suelto, pero las rayas verticales, bien planchadas, caían a la perfección—. Mejor dejamos el juego en tablas y me voy a dormir.

Me ofreció la mano y se la estreché aceptando el empate, aunque creo que al final lo hubiese derrotado de nuevo.

—No me malinterpretes —agregó tras palmotearme el hombro—. Disfruto esto de conversar contigo en la cocina mientras jugamos al ajedrez y escuchamos tangos. Este lugar es para mí un oasis, un reposo, la calma que me permite escapar de la tormenta, Rufino. En el fondo es la paz que reina en el ojo mismo del huracán.

—Entonces hay que salir a ver el huracán, Doctor.

—Ojalá pudiera —comentó extendiendo los brazos—, pero soy prisionero de mí mismo. Adonde vaya no me ven como el hombre que soy, sino como el político que representa sus anhelos o pesadillas. Unos me aman, otros me odian. Unos me aplauden, otros me chiflan. Para unos soy la esperanza, para otros el infierno. Por más que quiera ver con mis propios ojos lo que ocurre, no puedo hacerlo.

—Habría que atreverse, nomás.

—¿Cómo, Rufino?

—Saliendo a la calle como una persona común y corriente, pues.

—¿Y tú crees que los compañeros escoltas me dejarían salir? —Hizo un mohín de desprecio—. Los contraté para que me protegieran y han terminado aislándome del pueblo, controlando mis pasos, interponiéndose entre mi persona y quienes desean estrecharme la mano.

Volvió a la mesa y se sentó lentamente en la silla. De la radio llegaba *Cuartito azul*, cantado por Alberto Ledesma. El Doctor contempló su vaso lleno junto al tablero con aire extenuado y luego, acodado sobre la mesa, admitió en voz baja:

—Es triste, pero he terminado siendo prisionero de mí mismo, Rufino.

—Eso se remedia fácil —repuse yo, entusiasmado de pronto con la idea que comenzaba a rondarme la cabeza.

—¿A qué te refieres?

—¿No somos acaso parecidos?

—¿Y entonces qué propones?

—Algo simple, Doctor. Hasta a la pobre doña Mercedes se le ocurriría. Si se chantara mi sombrero de estilo Gardel que tengo en la Ford, mis anteojos de marcos redondos y mi chaleco con botones de madera, ni los escoltas lo reconocerían. ¿Se atreve a intentarlo, Doctor?

57

El Doctor aceptó mi plan con una mezcla de curiosidad e inseguridad. En el escritorio, frente a su habitación, le teñí de negro los bigotes con el rímel de la señora Tencha, y después le presté mis anteojos de marcos redondos, de menos dioptrías que los suyos, mi chaleco de lana negra, y el sombrero a lo Gardel.

—Los escoltas van a pensar que soy yo —le dije mientras él se miraba sorprendido en el espejo de cuerpo entero que está adosado a la puerta del ropero de su dormitorio.

—¿Y tú crees que los compañeros del GAP son tan huevones que no se van a dar cuenta de que dos Rufinos salen en la camioneta esta noche? —me preguntó.

—Para serle franco, los de la garita nunca se fijan mucho en quién sale. Les preocupa más bien quién entra.

—Tienen razón. Esa es, además, una instrucción mía.

—Ya ve, los escoltas le obedecen —dije mientras yo me calzaba bien los viejos anteojos de repuesto que siempre llevo bajo el asiento de la camioneta—. ¿Y adónde iremos?

—Si no le molesta, a Valparaíso, Doctor. A la ciudad donde usted nació, donde nos conocimos y aprendimos de Demarchi.

—Pero ¿adónde, específicamente?

—A la calle en la que estaba el taller de Demarchi, Doctor. ¿Se atreve?

—¿Por qué no? —repuso esbozando una sonrisa incrédula—. ¿Y después?

—Vamos a algún local donde toquen tangos.

—¿Y si me reconocen? —preguntó mirándose de perfil en el espejo. Se acomodó mis anteojos sobre la nariz e inclinó el ala del sombrero sobre su rostro.

—¿Usted cree que, con el despelote que reina en el país, alguien pueda imaginarse que el presidente va a llegar vestido de Carlos Gardel a una tanguería de Valparaíso?

—Por eso mismo.

—Olvídese. Allá andan además todos medio curados y la iluminación es pobre. No lo reconocerán nunca, Doctor.

Salió resuelto al jardín trasero, se subió a la Ford y acercó el vehículo a la casona, alejándose de las cabinas de los escoltas que habían construido en la cancha de tenis. Esperó frente a la cocina a que yo saliera. Un escolta vigilaba desde la distancia, sentado en una silla, pero en realidad yo sabía que dormitaba como siempre. Lo sé, pues a esa hora suelo irme.

Llegamos hasta la garita del portón, el guardia le deseó buenas noches al Doctor sin percatarse de que no era yo quien conducía.

Una vez afuera, sintiéndonos dichosamente libres, enfilamos hacia la Estación Mapocho. Eran las once de la noche. La ciudad reposaba tranquila al menos en el barrio alto. Más abajo vimos colas y fogatas frente a almacenes y carnicerías, unos muros anunciando «Ya viene Yakarta», y brigadas de obreros con cascos vigilando empresas expropiadas, desde cuyas ventanas colgaban lienzos con consignas revolucionarias.

El Doctor estacionó la camioneta a un costado del Mercado Central, que estaba cerrado desde luego, y caminamos hacia La Piojera. A través de un pasillo desembocamos ante una larga barra en la que había jarras con borgoña. El lugar estaba atestado de gente bulliciosa. Unas parejas bailaban cueca al ritmo de un trío de guitarra, pandereta y acordeón. Nos sentamos en un rincón.

—Pídame un vino con arrollado de huaso y papitas fritas —me ordenó el Doctor con el sombrero puesto.

—No hay pipeño —respondió el mozo.

—¿Cómo que no hay? —reclamó el Doctor.

—No, pues, caballero. No está llegando del sur por la huelga de los camioneros. Pero queda cerveza, aunque solo se expenden un máximo de dos botellas por nuca —dijo el mesero.

Comimos arrollado y bebimos cerveza viendo el baile.

—Este local se abrió en 1896. Le puede interesar al caballero que, por la pinta, parece que es argentino —explicó el mozo cuando nos trajo la cuenta.

—¿Y el nombre de dónde viene? —preguntó el Doctor, recorriendo con la mirada aquel espacio con aire de ramada campestre.

—Aporte del presidente Arturo Alessandri, a quien unos amigos lo trajeron aquí en 1922 para que se refrescara con chicha. No le gustó nada el sitio. Preguntó por qué lo habían traído a una piojera... y así quedó con el nombre.

—Un presidente bautizó entonces este boliche —comentó el Doctor echándose apurado el último trozo de arrollado a la boca.

—Así es, caballero. Al comienzo era solo popular. Pero ahora se junta aquí todo tipo de gente distinta, del pueblo y de abolengo, usted sabe.

—¿Y se habla aquí también de política? —indagó el Doctor.

—Claro que sí, caballero. Aquí se respetan todas las opiniones. Y nuestra clientela es de todas las clases, usted sabe, desde los pitucos hasta los mediocres, recibimos a todos, a pobres y ricos. Además nos han visitado muchos presidentes: Alessandri, Juan Antonio Ríos y Eduardo Frei, por ejemplo.

—¿Y el actual? —pregunté.

—No se ha aparecido todavía por aquí. Le convendría para oxigenarse un poco la cabeza. Tanta política no es buena. Con la escasez que hay, aquí no hubiesen podido crucificar a Cristo. Cuando hay clavos no hay madera, cuando hay madera no hay lienzos, y cuando hay lienzos no hay clavos...

—Así que aquí la gente discute poco de política... —insistió el Doctor.

—Aquí la gente anda en otra, caballero. Cuando está aquí, le da lo mismo quién es el culpable de lo que está ocurriendo. Lo que siempre quiere la gente, usted sabe, es que haya orden y trabajo, que alguien corte el queque, como se dice en buen chileno.

—Vámonos, mejor —propuso el Doctor cuando el mozo se hubo alejado. Unas parejas seguían bailando cueca con entusiasmo, otros llevaban las palmas desde las mesas, y en el escenario un alegre gordo con pandereta acompañaba ahora al trío.

—¿Le apetece otro sitio o prefiere volver a Tomás Moro? —pregunté.

—¿No me prometió que íbamos a Valparaíso, compañero? —preguntó el Doctor. Lo vi entusiasmado por primera vez en muchos días. Cuando iba a pagar notó que había olvidado la billetera en la casona.

Tuve que pagar yo y agregar la generosa propina que el Doctor me indicó.

58

Con un ronquido asmático mi destartalada Ford cruzó la noche en dirección a la costa. A medio camino entre las últimas barriadas de la capital y las primeras casas de los cerros porteños, poco antes de llegar a Curacaví, nos detuvo una patrulla militar. Yo voy al volante, pues con mis gafas viejas distingo mejor que el Doctor en la penumbra.

—Documentos —me exigió un soldado encandilándome con su linterna. Otros soldados rodearon la camioneta y le echaron una mirada a su plataforma vacía. Iban en tenida de combate, con fusil Mauser y el rostro pintarrajeado.

Tras examinar mis documentos y los papeles de la camioneta, el soldado nos ordenó bajar del vehículo para hurgar bajo la cubierta del asiento. Buscaban armas.

—¿Y esto qué es? —preguntó con mi cuaderno en sus manos. Le echó una mirada, sospecho que sin identificar al líder de la revolución de octubre, y hojeó las páginas.

—Mi diario de vida —repuse, achunchado.

—¿Diario de vida? —preguntó sonriendo—. ¿Tuyo? ¿Como los que escriben las mujeres?

—Nunca he visto uno escrito por mujeres.

—¿Ah, no? ¿Y qué cuentas aquí?

—Sobre mi vida como panadero.

—¿Panadero?

—Sí. Panadero de toda la vida. A mucha honra.

—Si el pan te sale como la letra, Dios nos libre de tus marraquetas.

Los soldados se rieron y Rufino arrojó el cuaderno al cajón. El Doctor se mantenía junto a la puerta abierta del vehículo con las manos en el chaleco. Lo vi firme, erguido y recto como un poste de luz. Unos metros más allá, en la penumbra, detrás de un muro levantado con sacos de arena, lumbre de cigarrillos y reflejos de cascos salpicaban la noche.

—Bonito sombrero —comentó el soldado dirigiéndose al Doctor.

—Un Carlos Gardel legítimo —afirmó el Doctor con prestancia.

—¿Y a qué se dedica usted?

—Soy cantante de tangos. Precisamente ahora viajo a actuar en Valparaíso.

—¿Y en qué sitio canta usted esta noche?

El Doctor me lanzó una mirada urgida. Me acordé de que él desconoce la bohemia actual de Valparaíso. El corazón me latió con fuerza. La garganta se me cerró.

—¿Dónde si no? —repuso lentamente—. En el único lugar posible de Valparaíso: el Uno.

—¿El Uno?

—Es el mejor, el número uno —intervine yo—. Es el Cinzano.

—Así que el caballero es amante de los tangos —dijo el soldado con los documentos en la mano y un chispazo de entusiasmo en la mirada—. Amante de los tangos como mi padre. Él también fue cantante, pero en el puerto de Talcahuano. Los escenarios de Valparaíso ya son ligas mayores. Tenga aquí —dijo devolviéndome los papeles—. Pueden continuar.

Seguimos en silencio. Dos horas más tarde entramos a Valparaíso. La camanchaca difuminaba los cerros e impregnaba la ciudad de una atmósfera fantasmagórica. Cruzamos por la avenida Pedro Montt, cuyo comercio ya estaba cerrado, y al Doctor le sorprendió ver tanta gente apostada en algunas tiendas.

—Están esperando para ver qué les toca mañana —comenté—. Se debe haber corrido la voz de que llegan alimentos, Doctor.

Más allá nos topamos con una cola de personas abrigadas con ponchos y gorros de lana. Cerca de ahí un grupo conversaba en torno a unas fogatas que alimentaban junto a un quiosco de diarios. Detuve la Ford.

—¿Qué pasa? —pregunté al grupo por la ventanilla del Doctor. Él iba contemplando en silencio el espectáculo de la gente que esperaba en la oscuridad por los alimentos.

—A primera hora dicen que llegará carne y papas del sur —anunció una mujer sobándose las manos—. Dicen que una caravana de camiones logró romper el bloqueo de la Panamericana. Menos mal, porque los momios están acaparando la comida para causarle problemas al gobierno.

—¿Cuánto llevan aquí, compañeras? —preguntó el Doctor, un tanto reanimado por la combatividad de la pobladora.

—Desde que oscureció. Me tinca que abrirán cuando amanezca, porque ya llegaron los tipos de la bodega. Podremos parar la olla el fin de semana, con el favor de Dios —añadió la mujer, y de pronto preguntó algo que me dejó espantado—: ¿No les han dicho a ustedes que se parecen al presidente?

—La pura verdad —exclamó divertida a su lado una gorda rubicunda—. Tengan cuidado. No los vayan a confundir los momios y les saquen la cresta.

Reanudé la marcha en cuanto sentí que el Doctor estaba a punto de iniciar una conversación que podía desembocar en arenga política, algo a todas luces riesgoso en una cola variopinta como esa.

Estacioné la camioneta a un costado de la plaza Aníbal Pinto, cerca de la fuente de Neptuno, y caminé con el Doctor cortando la neblina en dirección al Bar Cinzano, donde se da cita la bohemia y tocan tangos a media luz. Le aseguré que ni los mozos se darían cuenta de quién era.

—Que Dios te oiga y el diablo se haga el leso —masculló el Doctor.

—¿Tiene julepe? —le pregunté mientras empujaba las puertas batientes del Cinzano.

—¿Miedo yo? No conozco esa palabra, compañero. Desciendo de próceres de la patria y de mi abuelo Allende Padín —repuso el Doctor entrando al Cinzano con paso seguro y la cabeza en alto. El local estaba lleno de gente y humo de cigarrillos, y animado—. Lo que no quiero es que me vean escuchando tangos y comiendo, mientras en el país faltan los suministros básicos. Si *El Mercurio* me saca una foto así, el pueblo se llevaría una pésima impresión de mi persona.

El Cinzano flotaba en penumbras, pero un haz de luz lo atravesaba como un punzón y caía sobre un señor de melena y bigote espesos, que cantaba *Desencanto* entre un pianista y un bandeonista que parecían sacados de un museo de cera. La gente se arracimaba ante la barra y colmaba las mesas. Varias parejas bailaban apretujadas en el estrecho escenario.

—El que canta es Alberto Palacios —le grité al Doctor mientras nos abríamos paso hacia la barra—. Y esa canción es de Enrique Santos Discépolo. Escuche...

—Mi compositor favorito —comentó divertido el Doctor mientras yo ordenaba sendas copas de pisco sour.

¡Qué desencanto tan hondo,
qué desconsuelo brutal!...
Qué ganas de echarse en el suelo
y ponerse a llorar...

Cansao de ver la vida que siempre se burla
y hace pedazos mi canto y mi fe.
La vida es tumba de ensueños
con cruces que abiertas
preguntan: ¿Pa' qué?...

La gente escuchaba, bebía y comía, y en la barra los parroquianos apuraban el trago picoteando aceitunas de Azapa.

—Aquí sí veo abundancia, Rufino. Y es un sitio que indudablemente frecuenta el pueblo —apuntó el Doctor—. ¿Cómo me explica esto, compañero?

—Por los precios, Doctor. Si supiera lo que me costó el pisco sour que usted se está echando ahora entre pera y bigote. Son precios de mercado negro...

—No te fijes en lo que gastes. En cuanto volvamos a palacio, te reintegro todo. Recuerda que por ley nos corresponden viáticos.

Una mujer morena, de ajustado traje de lentejuelas, se acercó a nosotros.

—Soy Carmen Aros —le dijo al Doctor—. ¿Bailamos?

El Doctor me miró dubitativo.

—No le queda más que bailar con la reina del tango porteño, Doctor. —Palacios comenzaba a entonar *No nos veremos más*.

—No se preocupe si no sabe bailar, Doctor —dijo la mujer sonriéndole decidida—. Déjese guiar por mí y bailará como el legendario Cachafaz de Buenos Aires. El Doctor me guiñó un ojo y me confió su vaso. Él sabía que a mí desde joven me decían Cachafaz, por el gran bailarín argentino. A mí siempre me gustó el tango. Los vi a ambos, al Doctor y Carmen Aros, llegar al centro del escenario en medio del aplauso del público. Hacían buena pareja sobre las tablas enceradas. Carmen simuló que seguía los pasos que marcaba el Doctor, y este, por su parte, no lo hizo mal fingiendo a su vez que era él quien llevaba la iniciativa en los compases. Pero en el fondo, era la mujer quien conducía todo aquello. Me sentí dichoso porque constaté que algo había aprendido el Doctor de nuestros ensayos en la casona. Ahora bailaba con el pecho inflado, la espalda recta y la cabeza erguida, y toda su figura se veía realzada por el sombrero a lo Gardel que le caía ligeramente inclinado hacia la izquierda, rejuveneciéndolo.

Vacié mi pisco sour y comencé a beberme el del Doctor casi sin darme cuenta. De vez en cuando sudaba temiendo que alguien descubriese la identidad del bailarín, que ahora sonreía orgulloso detrás de su bigote teñido de negro, mientras Carmen plegaba su cuerpo esbelto contra la humanidad del Doctor, y ambos giraban al ritmo de los fuelles y el coro de comensales, que celebraba la gracia y elegancia de que hacía gala la pareja.

60

No volvió a contactarse conmigo nadie del Círculo de Leipzig. Es indudable que sospechan de mí y fracasé en mi afán de convencerlos de que solo busco mi propia paz y tranquilidad. Mi origen los intimida. Hay, desde luego, circunstancias que solo terminan por alimentar la desconfianza. El silencio de la agrupación sugiere que continúa embarcada en una lucha enquistada en la convicción de que la democracia es transitoria y que Chile caerá de nuevo en una dictadura de derecha. Ante ese escenario se mueven con cautela y desconfían de los demás.

Pasé días muy deprimido. Y aunque a ratos me parecía estar más cerca de lo que buscaba, en otros momentos sentía que todo se había arruinado de forma definitiva. Ahora sí estaba claro que yo había tocado sin saberlo ni quererlo el nervio mismo de una organización activa en Chile y en Alemania, que Héctor seguía siendo una figura clave en ella y que Victoria tuvo algún tipo de compromiso con esa gente.

Algo en mi persona o mi mensaje, algo que yo no era capaz de identificar había activado la alarma y causado pánico en la organización.

—Nunca volverán a contactarte —afirmó Casandra, mientras cenábamos cazuela de ave con bastante ajo y orégano en un modesto bar de poetas al que ella me invitó, llamado La Unión Chica. Queda en pleno centro capitalino, frente al monumental y señorial Club de La Unión, donde en los setenta se reunía lo más granado de la oposición a Allende y que yo frecuentaba invitado por los almuerzos rotarios. Ocupamos la mesa junto a la puerta que da a la calle Nueva York, donde una pareja se besaba con fruición en un banco.

—Se cerraron como ostras —dije yo.

—Tal vez una señal de que vas por buen camino. A veces el silencio es preferible a las palabras.

Pensé que el Rufino amante de los tangos discreparía de Casandra, y que el Rufino ajedrecista le concedería la razón. Supongo que los ajedrecistas como el Doctor y el panadero habitan en una dimensión imaginaria que prescinde de las palabras, que son personas que tienden a desplazarse, al igual que los agentes de contrainteligencia, en una multiplicidad de escenarios hipotéticos. De pronto se me antojó mi exploración como un gran juego de ajedrez desplegado por varios continentes. En cierto sentido yo era el caballo que brinca y cae de sorpresa sobre otras piezas. Tal vez debía investigar del mismo modo en que el Doctor, según afirma Rufino, hace política: como un ajedrecista. Tal vez debía renunciar al desplazamiento rectilíneo, propio de las torres o el alfil, y aprender de la sapiencia ágil y traicionera del caballo.

—¿Y por qué el silencio es preferible a las palabras? —pregunté mientras partía una empanadita frita y aspiraba el aroma a queso derretido.

—Porque algunos silencios dicen más que muchas palabras —repuso Casandra, que esa noche, como a menudo, iba vestida íntegramente de negro—. Tiré el Tarot en tu nombre y me salió varias veces La Rueda de la Fortuna.

—¿Y allí venía inscrita la respuesta?

—No seas sarcástico. Esa carta solo anuncia cambios, un golpe de suerte inesperado.

—Qué bueno. Con eso ya puedo estar tranquilo.

—No te burles. ¿No te tranquiliza acaso creer que hay un más allá? Lo mío es mucho menos especulativo que el dogma de la vida eterna.

Alguien estuvo a punto de desplomarse aparatosamente en una mesa cercana. Los comensales se apresuraron a sostenerlo antes de que diera con su cuerpo en el piso. Hubo después bromas, aplausos y un brindis, en el que el accidentado, un hombre de rostro pálido y cabellera rala, que vestía un saco de lana pasado de moda, participó sonriente.

—¿Sabes quién es ese hombre? —me preguntó Casandra.

—¿El que casi se acaba de caer y brinda ahora con una copa de vino? Nunca lo he visto.

—Es Jorge Teillier, uno de los grandes poetas de la lengua. Es del campo, no sé qué hace en la capital. Y el gigantón que está a su derecha es Francisco Coloane, notable narrador de la Patagonia, y el robusto con ojos saltones y voz recia es Gonzalo Rojas, poeta grande entre los grandes, del sur.

—Parece que los grandes de este país no son de Santiago —comenté, pensando en el Doctor y el propio Rufino.

—En este país los grandes nacen en la provincia y luego vienen a probar suerte en el parqué santiaguino —afirmó Casandra con una sonrisa—. Santiago legitima o desaprueba después tu baile.

Recordé la inverosímil escena del Doctor bailando tango en el Cinzano con Carmen Aros. Algo imposible, desde luego, pues él fue tan poco dado al baile al final de su vida como su amigo Pablo Neruda. Además, si hubiese bailado allí, lo habrían reconocido y se habría formado un escándalo de proporciones. La escena era fruto de la imaginación de Rufino y prueba de que yo tenía entre mis manos una novela más que unas memorias.

—Pero hay algo sumamente importante —agregó Casandra.

—¿Y eso sería? —pregunté sin poder librarme de la sensación de que Rufino me tomaba el pelo desde el pasado como quizás esos poetas y escritores de la ruidosa mesa vecina se lo estaban tomando a las generaciones posteriores.

—Contacté a un exiliado que enseña en Lovaina y estudió a comienzos de los setenta en el Pedagógico, que se levanta frente a la antigua escuela de Antropología y Arqueología. Me acordé de él hojeando unos cuadernos. Lo increíble es que dice que ubica a un arqueólogo que tiene que haber conocido a tu hija, porque se especializó en Santiago en esa época.

—¿Seguro? —pregunté dejando suspendida la copa ante mis labios.

—Habrá que ver. Vive en San Pedro de Atacama. No es fácil ubicarlo porque se la pasa excavando en sitios remotos. Pero pertenece al parecer a la misma promoción de Victoria y, tal vez, está en estos días en su casa.

—Entonces no nos queda más que ir a Atacama —repuse yo mientras el poeta Teillier alzaba otra copa llena de vino, dirigiéndome su mirada afable y algo extraviada, como si brindara por el éxito de mi viaje.

61

El oasis de San Pedro de Atacama emerge como una esperanza en medio de la vasta soledad del desierto (escribo como si fuese Rufino). Cuando uno avanza por la región más árida del planeta se topa de improviso con un magnífico manchón verde a orillas de un lago de sal. Es el oasis. Alrededor de los viejos pimientos frondosos de su plaza reverberan los muros encalados de su iglesia centenaria y las calles polvorientas por las cuales transitan centenares de turistas disfrazados de exploradores del Caribe.

No imaginé que ese pueblo pudiese apaciguar mi ansiedad del modo en que lo hizo. Algo que flota en su delicado equilibrio, en sus muros y casas de adobe y el rumor de sus acequias me contagia una paz telúrica.

Me instalé en la hostería San Pedro, que se levanta cerca de una cancha de fútbol cuyos deslindes son en realidad los del desierto. Sus ventanales y pasillos de baldosas revelan que el sitio conoció días mejores. Casandra se quedó en casa. Dice que tiene que atender su consulta y prefiere que lo nuestro avance más lento y sin tanto compromiso. Me confesó que me había llevado al bar de los poetas para ver si realmente calzo con el mundo que a ella le interesa, pero no quiso decirme cuál fue su veredicto. Aún hay cosas, afirma, que no entiende de mí. No es nada concreto, enfatiza, solo un *feeling*, una leve intuición que le impide abrirse por completo a la relación conmigo.

No la culpo. Es más, la entiendo. En el aeropuerto de Santiago, hasta donde me llevó en su carro, le di a entender que en los setenta no me dediqué solo a la fotografía en Chile. Me observó desconcertada y nerviosa, y luego sus ojos vagaron de un punto a otro, eludiendo mi mirada.

—¿Son cosas malas las que me ocultas? —me preguntó con el temor anclado en sus ojos.

—Son cosas de las cuales me estoy comenzando a arrepentir —repuse yo.

El llamado del vuelo a Calama interrumpió nuestra conversación. Casandra me deseó un buen viaje y depositó un beso rápido en mis labios. Después se alejó presurosa sin volverse a verme. Me quedé con la amarga sensación de que ella de alguna manera comenzaba a dar por terminado lo nuestro.

Aún resuenan en mi cabeza sus palabras de la última noche, inspiradas en una lectura de última hora del Tarot:

—El conocimiento no solo trae luz y alegría, sino también oscuridad y dolor. Y no estoy segura de que estés preparado para enfrentar todo eso.

Y ahora yo estaba frente al arqueólogo, en una mesa del restaurante La Estaka. Camilo Alves era un tipo de tez bronceada y llevaba una trenza blanca que le llegaba hasta la cintura. Vestía jeans y una camisa de la India de color ocre que combinaba con el color de las paredes y las ventanas tapiadas con fondos de botellas de vino. Me había estado esperando largo rato ante un vaso con jugo de tamarindo.

—No tenía que viajar tanto para escuchar lo poco que puedo decirle —anunció—. Pude haberle contado todo por teléfono. Créame que lo siento. —Se llevó ambas manos al corazón—. Victoria era una muchacha preciosa y brillante.

—Yo quería venir hasta aquí de todas formas —contesté—. No es lo mismo hablar las cosas por teléfono. Usted la conoció. Le agradezco su tiempo y cualquier dato que pueda proporcionarme. Estoy empeñado en reconstruir una parte que desconozco de su pasado. Imagino que usted valora más que nadie eso.

—Me acuerdo perfectamente de ella —dijo Camilo asumiendo un tono ceremonioso—. Fuimos compañeros de curso. Tenía las mismas cejas arqueadas, los mismos ojos claros y la misma nariz respingada que usted. El resto, sospecho, corre por cuenta de la madre.

Sonreímos. Su descripción era la prueba palpable de que había conocido a mi hija. Nadie se había referido así al parecido físico entre nosotros. La emoción me causó vértigo. Mientras lo miraba —le calculé unos cuarenta años— me pregunté si no hubo algo entre él y Victoria. Hace veinte años debe haber sido un tipo joven y apuesto. Aún lo es. Me refiero a que aún es apuesto. Pero ya estoy elucubrando como Rufino y los poetas de La Unión Chica, porque este personaje no aparece en la foto.

—En efecto, se parecía a mí —comenté con la vista baja mientras me servían un jugo de guayaba—. Por fin alguien que la conoció. ¿Fueron amigos?

—Compañeros de la escuela que entonces dirigía Mario Orellana. Tomamos varios cursos en común y asistimos a un taller de siete alumnos con un arqueólogo belga. En el marco de ese taller vinimos por veinte días al oasis a excavar en el asentamiento de Tulor.

Recordé vagamente el viaje de Victoria al desierto. A mí entonces me daban lo mismo la arqueología y los atacameños, y en verdad harto poco me interesaba lo que hacía mi hija en la universidad. Lo mío era mi trabajo de terreno, es decir, atender el nexo con agentes, traspasar instrucciones y recursos, redactar informes y seguir a sospechosos. En fin, ese tipo de actividades consumía todo mi tiempo. Ahora desembarcaba sin querer en un sitio que mi hija había explorado y tal vez amado hace más de veinte años, un espacio que la vinculó seguramente con la historia más antigua de este continente.

—Me acuerdo de ese viaje —dije saboreando el jugo y recordando que, según Rufino, al Doctor le gustaban los de mango—. Fue en 1972.

—En marzo de 1973 —corrigió amable Camilo—. En esas semanas tuve la oportunidad de conocerla mejor porque trabajamos con el belga. Discúlpeme: ¿no se llevaban bien ustedes que tiene que reconstruir su vida a través de terceros?

Solté una bocanada de aire sin saber qué decir. No podía contarle que la Compañía me exigía hasta la última gota de sacrificio y tiempo, que entonces me empeñaba en una causa que me parecía justa, pero que ahora me resulta cada día más cuestionable. No podía admitir ante Camilo que entonces yo cumplía más allá de la norma con tal de ascender en el escalafón y el salario, que era capaz de pasar, en sentido literal, sobre cadáveres, y que ahora me arrepentía de ello. ¿Cuánto sabía yo de mi querida hija que vivió bajo nuestro techo sin que jamás me dignara a preguntarle por sus sueños ni amores? Sentí que con Victoria fuimos como esos trenes del metro de Nueva York que, tras dejar la misma estación, se van alejando para siempre en direcciones diferentes mientras sus pasajeros mantienen inútilmente el contacto visual desde sus ventanillas.

—En esa época el trabajo me absorbía por completo —expliqué, sintiendo que el polvo del desierto se asentaba en mi garganta y me impedía hablar sin estremecerme—. No tuve tiempo para escuchar a Victoria.

—Entiendo —repuso Camilo acariciando el vaso, mirando cómo sus dedos barrían el vaho del cristal—. Yo tengo una hija pequeña que vive con su madre en Temuco, a más de mil kilómetros de aquí. Nos separamos hace años... ¿A qué se dedicaba usted? —preguntó alzando la vista.

Le conté la mentira de siempre pero sentí que no me creía. Supuse que él también era un arqueólogo del alma y que, como tal, era capaz de escarbar y leer en la mía. Y así podía apartar las capas de tierra que ocultan mis secretos y dejar a la vista lo que no quiero que nadie vea. Quedé reducido a lo que de hecho era: un padre desesperado que busca a tientas la historia de su hija ya fallecida.

—¿Y qué le interesa sobre Victoria? —escuché que me preguntaba.

Extraje de la chaqueta la fotografía en blanco y negro en que ella aparece con otros jóvenes, y pregunté:

—¿Conoce usted a este muchacho?

Tomó la foto entre sus manos quemadas por el salitre y la contempló en silencio mientras el sol, que se filtraba en diagonal por las botellas de vino, mantenía el local sumido en una luz apaciguadora.

—Si no me equivoco —dijo Camilo después de vaciar el vaso y mirarme como si él fuese experimentado en cosas de la vida—, ese muchacho vino a verla un día al oasis. Creo que se quedó unas noches con ella.

—¿Está seguro?

Un dolor me horadó el pecho al imaginar a Victoria desnuda entre los brazos del joven de la foto, lejos de nuestra casa y de nuestros consejos.

—¿Está seguro? —repetí.

—Se quedaron juntos. ¿Le preocupa? —me preguntó, intuyendo quizá mi escandalizada reacción de cristiano blanco y conservador del Medio Oeste.

—¿Se quedaban juntos por las noches?

—Bueno, nuestro equipo se hospedaba en la hostería en la que se encuentra usted. Entonces era el único sitio cómodo donde alojar en el oasis. Ocupábamos cuartos con tres camas, porque era más barato. Victoria durmió solo una o dos noches con nosotros. Después se mudó con ese muchacho a otra parte.

—¿Adónde?

—A alguna pensión cercana, me imagino.

—¿Se acuerda del nombre del muchacho? —Deseé haber estado allí, junto a Victoria, para conocer a ese joven espigado, de melena y aspecto mediterráneo y, lo admito ahora, haberla obligado a regresar a la seguridad y prosperidad de Minnesota, lo que mi dulce Audrey hubiera aprobado de todo corazón.

—Creo que le decía Héctor.

—¿Héctor? ¿Héctor qué?

Camilo abrió el morral de telar atacameño que llevaba a la cintura, oculto bajo la camisa, y extrajo papelillos y hebras de tabaco. Comenzó a liar un cigarrillo.

—¿No sería Héctor Aníbal? ¿Es decir, de apellido Aníbal?

—Solo recuerdo que lo presentó como Héctor —dijo encendiendo el cigarrillo, aspirando el humo, mirándome como si yo fuese un barco distante que se aleja más y más de la costa.

—¿Sabe cómo ubicarlo?

—No. Solo recuerdo que era artista, pintor creo, y que jugaba al fútbol.

—¿Que jugaba al fútbol? ¿Qué hombre no juega al fútbol en este país?

—Yo no lo juego, por ejemplo, señor Kurtz. Pero a él le gustaba. Y lo sé porque un día, mientras contemplábamos la luna llena en la cancha de la hostería, dijo algo raro.

—¿Como qué?

—Una tontería, en verdad. Pero aún me acuerdo de eso.

—¿Qué dijo?

—Que en el oasis, situado a más de dos mil metros sobre el nivel del mar, las pelotas de fútbol rebotan mucho más que a nivel del mar, y que por eso son una pesadilla para los porteros que vienen a jugar aquí.

—¿Y él era portero?

—De un club de Valparaíso. Y no lo va a creer, pero todavía me acuerdo del nombre del club porque es el de un cacique araucano, olvidado por la historia chilena.

—¿Cuál?

—Orompello. Héctor era entonces portero del legendario Club Orompello, de Valparaíso, señor Kurtz.

62

Si las copas traen consuelo,
aquí estoy con mi desvelo,
para ahogarlo de una vez.

DOMINGO ENRIQUE CADÍCAMO,
JUAN CARLOS COBIÁN, *Nostalgias*

Ayer fue 26 de julio, conmemoración del vigésimo aniversario del ataque al cuartel Moncada por parte del grupo liderado por Fidel Castro, en Santiago de Cuba. Doña Tencha se encuentra en La Habana representando al Doctor en los festejos. No entiendo qué celebran tanto. En esa operación, que fracasó, murieron muchos y Fidel se entregó sin sufrir un rasguño. Fue la única vez en que el hombre de la barba y las manos rosadas, que exige a los suyos luchar hasta vencer o morir, tuvo la opción de sacrificarse por su causa o rendirse. Escogió lo último. Prefiero a Arturo Prat, los trescientos espartanos del paso de las Termópilas o el Cid Campeador.

Pero no es sobre eso que desea escribir mi mano temblorosa de la emoción. Son las seis de la mañana del 27 y el frío me cala hasta los huesos en la barraca de los escoltas. Se acaba de apagar la luz del dormitorio del Doctor. Aquí la jornada ha sido larga y triste. Todo comenzó cuando a las nueve de la noche anterior, mientras me encontraba desplumando una gallina de campo para la cazuela de mañana, escuché en la radio que habían disparado contra el edecán naval del Doctor. Según un reportero de Radio Cooperativa, el comandante Araya Peters fue herido en el balcón de su casa de Providencia, adonde salió con metralleta en mano después de que una bomba explotara en su jardín. Le dispararon desde las sombras de la calle. Ahora está en el Hospital Militar, grave.

El país continúa en estado de shock. Lo siento en el aire gélido de la madrugada, que podría partirse como una galleta oblea. Lo mismo percibí anoche, tras escuchar la noticia. Entonces la ciudad se replegó en un siniestro silencio de mausoleo y cerró sus párpados para auscultar inmóvil su latido más profundo. El Doctor andaba cenando en la casa que le consiguió a Gloria Gaitán, en avenida Américo Vespucio. Lo sabía pues fui yo quien llevó en la Ford seis sillas, una mesa y servicio de plata a esa dirección, ya que la colombiana, recién instalada allí, carecía de muebles.

Imagino que desde allí el Doctor se fue al hospital con su amigo y colega Danilo Bartulín. Yo seguí los acontecimientos por radio y televisión. Pero no hay rastro de los homicidas. La izquierda acusa a Patria y Libertad del atentado, la derecha a Bruno, escolta jefe que esa noche andaba a cargo del Doctor.

La caravana de Fiat 125 azules se detuvo con un chirrido de neumáticos en la rotonda del jardín pasadas las dos de la mañana. El Doctor venía con el rostro congestionado y la camisa manchada de sangre. Había participado en la intervención quirúrgica que intentó salvarle la vida al comandante, pero todo fue en vano. Las heridas eran letales, comentó Bruno en la cocina mientras informaba a alguien por teléfono.

Le serví al Doctor un whisky con cubos de hielo. Ni me miró. Estaba tendido en el sofá del living con las piernas y los brazos extendidos, la vista aferrada a una estatuilla de la India, con el aspecto de un muñeco desplomado. Le serví otro vaso a su amigo, que también se hundió en un ensimismamiento prolongado en el sillón.

—Esto es lo que viene —comentó el Doctor mucho después—. Son ellos. Y son capaces de todo.

—Pues habrá que tomar medidas drásticas contra esa gente —dijo Bartulín.

—¿Sabemos quiénes son? No lo sabemos —respondió el Doctor—. Un mandatario democrático no puede privar de libertad a ciudadanos por conjeturas.

—El general Prats o el general Pinochet pueden quizás averiguar quiénes lo hicieron. Esto es muy grave. Hasta los militares corren ahora peligro.

—Todo esto tiene un solo norte, Danilo: preparar las condiciones para el caos y un posterior golpe de Estado. Será sangriento. Hay que evitarlo. Pero yo no puedo rendirme ni traicionar el programa revolucionario que el pueblo me encomendó. No me harán renunciar.

—¿Por qué no se cambia de camisa y descansa algo, Doctor? —preguntó al rato Bartulín.

—Solo acribillándome podrán evitar que cumpla el programa popular —continuó el Doctor—. No le temo a la muerte, Danilo.

Unos perros aullaron melancólicos afuera, un vehículo tomó una curva haciendo sonar los neumáticos. Después volvió el silencio.

—Nos aguardan días siniestros —anunció Bartulín—. Ya está por salir el sol, ¿por qué no reposa un rato, Doctor? El país lo necesita ahora más que nunca.

El Doctor sacudió la cabeza, colocó el vaso de whisky en el suelo sin haberlo probado y se puso lentamente de pie. Cojeaba. Siento que ha envejecido de repente. Su bigote luce más blanco que nunca, un rizo le cae sobre la frente y las mejillas le cuelgan fláccidas. Desde el umbral de la puerta del living lo vi cobijar la mirada en las crepitantes lenguas de fuego de la chimenea.

—Díganle a la Payita que convoque al Consejo Superior de Seguridad Nacional para esta tarde. Voy a recostarme por media hora —dijo el Doctor antes de irse rengueando al dormitorio.

63

El país está paralizado y exuda odio por todos los poros. La izquierda más radical exige instaurar el socialismo y aplastar a la burguesía, y marcha por las calles gritando «Avanzar sin transar es mandato popular», «Momios al paredón, las momias al colchón», «Ho Chi Minh, lucharemos hasta el fin». Los comunistas, en cambio, desfilan por el centro enarbolando letreros que dicen «No a la guerra civil», mientras la derecha lo hace clamando «Allende proceda, imite a Balmaceda», en alusión al presidente liberal que se quitó la vida en la guerra civil de 1891.

En los almacenes ya no hay carne ni harina, ni aceite ni pan, ni azúcar ni conservas. La huelga de los dueños de camiones, que los diarios de izquierda afirman financia la CIA, impacta en el estómago y hace tambalear las convicciones democráticas de mucha gente. La clase media vacila ahora en su respaldo al Doctor, de la desconfianza y la distancia hacia él pasó a su rechazo visceral. Los colegios profesionales se suman a la huelga indefinida. El país es un barco a la deriva y siento que cada día estamos más cerca del precipicio.

En medio de esto, anoche llegó el general Carlos Prats con una pésima noticia. Vino a presentarle al Doctor su renuncia como ministro del Interior. Esto implica que los tres generales leales al Doctor se retiran del gabinete dejando al gobierno sin ese respaldo militar que se había convertido en un dique ante la derecha golpista. Por otro lado, la Democracia Cristiana, partido de centro, se plegó de lleno a la estrategia de la derecha de derrocar a Allende como sea. Según comentó después el Doctor con sus amigos, reunidos en el living, Prats no soportaba ya el vacío que le vienen haciendo sus camaradas de armas ni la presión de sus esposas, que le arrojan maíz adonde vaya, acusándolo de gallina por no oponerse al comunismo.

¿Comunismo? No creo que el Doctor aspire o pueda construir aquí una sociedad comunista. Ni siquiera es capaz de destruir a estas alturas la democracia burguesa. Lo cierto es que ya perdió el control del país por la desobediencia civil de la derecha, la escasez y el mercado negro, la presión de Nixon y las exigencias de la ultraizquierda de profundizar el proceso y armar al pueblo. Mientras la oposición de centro y derecha exige la intervención militar, la de ultraizquierda reclama armas para imponer el socialismo.

Que la derecha patee la mesa a estas alturas no me sorprende, pero sí que lo hagan socialistas, mapucistas y miristas al demandar armas y paredón para derrotar a la burguesía. El Doctor cree que es posible avanzar hacia el socialismo en democracia, es al menos lo que reitera entre sus amigos y asesores. Pero para ello necesita que la economía reflote y vuelva la paz social. Está convencido además de que los militares chilenos son constitucionalistas y leales al orden nacional. No soy nadie, soy apenas un sencillo panadero, pero ya no creo que la derecha ni la ultraizquierda vayan a darle tregua. Siento que los dados están echados. Nixon busca liquidarlo por miedo a una segunda Cuba. Bréjnev lo dejó solo porque Moscú no está dispuesto a financiar otra Cuba. Y el barbudo caribeño de las manos rosadas le presta apoyo soterrado a la ultraizquierda para que triunfe en una guerra civil, pues necesita con urgencia otro país aliado en el continente. En medio de todo esto se halla el Doctor.

Cada vez que doña Tencha sale de la capital por algunos días, el Doctor invita a casa a Gloria Gaitán, la bella colombiana de treinta y cinco años, hija de Jorge Eliécer Gaitán, el líder colombiano asesinado en Bogotá en 1948. Cuando yo entro al living o a la biblioteca con algo para servirles, noto de inmediato que el Doctor está prendado de esa mujer. Yo lo conozco, no necesito que me lo confiese. Me lo dicen las miradas y las palabras tiernas que dirige a esa mujer, la delicadeza con que la trata y la felicidad que expresa. Está fascinado con su amplia sonrisa de dentadura alba y pareja, sus cabellos y ojos oscuros, su voz algo ronca y sensual. ¿Estará de veras enamorado de Gloria o su entusiasmo es una tardía resistencia amorosa ante la sombra crepuscular que se cierne sobre el país? Sospecho que desde hace mucho el Doctor siente por doña Tencha principalmente admiración y gratitud. Ella fue la viga maestra en la construcción de su familia, la educación de las hijas y la proyección de su carrera política. Sin ella, el Doctor no sería quien es y no habría alcanzado La Moneda. A veces pienso que ella lo quiere tanto que hasta le perdona que él no la ame. No sé. Escribo todo esto en el dolor y el silencio de la noche, en mi cabina del pabellón de los escoltas, diciéndome que no tengo derecho a censurar al Doctor por sus infidelidades, que él solo es leal a su compromiso político, no a sus amores. ¿Pero no me estaré mirando acaso en mi propio espejo al mirar al Doctor? ¿No me ocurre acaso algo parecido a mí con Amanda?

En fin, tal vez doña Tencha ya no siente nada por el Doctor. Tal vez ella solo guarda aprecio, cariño, reconocimiento y admiración por él. Pero ya no amor propiamente tal. Porque así como nace, el amor también se acaba. Con su fragilidad de muñeca, su sonrisa enigmática y su estilo dulce pero a la vez impositivo, doña Tencha le deja el campo libre al Doctor en esta residencia. Que invite a las mujeres que quiera, siempre y cuando no sea de día y ninguna se atreva a ascender jamás a su reino instalado en el segundo piso de la casona. Tal vez en eso consiste su venganza contra la Payita y las otras mujeres. Puede ser. Una cosa me queda clara: no es doña Tencha quien se retuerce de celos cuando el Doctor se reúne con otras admiradoras, sino la Payita.

¿Se habrá enamorado el Doctor de la colombiana? Hay algo más: el Doctor y esa mujer comparten un secreto que yo también conozco, aunque ellos ignoran que estoy al tanto de eso. Me enteré del detalle, y ya verán que no es menor, porque un día se me ocurrió espiarlos. No debiera haberlo hecho, es cierto, es un abuso de confianza, pero ya lo hice y no hay cómo remediarlo. La curiosidad es mi mayor debilidad. Para ser franco, esto me lo olí hace tiempo, por la dulzura con que ella se dirige a él y por la ternura con que él envuelve su mano entre las suyas. Algo ocurre en el interior de Gloria, me dije. Algo palpita en su interior que ella le transmite sin palabras al Doctor y que él de algún modo comprende.

Y acaeció en el dormitorio del Doctor, en esa celda de monje franciscano cuya ventana alta y estrecha se abre al cerezo que ya comienza a florecer. Yo acababa de pasar el trapo por la superficie lisa del tablero de ajedrez de la biblioteca, esa sala amplia, contigua al dormitorio, que da al jardín y la piscina con el cocodrilo embalsamado, y caminaba en puntillas hacia la colección de huacos, cuando de pronto los escuché hablar con claridad.

—Estoy esperando un hijo tuyo —dijo Gloria—. Y no puede ser.

Sí, lo dijo. No lo sueño ni lo invento. Lo escuché con todas sus letras y por eso dejo constancia escrita de ello en este cuaderno. Se produjo entonces un gran silencio, un silencio demasiado prolongado, durante el cual no me atreví a asomarme por el umbral para ver cómo reaccionaba el Doctor. Solo escuché unos susurros.

Después me llegó grave la voz del Doctor rogándole a Gloria que no abortara, diciéndole que ese hijo debía nacer para que lo sobreviviera a él, pues sus días estaban contados y él moriría en La Moneda, con la cinta tricolor puesta al pecho y una metralleta entre las manos.

Me estremeció escuchar aquello. Hablaba de la vida y la muerte, de lo que nacería en medio de lo que moría. Pensé en la inmensa soledad en la que chapotea el Doctor, en que no he sabido ser de veras su amigo sino apenas un panadero, un cocinero, alguien que ha terminado por escribir estos apuntes sobre sus días. Él, en cambio, se ha pasado años buscando no solo el otro gran amor de su vida, sino también a un hijo que lleve su nombre y pueda criar, educar y formar, asegurando así la sobrevivencia del apellido que tanto lo enorgullece.

—Los mártires no sirven de nada —reclamó la voz de Gloria—. Mírame, soy la hija de un mártir, de un prócer de mi amada Colombia, hija de un hombre asesinado por sus convicciones políticas. ¿Crees que eso me ha servido de algo en la vida? ¿Crees que me ha servido para sustituir la ausencia del hombre de carne y hueso?

—Más de lo que te imaginas —escuché decir al Doctor.

—Te equivocas. Ves la vida como un romántico.

—Es preferible ser hijo de un héroe a serlo de quien traiciona o se rinde.

—No estoy segura.

—Tienes al menos buenas razones para vivir orgullosa de tu padre.

—No quiero tener buenas razones para sentirme orgullosa de mi padre muerto, sino simplemente tener a mi padre vivo. No quiero tener razones para sentirme orgullosa de ti si mañana eres un mártir.

—Niña, mi niña —repuso el Doctor y hasta a mí llegó un suspiro de agobio—. Dices eso porque ignoras el poder eterno que tienen los grandes vientos que impulsan la historia, el valor inspirador de los mártires para sus países.

—Los mártires de nada sirven. Maldito el país que los necesita.

—Tú debes regresar a Colombia llevando a mi hijo en tu vientre —ordenó el Doctor. Ahora yo podía escuchar con más claridad lo que decían porque su conversación iba subiendo de tono—. Debes regresar cuanto antes a Bogotá, dar a luz a ese hijo y enseñarlo para que se sienta orgulloso de su abuelo, de su madre y de su padre. Debes irte ya. Tu vida corre peligro aquí, Gloria.

—Me voy solo contigo. De lo contrario, no tendré este hijo.

Un llamado telefónico interrumpió la conversación. Me escabullí hacia la cocina. Era pasada la medianoche. La radio seguía transmitiendo tangos.

—Viene una visita importante mañana muy temprano —me anunció al rato el Doctor asomándose en la cocina. Andaba en camisa y llevaba suelto el nudo de la corbata azul de seda—. Prepare, por favor, compañero Rufino, algo para esa ocasión.

—¿Se puede saber quién viene, Doctor? —pregunté.

—Claro que sí —repuso el Doctor y se desanudó la corbata—. El general Augusto Pinochet.

64

You know the day destroys the night
Night divides the day
Tried to run
Tried to hide
Break on through to the other side.

THE DOORS, *Break On Through*

A la sede del Club Social y Deportivo Orompello de Valparaíso se llega con dificultad, a menos que seas porteño. Hay que circular primero por la avenida España, que se retuerce a lo largo del Pacífico, y doblar a la derecha por calle Numancia. En el primer cruce, uno debe doblar a la izquierda, tomar la cuesta Victorino Lastarria y obedecer sus empinadas curvas. Así desembocará en la calle Barros Arana del cerro Esperanza. A mitad de la segunda cuadra se alza el club.

Estacioné el auto de alquiler en una calle perpendicular y caminé bajo el sol abrasador del mediodía que golpea el pavimento de Barros Arana. Entré al edificio y fui directo a la secretaría, donde me esperaba un hombre mayor, de bigotes y gorrita beisbolera con las siglas NY. Era una sala estrecha con una ventana enrejada que mira a la calle. A su espalda, encima de un estante, había varios trofeos plateados y de las paredes colgaban diplomas y medallas.

—Pregunte, nomás. Soy el archivo ambulante del club, lo que yo no recuerdo —se apuntó con el índice a la sien— no ha ocurrido.

Le expliqué que buscaba a un portero que había jugado más de veinte años atrás en el Orompello y le pasé la foto en que aparecía Victoria con sus amigos.

—¿Reconoce a esta persona? —pregunté.

Don Eladio cogió una lupa del escritorio y examinó la foto con calma.

—¿A este? —Puso un dedo magullado sobre el joven.

—Sí. Dicen que fue portero de este club a comienzos de los setenta.

—Época dura —farfulló examinándome con la mirada—. ¿Pariente suyo?

—Amigo de mi hija, fallecida. —Don Eladio inclinó la cabeza—. Vivíamos entonces en Chile. Nunca más lo vimos.

Don Eladio se puso de pie y abrió la gaveta de un archivo de metal. De la calle nos envolvió la respiración asmática de un bus que subía por Barros Arana. El hombre volvió al rato a su escritorio trayendo una carpeta.

—Si no me equivoco, ese muchacho es este —concluyó.

Me mostró una borrosa foto en blanco y negro de un equipo que vestía la camiseta del Orompello. Aparecían en la pose usual de los futbolistas: la delantera en cuclillas y en primer plano, detrás, de pie y brazos cruzados, la defensa. El dedo de don Eladio apuntó al portero, de gorro, ubicado en un extremo de la segunda fila.

Con la lupa me pareció distinguirlo. Allí estaban los ojos oscuros, las cejas arqueadas y la boca de labios finos y quijada estrecha que he visto tanto en la foto de Victoria.

—¿Es este o no? —preguntó don Eladio.

—Creo que sí. —No pude reprimir el tono de incertidumbre que delataba mi voz.

—Jugó en el Orompello en 1971. Mal enfocada la foto, pero no tanto. Como que me acuerdo de él. Nunca más volví a verlo —aseveró don Eladio.

—¿Cómo se llama?

—¿Usted no lo sabe?

Opté por bajar la vista. Estoy seguro de que don Eladio intuyó que su pregunta me desarmaba. Soltó una tosecita y dio vuelta la fotografía para examinar el reverso.

—La papeleta con los nombres se desprendió y perdió —dijo con mirada maliciosa—. Pero el entrenador de entonces debe recordar al jugador —farfulló entrelazando sus dedos nudosos sobre el escritorio. Le dicen don Fernando Riera, señor... ¿Cómo me dijo usted que se apellida?

65

Don Fernando Riera no era el legendario entrenador de la selección del mismo nombre que en 1962 llevó a Chile a conquistar el tercer puesto en el mundial de fútbol, sino un entusiasta entrenador que había dirigido las divisiones del Orompello durante decenios. A los ochenta y cinco años solía salir de paseo cada mañana con su perro de raza indefinida hasta la plazoleta del cerro Esperanza que mira al Pacífico.

Lo esperé bajo el follaje de un pimiento, viendo cómo los cerros refulgían contra el sol. Don Fernando Riera sabía que yo deseaba preguntarle sobre un jugador de Orompello del cual ya nadie se acordaba. Uno muere dos veces, pensé. La primera como el cuerpo que es, la segunda como memoria de uno que pierden los demás. Esa mañana supuse que mi segunda muerte, esa que trae el olvido definitivo, ya había comenzado.

Pensé en Victoria mientras el entrenador se detenía para que su mascota orinase contra el tronco de un árbol. Pensé en mi hija, en que esta vez no la postergaría como lo hice durante toda su vida. No me perdonaría jamás no haberle brindado ni siquiera la oportunidad para que me confesara que se casaba con un hombre al cual no amaba y que su verdadero amor vivía en este lado del mundo.

Pensé también en el Doctor al que Rufino describe en un intento por proyectarlo a la posteridad como lo que fue:

un ser de carne y hueso, de grandezas y mezquindades, de convicciones y vacilaciones, hecho de la pasta del revolucionario irreductible y del burgués sibarita, dueño de un alma que se encoge como bandoneón cuando regresa por la noche exhausto a su cuartito en Tomás Moro 200, o busca refugio en su luminoso dormitorio de la segunda planta de la casona de El Cañaveral, esa muela de piedra y madera atrapada en la garganta de los montes, donde resuena el rumor del río cristalino y el sol reseca los árboles.

—Así que usted es el turista —exclamó don Fernando cuando llegó hasta el banco donde yo aguardaba.

Pese a que hacía calor, él llevaba cerrado el botón superior de la camisa y usaba un gorro de lana de tela escocesa. De cerca me pareció extremadamente delgado, como si su cuerpo se hubiese despedido ya de todo lo superfluo para emprender en unos días el viaje definitivo.

—Lo esperaba con impaciencia, don Fernando —le dije tras estrechar su mano fría y acariciar su mascota.

—Se llama Washington, como el chucho de Condorito —apuntó cuando nos sentamos en el banco.

Un camión subió escupiendo humo negro y estremeciendo el pavimento cuarteado de Barros Arana.

—En Canadá hay treinta mil chilenos, casi todos de Valparaíso —dijo don Fernando—. Miles hay también en Suecia. Cuesta imaginar a porteños viviendo en el frío y la oscuridad de esos países. Calcule la dimensión de la crisis como para que dejaran este clima maravilloso y se fueran a enterrar en vida a un lugar tan remoto como el suyo. Pero usted venía a otra cosa.

Le expliqué que buscaba al portero del Orompello.

—¿Y por qué? —me preguntó. Washington dormitaba ya a pata suelta bajo el banco.

Le conté que estaba reconstruyendo la historia familiar mientras le enseñaba la foto en que Victoria aparece con el joven que para algunos se llama Héctor. El anciano se calzó unos anteojos grandes y pasados de moda, que acentuaron su aspecto de desamparado.

—Aquí no hay duda alguna —repuso tras examinar el documento—. Este es Héctor, nuestra joyita de los setenta. Buenos reflejos y vista, elástico y alto. Aprendía rápido, pero no se tomaba en serio el fútbol.

—¿Cómo? —Ver confirmado el nombre de Héctor me hizo saltar el corazón.

—No venía a las prácticas.

—¿Héctor qué? —Traté de disimular.

—Héctor Cataldo.

Sentí que el alma me crujía por todas sus costuras. Hay muchos con ese apellido en Chile.

—¿No tiene su dirección?

Don Fernando me miró de reojo.

—Eso fue hace más de veinte años, señor —precisó con la vista fija en el Pacífico—. Era del cerro Cordillera, de la calle Castillo. Vivía frente a una plaza.

Temí perder de nuevo el hilo de mi investigación. Vi el rostro de Victoria moribunda en el hospital y luego una secuencia de imágenes tan perturbadoras que al final no pude comprender de qué trataban.

—¿Vivía con sus padres? —pregunté, convencido de que mientras yo investigara el pasado de Victoria ella seguiría presente en este mundo. La muerte definitiva sobreviene cuando desapareces del vocabulario de los demás y ya nadie pronuncia tu nombre.

—No. Ellos vivían en Santiago.

—¿Entonces él vivía solo en Valparaíso? —Aún me agobia la posibilidad de que ese joven hubiese estado casado.

—Vivía en una pensión. Pero eso fue hace mucho. —Su tono me desalentó.

—¿No tiene la dirección de sus padres?

Don Fernando sacudió la cabeza.

—Esa época fue demasiado caótica —dijo—. Fue como estar en un teatro lleno donde comienza un terremoto y todos escapan despavoridos. No conozco la dirección de sus padres. Al club le basta con saber dónde viven sus jugadores.

—Entiendo.

—Recuerdo, eso sí, que su padre era panadero —agregó, mirando satisfecho cómo su perro dormía en la sombra de los pimientos.

—¿Panadero? —La palabra me estremeció.

—Panadero. O tenía un almacén que vendía pan en Santiago. Algo así.

Pensé en el Rufino que escribe el cuaderno. Mis sienes latieron con fuerza. Luego me reí de mí mismo. En esa época había en Chile miles de panaderos.

—¿Recuerda cómo se llamaba la panadería? —pregunté, esperanzado.

Don Fernando tosió y luego, tras extraviar la vista por unos segundos en el mar, dijo:

—¿Cómo voy a acordarme de eso? Pero el padre de Héctor Cataldo era panadero o vendía pan, de eso sí estoy seguro.

66

Se ha desatado de repente la tormenta
y es la lluvia una cortina tendida en la inmensidad.

José González Castillo,
Ovidio Cátulo González Castillo,
El aguacero

Ahí estaba el general Pinochet, el nuevo comandante en jefe del Ejército. Estaba en la puerta de la casona, acompañado de otro señor. Iban ambos de terno azul y corbata oscura. Los vi desde el guardarropa, lucían tensos. Cuando entraron al pasillo de espera de audiencias, el eco de sus tacos resonó seco sobre las baldosas. Después, un mozo de la Marina los guió hasta la sala de estar, donde se sentaron frente a la chimenea, que yo acababa de encender.

Esa mañana fresca de septiembre se habían escuchado bombazos lejanos y uno que otro estrépito de cacerolas agitadas por mujeres del barrio alto en protesta por la escasez de alimentos. Instalados en su sala, los escoltas no asomaron un pelo por el ala de la recepción, aunque se mantenían alertas. El Doctor telefoneaba en su escritorio, donde las piezas de ajedrez yacían en el piso. La noche anterior había derribado la mesa, cosa que a mí me pareció de pésimo augurio.

Lo seguí cuando se dirigió al living, y como yo no tenía

nada que hacer allí, me quedé en el salón de audiencias parando la oreja. Un panadero tiene buen oído. Debe saber cuándo el chisporroteo de la leña indica que el fuego está listo y cuándo el crujido del pan revela que está a punto. El mozo de la Marina me ignoró olímpicamente cuando pasó de vuelta cargando la bandeja vacía. No tenía además por qué reprocharme. Yo me entiendo directo con el Doctor.

Acompañaba a Pinochet el general Urbina, por lo que después se comentó en la casona. Pero yo me enteré de mucho más desde mi posición de espía, al otro lado de la pared. El general Pinochet, después de saborear una tostadita con mantequilla y aguacate, acompañada de una taza de café en polvo, le contó al Doctor que la situación se había vuelto insostenible en el Ejército y que en cualquier momento podía producirse una insubordinación golpista.

—Si se produce el reventón, señor presidente —escuché decir al general—, se puede repetir lo del último intento, pero esta vez será con mayor virulencia y más tropa involucrada.

—Si es así, general, yo confío en que usted, en su calidad de comandante en jefe del Ejército, sepa comportarse como corresponde y evite un baño de sangre.

—Cuento con gente respetuosa del orden constitucional, señor presidente, pero eso no me basta. Necesito tener una visión panorámica de quiénes están en contra nuestra y quiénes no. Estoy recolectando esa información que es crucial.

—¿Qué insinúa con eso? —replicó el Doctor, cortante.

—Que tal vez usted, a través de sus propios medios, dispone de información adicional que pueda servirme para imponer el orden en un momento crítico.

—General, entiendo que hay mayoritariamente unidades constitucionalistas porque nuestras Fuerzas Armadas lo son por esencia y convicción —escuché decir al Doctor, que hablaba firme con su voz nasal de médico—. Comprendo también lo que usted me solicita. A buen entendedor, pocas palabras. Pero es bueno que usted a la vez sepa que, por lealtad y nobleza hacia esos soldados, prefiero no revelar sus nombres.

—Lo entiendo, señor presidente. Pero la situación se tornó extremadamente delicada tras el discurso incendiario de un senador. Este señor admitió que su partido infiltró la Marina para dividirla en caso de insubordinación. Cosas como esas se pueden hacer, pero no divulgar, señor presidente. Este señor es un hocicón, con todo el permiso suyo.

—Si hay un golpe de Estado, el pueblo sabrá defenderse y yo cumpliré con mi deber, general. Y esta vez nuestra respuesta no será como la de la última insubordinación, en la que usted jugó un papel valiente y constitucionalista. La gente estará mejor preparada para defender a su gobierno y a su presidente. Y al pueblo se le está acabando la paciencia, además.

Noté que la voz del Doctor temblaba como la noche del asesinato del edecán Araya, cuando sufrió además el furioso desplante de Alicia Moder, su viuda. Desde la sala de audiencias llegó de pronto un largo silencio. Más allá de los muros de la casona sonó un bombazo. Otro acto terrorista de Patria y Libertad, me dije.

—General —continuó diciendo al rato, grave, la voz del Doctor—, recuerde que el próximo lunes anunciaré en cadena nacional la convocatoria a plebiscito para que los chilenos decidan qué hacer en esta hora amarga. Es el pueblo, en voto libre y secreto, quien decidirá nuestro futuro. No estoy por imponerle nada al pueblo. Deseo que él se exprese a través del plebiscito.

—Si me permite un consejo, señor presidente.

—Diga, general —dijo el Doctor. Yo hubiese dado mis discos de tangos por ver los rostros en esa conversación en la que Urbina guardaba silencio.

—Mejor no convoque a plebiscito este lunes —dijo Pinochet.

—¿Por qué no? La crisis económica, política e institucional lo amerita.

—Postergue el anuncio para el jueves —insistió la voz de Pinochet—. Así me da tiempo para calmar las aguas y medir la correlación de fuerzas dentro del Ejército. Es esencial que usted confíe en mí. Conozco el Ejército como la palma de mi mano, y si yo logro convencer a otros generales de que hay que ser pacientes pues todo tiene arreglo, debilitaremos a los golpistas. Por eso le pido, señor presidente, que retrase unos días su anuncio de plebiscito.

—¿Está seguro, general? Mire que con la paz de la patria no se juega.

—Completamente. Ya vio la autoridad y firmeza con que actué durante el intento golpista. Esta vez haré lo mismo. Confíe en su general, señor presidente.

67

Todo se agita al ritmo endemoniado de la política. Ahora sí se acabó la harina, y el pan está racionado en todas partes. No queda nada en las bodegas estatales. Es la pesadilla que temía el Doctor y que trató de anticipar pidiéndole dinero a Brézhnev. Vitrinas y estantes vacíos. Tampoco circulan camiones ni buses, pues los sindicatos del rodado iniciaron, junto con los colegios profesionales, un paro indefinido «hasta las últimas consecuencias», es decir, hasta que caiga el gobierno. Las Fuerzas Armadas allanan fábricas y fundos, universidades y escuelas, en busca de las armas que supuestamente almacena la izquierda. No hallan mucho, porque esta izquierda está desarmada, aumentan en cambio los atentados terroristas de la derecha. Si llega lo que me temo, el pueblo no podrá defenderse.

Siento que el Doctor se avejentó de golpe. No solo porque ahora anda más lento y renguea más, sino también porque las sienes se le blanquearon por completo. Ahora le cuelgan las mejillas y bolsas oscuras aparecen bajo sus ojos. Además, sus párpados se abultaron como nunca por la falta de sueño. Agobiado por la crisis, pasa las noches en vela. Lo sé porque desde mi ventana veo que ya no apaga las luces de su cuarto. Los escoltas comentan que se pasa la noche estudiando documentos, llamando por teléfono, haciendo apuntes, leyendo cables, diarios y revistas.

La derecha le declaró la guerra política y económica hasta el final. La Democracia Cristiana se niega a tenderle la mano. Sus aliados de izquierda, con excepción de los comunistas, propugnan la lucha armada y hostigan lo que resta de la legalidad, la misma que el Doctor respeta y cautela. Al final de cuentas, el Doctor ha quedado reducido a cuatro espacios: Tomás Moro, El Cañaveral, la casa de Gloria Gaitán y La Moneda. Ya casi no cuenta con aliados. O le quedan pocos, como los comunistas, o sus amigos médicos de toda la vida, que siguen visitándolo y preguntando por él. El resto lo abandonó. No lo buscan. Se entera de lo que dicen a través de la prensa, cosa que lo ofusca y amarga. Está solo. Y él lo sabe. Y presumo que por eso habla tanto de su muerte y de que quiere ahorrarle un baño de sangre a la patria.

De pronto este amigo de sus amigos e incorregible seductor de bellas mujeres me hace pensar en letras de tangos. En el famoso *Mi castigo*: «*Mano abierta con los hombres, querendón con las mujeres*», o «*Al sonar la última hora, ¡que me quiten lo bailao!*». Eso define al Doctor a estas alturas del proceso. Pero ha sido siempre el mismo, desde que lo conocí en el taller del zapatero anarquista de Valparaíso. Al final, actúa más por sentimientos que por razones, más por el corazón que por el cerebro, más por utopías que por realidades.

—Soy el presidente de la República y un luchador revolucionario que se siente realizado en todo sentido —le dijo hace poco a su hermana, la senadora Laura, mientras ella lloraba en la biblioteca—. ¿Qué me puede importar lo que ahora me suceda?

—Es que me aterra que te hagan daño —sollozó ella mientras yo le servía una taza de té de manzanilla para que se calmara. Su vieja citroneta estaba en la rotonda de la casa.

—Te pido que no desesperes. Estoy haciendo lo que el pueblo espera que haga en estas circunstancias, y no lo defraudaré —repuso él, jugando con las piezas del ajedrez—. Ahora cada uno de nosotros está llamado a actuar a la altura del reto de la historia. Nada peor que acobardarse. No soy un pusilánime. Nada peor que rendirse. Como luchador social infatigable, no conozco bandera blanca. Hasta mis pañuelos son azules.

Más tarde llegó Gloria Gaitán con sus dos hijas. Los cuatro salieron a caminar alrededor de la piscina bajo el cielo gris. Los espié desde la ventana del escritorio, mientras simulaba sacudir los huacos. El Doctor llevaba chaqueta de gamuza, suéter de cuello alto y mocasines. Las niñitas empezaron a jugar a la escondida entre los árboles, seguidas por los perros Chahual y Aka, y Gloria caminaba junto al Doctor, escuchándolo. El cielo era una mantarraya ingrávida.

Desde la distancia percibí la inquietud de la escolta, porque el Doctor paseaba demasiado cerca del muro de la propiedad. Temían por su persona. Un comando de derecha podía arrojar desde un auto una bomba al jardín y con ello moriría la revolución del Doctor. Recordé que en esos instantes doña Tencha venía volando con su hija Isabel desde México. Me atormentó o, peor aún, me hirió que mientras ellas lo representaban en el extranjero para que él pudiera enfrentar aquí adentro la crisis, él recibiera en su hogar a la amante que cargaba en sus entrañas a un hijo suyo.

¿Qué dirían doña Tencha y la Payita cuando se enterasen de la novedad? ¿Qué imagen entregará al final la historia de doña Tencha? ¿Quedaría como la mujer del Doctor y las demás como simples amantes? ¿Era quizás el veredicto final de la historia lo que a ella, con su inteligencia y sagacidad, le importaba? Tal vez prefería fingir su derrota en el presente, pero vencer a sus adversarias en la posteridad. ¿Y qué se diría con el paso de los años sobre la Payita? ¿Quedaría como su secretaria y amante, abandonada al final por una colombiana más joven y apuesta? ¿Y qué papel jugaría la hija de Gaitán, en esta historia? ¿Quedaría instalada como la madre del hijo del Doctor, como su amor imposible? ¿Y quién contaría al final todo esto al mundo?

Volvieron a la casona. El Doctor les regaló un par de matrioshkas (las compramos juntos en la gran tienda estatal de Moscú) a las niñas y un huaco a Gloria, y luego almorzaron con la hermana del Doctor. El silencio denso que se instaló entre los adultos lo horadaron las despreocupadas y agudas voces de las niñas, que estaban ajenas a cuanto ocurría. Tras el cordero magallánico, que doré a fuego lento al horno y causó las delicias del Doctor, y después de la torta mil hojas, que me quedó el despiporre con abundante manjar de leche, los adultos cerraron el almuerzo con café de Colombia. De pronto, Gloria se levantó de la mesa y anunció que debía irse con sus hijas. Fue como si se hubiese cumplido un plazo impostergable.

Espié desde el ventanal la despedida de la pareja en el jardín. Las niñas ya estaban en el auto cuando el Doctor le dio a Gloria un beso en los labios en la rotonda. Dijo adiós con una mano en alto y se quedó inmóvil hasta que el vehículo desapareció y el portón cerró. Después se retiró a echar la siesta a su dormitorio. Por la noche partió a toda velocidad en la caravana para ir a buscar a doña Tencha y su hija al aeropuerto.

En ese instante decidí irme definitivamente de Tomás Moro. No ahondaré aquí en las razones para adoptar esta decisión, pues soy discreto y poco dado a pontificar. Pero esta vez mi decisión es irrevocable. Sé que sobro bajo este techo. Mejor vuelvo junto a Amanda, cuyo corazón está trizado de tanta angustia y soledad. Mejor vuelvo a despertar en mi propia casa y a abrir mi querida panadería para hornear mi propio pan. De alguna forma conseguiré la harina, la sal, la manteca y la levadura. Ya retornarán los clientes. ¿Qué le hace otra raya más al tigre?, me digo para darme ánimo mientras conduzco por un Santiago en penumbras hasta que diviso, poco antes de llegar a casa, la escultura derribada del revolucionario argentino. Refulgiendo bajo la luz de los faroles de la calle parece un ángel caído del cielo, y su fusil apunta hacia mi pasaje como indicándome el camino.

68

Someone told me long ago there's calm before the storm,
I know; It's been comin' for some time.
When it's over, so they say, It'll rain a sunny day,
I know; shinin' down like water.

JOHN FOGERTY, *Have You Ever Seen The Rain?*

Fue ese detalle que menciona Rufino al final del capítulo lo que atrajo mi atención. Pero me di cuenta de veras mientras conducía de Valparaíso al hotel: la estatua derribada del argentino caído del cielo que apunta su arma a un pasaje. Admito que traduje ese párrafo en una mesa del Café Riquet del puerto sin advertir en un inicio su significado profundo. Solo mientras conducía cabeceando de regreso a la capital esa frase adquirió súbitamente, como el latigazo de un relámpago nocturno, pleno sentido en mi cabeza.

Con esa metáfora Rufino podía estar refiriéndose únicamente a una sola estatua en todo Santiago: a la del Che Guevara, que fue inaugurada frente a la Municipalidad de San Miguel, en 1971, por Fidel Castro y Salvador Allende. Aún la recuerdo porque la gira del cubano por Chile fue eterna, complicó al Doctor y extenuó incluso a los izquierdistas. A nadie le agradó que el barbudo caribeño de uniforme verde olivo viniese a dictar cátedra sobre qué hacer en un país tan orgulloso de sus tradiciones. Recuerdo el desvelamiento de la escultura de bronce. Apareció en todos los diarios y la televisión. Entonces fue osado instalar ese símbolo en una sociedad tan polarizada.

En agosto de 1973, días antes del golpe militar, una carga de dinamita colocada por el movimiento ultraderechista Patria y Libertad la tumbó. Para la izquierda fue un mal presagio en una comuna de antigua raigambre socialista, considerada territorio revolucionario. La obra representaba al Che poniéndose de pie con una rodilla hincada aún en el suelo y un fusil AKA alzado entre las manos como una ofrenda al cielo. Me dije que los apuntes de Rufino solo podían estar haciendo referencia a esa escultura y, por lo tanto, a una intersección muy precisa de calles capitalinas. ¡Al fin creí haber hallado el barrio en el que un cuarto de siglo atrás Rufino tuvo su panadería!

Llegué al hotel impaciente y envuelto en euforia. Me di una ducha rápida, llamé a Casandra sin poder ubicarla y luego me dirigí a toda velocidad al Paradero 6 de la Gran Avenida, en la comuna de San Miguel, donde está la municipalidad. Pero no encontré ni rastros de la estatua, aunque sí esculturas de Condorito y otras caricaturas del dibujante Pepo, entre ellas una del perrito Washington, que le dio el nombre a la mascota del entrenador del Orompello. Así cambian los tiempos. Los monumentos a mártires revolucionarios fueron sustituidos aquí por esculturas de alegres caricaturas de impacto popular. Un empleado municipal me contó que bajo el gobierno militar la estatua del Che Guevara fue arrancada de cuajo con un tanque para ser vendida como chatarra.

—Pero por aquí no hay panaderías. Solo farmacias y bancos —agregó.

Salí a la calle, defraudado. ¿En qué dirección habrá ido esa noche Rufino? No podía venir del sur ni del oeste, porque

Tomás Moro está al oriente. Hace veintidós años Rufino solía bajar probablemente del barrio burgués por la avenida Apoquindo, continuaba por Providencia, entraba por Vicuña Mackenna y luego avanzaba por San Diego o José Miguel Carrera hasta alcanzar la intersección donde se alzaba la estatua. En ese caso, la Ford solo podía venir del este o del norte, cosa que restringía el número de calles a explorar.

Volví presuroso y sudando al carro y recorrí el barrio tratando de imaginar cómo habría lucido antes. Ha cambiado mucho, es cierto, pero aún quedan el trazado y construcciones del antiguo barrio: nuevos edificios con piscina albergan a una clase media emergente que asoma con fuerza entre las modestas casas de un piso y antejardín, de techo de lata y repello cariado, venidas a menos, que están a la espera de que la modernidad las derribe y construya más edificios.

En un paradero de buses pregunté a través de la ventanilla si alguien conocía alguna panadería antigua cercana. Una mujer canosa, que llevaba las monedas para el pasaje en la mano, me dijo:

—En la calle Don Bosco o San Francisco hubo una en los setenta. Era harto pichiruche, eso sí. Estaba a dos o tres cuadras de aquí. Pero esa se incendió. No va a encontrar pan ahí, caballero.

—¿En qué año se incendió?

—Hace veinte o treinta años.

—¿Volvieron a abrirla? La mujer se alejó a coger su bus sin alcanzar a responder. Se esfumaba así mi fuente, pero sentí que ya estaba bien encaminado. Al menos ahora tenía la certeza de que en los años setenta hubo en efecto cerca de la estatua del Che Guevara una panadería. Y tal vez era la de Rufino.

69

Entré a una fuente de soda ubicada en diagonal a un insti-tuto politécnico con el fin de examinar el mapa de la ciu-dad que llevaba conmigo. Mientras esperaba el café, revisé la ruta que Rufino cubría probablemente entre la residencia de Tomás Moro y su casa. Lo hice pensando en Victoria y en que por lo menos esta vez no la dejaba abandonada a su suerte. Vi su rostro pálido y ojeroso de sus últimas semanas en el hospital y recordé la compleja misión que dejó en mis manos y me dije que al final, la política y el amor labran siempre laberintos.

Pensé también en Rufino y en su decisión de no regresar nunca más a Tomás Moro. Pese a su discreción, creo adivinar por qué lo hizo. Ya había hablado del tema con el Doctor. Según los apuntes del cuaderno, el Doctor tenía el corazón repartido entre varios amores. Sin embargo, para Rufino el amor humano era como el de los cisnes, que se unen para toda la vida con la pareja. Por ello cultivaba el recuerdo de Gricel como si ella todavía existiese, pero le era fiel a su Amanda más por gratitud que por pasión. Extrañamente fiel este anar-quista, que en su juventud, aunque ni siquiera lo mencione en su cuaderno, debe haber practicado el amor libre. Pero así como el Doctor era veleidoso e incapaz de entregar su cora-zón a una sola persona, porque temía quedar atrapado en sus redes y perder su dulce libertad de picaflor, Rufino, un lector asiduo de *La Odisea*, era marino de un solo puerto. Engañó solo platónicamente a Amanda porque ella fue la verdadera madre de su hijo, la cocinera y lavandera de todos sus días, la mujer que lo consoló, aunque nunca logró desplazar a Gricel de su corazón.

Como el haz de luz que cruza cada mañana las venecianas de mi cuarto, se filtra aquí el amor de Victoria por el hombre que busco para entregarle sus restos. Victoria engañó al bueno de su esposo estadounidense al mantener la fidelidad al amor de su juventud en Chile. Pero ¿por qué no lo siguió buscando? ¿O lo hizo sin que yo me enterara? ¿Lo sabría acaso mi mujer? ¿Y se casó Victoria antes o después de convencerse de que lo había perdido para siempre? ¿Estaría él ya casado? No sé. No sé nada. Ignoro incluso si Victoria volvió subrepticiamente a este país para averiguar el paradero del hombre a quien yo busco ahora por su encargo.

¿Y qué monos pinto yo en esta investigación obsesiva que me llevó a cruzar el continente y me permitió vislumbrar a medias un secreto que no puedo compartir con nadie? ¿Qué hago yo en medio de esta historia que me obliga a hurgar en vidas ajenas, detectar amores clandestinos, imaginar sueños y fracasos políticos, y ver a las personas como náufragos en un océano encrespado en el que intentan asirse con desesperación a una tabla cualquiera porque la vida, da lo mismo sus circunstancias, les resulta mil veces preferible al eterno silencio de la muerte?

El encargo postrero de Victoria me enseñó a mirar con otros ojos este país que yo contribuí a atormentar en secreto y por orden de mi gobierno y mis aspiraciones profesionales. Por eso, percibo hoy en esta tierra el escrutinio desconfiado de su gente y no logro sostenerles su mirada acusadora, porque tras cumplir aquí mi misión bajo la cobertura de fotógrafo, me escabullí como el asesino que huye presuroso en las penumbras tras haber cometido el crimen.

Me agobian estos pensamientos. Es preferible volver a lo concreto. Viendo el plano de Santiago, reparo en una novedad mientras bebo café: la calle Don Bosco, fundador de la congregación salesiana, y la calle San Francisco, fundador de la orden franciscana, nacen en las inmediaciones de la Municipalidad de San Miguel. Pero no llegan lejos. La primera se alarga por tres cuadras y, al final, en Álvarez de Toledo, descubro un pasaje entre esa calle y Curiñanca, padre de Lautaro, héroe de la resistencia indígena contra los conquistadores. Ese pudiera ser el pasaje que menciona el panadero en sus apuntes. Pero también hay otro pasaje en San Francisco, que muere una cuadra más allá, en Salesianos. En fin, en uno de esos pasajes debe haber estado entonces la panadería de Rufino.

No puedo equivocarme tanto. Esos pasajes quedan cerca de la municipalidad, y el mapa no muestra otros callejones cercanos. Salí de la fuente de soda y enfilé hacia Don Bosco. Si me va mal, iré a San Francisco, pensé. En una de esas arterias deben saber dónde estuvo la panadería que se incendió. También es probable que Rufino —o quien se hace llamar de ese modo en el cuaderno— y su mujer aún vivan por aquí. En ese caso, yo podría llegar hasta el hombre de quien vivió enamorada mi hija, perspectiva que me llena de emoción. Camino confiado, optimista, sobre un pavimento que despide un calor infernal que solo he experimentado antes en Arizona.

70

*D*octor:
Lo siento. No vuelvo más. Le agradezco infinitamente la confianza que depositó en mí al abrirme la puerta de su hogar para trabajar junto a usted. Le agradezco haberme recogido y ayudado en mi peor momento, y no haber renegado de mí. Le agradezco que no olvidase cuando éramos iguales y compartíamos los mismos sueños adolescentes en el taller de Demarchi y en la fuente de soda donde jugábamos al ajedrez, mientras discutíamos los textos que nos recomendaba el zapatero anarquista. Y le agradezco haberme tratado siempre de forma digna y respetuosa, sin recordarme cuál es su rango ni cuál mi condición en esta viña injusta y opresiva.

Me voy porque es hora de que yo sea de nuevo yo. Nací para ser libre, por eso me hice zapatero y abrí mi propia panadería, por eso surqué el mar en una nave ballenera y probé suerte amasando pan en cada alborada, hasta que ocurrió lo que ha estado ocurriendo y que no sabemos cómo terminará.

Yo debo ser yo, Doctor, como usted ya es usted. No puedo tener patrón ni obedecer órdenes. Siempre anhelé ser mi propio patrón, al igual que lo anhelaron mi abuelo y mi padre, que salió de Italia cuando ya nadie compraba sus mostos y probó suerte haciendo salchichón y jamón en el implacable clima de Capitán Pastene, en el sur de Chile, allá donde lo estafaron, como a todos los inmigrantes de la Toscana, pues les entregaron tierras que no eran las que les habían prometido en Europa.

Me marcho, Doctor, para ser yo, reabrir mi panadería y hacer mis propias cuentas, para sentir cada día el aroma a pan caliente, a levadura y a leña, aquella que crepita juguetona en el horno. Me marcho para volver a alegrarme cuando la mujer pobladora, el hombre trabajador o el niño que va a la escuela llegan cada mañana a buscar el pan que comerán en casa o en el camino a sus deberes, o por la noche, junto a la cazuela o los porotos con riendas. (Así habla usted, ¿o no?)

Y también me marcho porque me atormenta ver cómo su corazón se triza en mil pedazos, cómo usted se desgrana como un choclo entre varias mujeres y busca el amor de su vida, y elude, como un torero la cornada, los tangos de amor. Detrás de sus gruesas gafas percibo desde hace tiempo la tristeza de sus ojos y la impaciencia del marinero por regresar al puerto y estrechar en sus brazos a la mujer que ama de verdad.

Me marcho recordando lo feliz que lo hizo disfrazarse de Carlos Gardel, y contemplar las parejas de bailarines en La Piojera y el Cinzano. En esos sitios conocí la parte suya que rara vez aflora, porque tal vez la utopía que persigue le impide ser quien es: un hombre enamorado perdidamente de una mujer y la gente sencilla, que disfruta tanto el poder como la buena vida, un hombre convencido de que su misión consiste en mejorar la existencia de la humanidad y en conseguir el respaldo de todos para hacerlo.

Me marcho además por algo esencial que nos separa y nunca podremos salvar: usted cree que el mundo puede ser mejor y yo creo, en cambio, como dice el tango, que el mundo fue y será siempre una porquería en el quinientos seis y en el dos mil también.

Solo una cosa más, Doctor: guardaré siempre en mi memoria nuestras luminosas reuniones con Demarchi en Valpa-

raíso, nuestras interminables partidas de ajedrez, nuestras apasionadas discusiones sobre anarquismo, nuestro sobrecogedor recorrido por la noche porteña y nuestras melancólicas conversaciones en la cocina de Tomás Moro 200.

Me voy, mas no lo traiciono, Doctor. Me voy para hacer lo que en verdad sé hacer junto a Amanda. Me voy para tratar de ser feliz porque no me quedan muchos años más de vida. Me voy, pero quiero que sepa que si me necesita en algún momento, simplemente llámeme y yo estaré junto a usted.

Ojalá encuentre estas líneas que le dejo en el sobre del long play de Julio Sosa que, imagino, usted pronto volverá a escuchar.

Con otro abrazo espolvoreado de harina,

RUFINO,
Santiago, 1 de septiembre de 1973

71

Gravedigger
When you dig my grave
Could you make it shallow
So that I can feel the rain.

DAVE MATTHEWS,
Gravedigger

Recorrí con el corazón en la boca la calle Don Bosco a partir de Pedro Alarcón, y llegué hasta Álvarez de Toledo sin encontrar el pasaje que mencionó la mujer de la parada y sugiere el mapa. Solo tras consultar de nuevo, di con él. No tiene nombre propio, sino que, curiosamente, mantiene el de la calle. Me interné un trecho entre sus casitas de un piso. Moría treinta metros más allá en un galpón. Pregunté por la panadería a una mujer que regaba maceteros en la puerta de una casa.

—La más cercana está a una cuadra, en Gran Avenida —respondió—. En esta calle no hay panadería.

—Busco una que hubo aquí hace como veinte años —dije a través de las rejas. La mujer seguía regando.

—La que le digo la abrieron hace unos cinco años, en Gran Avenida.

Volví a la calle y regresé a Pedro de Alarcón. Concluí que

la mujer de la parada se había equivocado y que se refería a la calle San Francisco. Examiné de nuevo el plano a la sombra de un árbol y constaté que no aparecía pasaje alguno que diera a San Francisco. Supuse que tal vez la panadería estuvo ubicada en el comienzo de la calle, que nace a media cuadra, entre Pedro de Alarcón y María Auxiliadora.

Tuve más que antes la certeza de que ese fue el barrio de Rufino: estrechas casas de un piso con techo de zinc y construidas con bloques de los años cincuenta, jardines descuidados, calles polvorientas. Vi a dos mujeres que conversaban en un portal.

—¿Panadería aquí? Nunca ha habido una en esta calle, joven —afirmó una de ellas.

—La que yo busco se incendió en los años setenta —insistí.

Las mujeres me escrutan, adustas. Se criaron en el mundo de la desconfianza.

—Espere —dice la que respondió primero—. Tenemos una vecina que ha vivido toda su vida aquí. Tal vez ella sabe algo.

Me acompañan hasta la esquina de San Francisco con Curiñanca, donde está la sede de la Congregación Fieles de Cristo Pobre, modestísimo templo de madera, con campanario de tejuelas.

—Hermana Fidelia —gritan las mujeres desde la vereda de tierra.

Aparece por el portón del templo una señora corpulenta, de vestido floreado y pelo ensortijado. Suda en forma copiosa. Se acerca balanceando su humanidad. Le explican lo que busco.

—Esa panadería estaba en la calle Chiloé —afirma Fidelia mirándome enfurruñada mientras se unta el sudor de la frente con un pañuelo que luego estruja entre sus manos regordetas—. Pero la panadería ya no existe. Se incendió.

—¿Quién era el dueño?

—Qué sé yo. Se incendió en 1973. Yo era una niñita entonces. Tardaron mucho en llegar los bomberos. Debe ser la que usted anda buscando.

—¿Sabe cómo se llamaba?

—No. Vendían también refrescos, mantecados y sustancias. Está en un pasaje cercano.

—Esa debe ser —masculló, emocionado.

—Le faltan dos cuadras.

—¿Y cuál es el nombre del pasaje, hermana? —preguntó una de mis acompañantes.

—Chiloé. Es fácil de encontrar, hermanas. Pero no me falten al próximo sermón, que si el obispo Pancho las pone en la lista negra se van a ir derechito al infierno.

72

Las mujeres me acompañaron hasta la esquina de Chiloé con María Auxiliadora, frente a un sitio eriazo, donde acababan de derribar una hilera de casas viejas y preparaban el terreno para elevar edificios de departamentos. En unos pocos años el barrio será irreconocible. No habrá casas de la época de Rufino, solo malls, torres y tiendas comerciales. La memoria del barrio desaparecerá como ocurrió con la estatua del Che. Desaparecerán las casas y con ellas el recuerdo de las personas que vivieron aquí y será así como sobrevendrá el olvido.

Caminé por el sitio eriazo y me senté sobre unos escombros. ¿Qué debía decirles a Rufino y su mujer? ¿Preguntarles si él era realmente el autor del texto? ¿Vivirían aún en el pasaje? ¿Y tendrían algo que ver con el joven que fue el amor de Victoria? Las preguntas y el sol del mediodía me atormentaban. La boca se me secó. Yo estaba actuando como un imberbe turbado por premociones.

Acaricié el cuaderno con la portada de Lenin, aspiré su olor a papel húmedo y examiné una vez más la letra torcida, escrita con lápiz grafito por Rufino. Luego lo guardé en mi morral de mezclilla. Con este morral, mis jeans y la camisa abierta ya no parezco un exagente de la Compañía sino un ecologista, un alternativo, uno de esos liberales progres que pasan por el mundo convencidos de que les asiste la razón. Ya no soy el mismo que aterrizó en este país la primera vez, ni el que lo hizo con las cenizas de su hija. Ya no me aparto tampoco del cuaderno. Me pongo de pie y echo a caminar hacia el pasaje Chiloé con un revoloteo de polillas en el estómago.

Lo descubrí a mi derecha, a medio camino entre María Auxiliadora y Pedro de Alarcón, entre un bloque de casas con pequeños antejardines y un sitio eriazo enorme, donde pronto construirían más edificios. Ingresé al pasaje preguntándome cuál sería la casa de Rufino y dónde habrá estado su panadería. Al fondo divisé un árbol copioso y de tronco grueso, que remata el pasaje. Por un lado se extendía el árido y desolado terreno baldío, por el otro la hilera de casitas de colores. Toqué el timbre en la última de ellas.

Se asomó a la puerta una anciana de cabellera blanca y rostro enjuto. Se aproximó cojeando a la reja.

—¿Estará don Rufino? —pregunté.

—¿De parte de quién? —Su voz resonó trémula.

—De un amigo que viene de lejos —dije sin poder contener la emoción.

—¿Cómo es su nombre?

—David. David Kurtz. ¿Puedo hablar con él, señora?

—No, no se puede hablar con él.

—¿Por qué no?

—Porque se fue.

—¿Adónde, señora? —Sus palabras me desalentaron.

—Al cielo —respondió ella, aferrada a la reja.

No atiné a decir nada. Pensé que con la muerte de Rufino mis esfuerzos se volvían infructuosos. Si había muerto, todo estaba perdido. Nada podría ser recobrado. Él era el único que podría revelarme la relación que tienen las páginas con el hombre que busco.

Extraje el cuaderno del morral y se lo mostré a la mujer a través de la reja.

—¿Conoce esto, señora? —pregunté.

Ella le echó una mirada y guardó silencio. Intuí que el documento que yo barajaba ante sus ojos, carecía de significado para ella.

—Si es así, pase adentro —dijo de pronto la mujer—. Me llamo Amanda. Mejor hablamos en la sala.

Me estremecí al escuchar su nombre y comprobar que estaba ante Amanda, la mujer de Rufino. Adentro el aire estaba fresco y sonaba un tango. Recordé las sesiones nocturnas de Rufino y el Doctor en la cocina de la residencia, cuando escuchaban a Sosa, Gardel y De Angelis, y bebían whisky. En esta casa, una sola sala apretujaba el living y el comedor, y una ventana dejaba entrar la claridad del día. Amanda me indicó que tomara asiento y esperara.

Quedé solo, con el cuaderno en la mano y el morral sobre las rodillas. Había dos sillones de tela floreada y sobre una mesa redonda, rodeada por cuatro sillas, descansaba una bandeja con uvas blancas. En una pared divisé la foto de una pareja. Me acerqué a verla. La mujer era Amanda, su acompañante seguro Rufino. Le calculé unos cincuenta años. Tenía el rostro ancho, bigote negro y anteojos metálicos de marco redondo. Se peinaba hacia atrás, y en efecto guardaba un parecido sorprendente con el Doctor de las fotos que conozco.

Más allá, colgaba un sombrero de fieltro negro y cinta dorada. Sentí escalofrío. Era el sombrero de Rufino al estilo Gardel que empleó el Doctor cuando viajaron a Valparaíso. Otro tango comenzó. Tal vez cantaría ahora Julio Sosa, el Varón del Tango, supuse emocionado.

—Toda la vida le apasionaron a mi marido los tangos —comentó Amanda al regresar con una mantilla sobre los hombros y tomar asiento en el otro sillón—. Y de tanto escucharlos, terminaron gustándome. Hoy no puedo vivir sin ellos.

—A mí también me gustan —comenté—. O comienzan a gustarme, mejor dicho.

—Raro, porque a los gringos no les agrada el tango. Hay que ser de esta parte del mundo para sentirlos, entenderlos y llevarles el ritmo.

Su mano tembló al recibir el cuaderno. Lo hojeó lentamente, página a página, concentrada, devolviendo las páginas a veces, como si buscase algo, una frase precisa, una escena nueva, un diálogo esclarecedor. Una sonrisa tenue se dibujó al rato en sus labios. La voz de Sosa o Ledesma o Goyeneche, vaya uno a saber, inundó la sala.

—¿Dónde estaba la panadería? —pregunté sin poder contener la curiosidad.

Me pidió que me acercara a la ventana. Descorrió las cortinas e indicó hacia un galpón de tablas y techo de lata, clausurado con candado.

—Allí estuvo Las Delicias —comentó con un suspiro—. Rufino sufrió mucho cuando tuvo que cerrarla.

—¿No se fue a trabajar entonces con el presidente de la República?

—Y a mucha honra. Pero una noche nos quemaron la panadería. Alguien lo acusó de que ya no hacía pan porque prefería revender la harina en el mercado negro. Una calumnia que pagarán solo con el infierno. Fue entonces que se la quemaron. Una barbaridad. Rufino cerró porque no recibía suministros de harina. Y cuando, pese a todo, estaba reconstruyendo la panadería para volver a lo que amaba, se la quemaron. Después murió.

Amanda se apartó de la ventana, llorando.

—¿Murió de tristeza? —pregunté con un tartamudeo.

73

La Moneda en la mirilla
Martes, 11 de septiembre de 1973, 12.20 h

Por encima de los relojes, a través de los vidrios curvos de tu cockpit, reconoces en el horizonte la silueta de los edificios céntricos de la capital. Sabes que entre ellos se ubican tus blancos y sientes que esa presencia de Santiago bajo las nubes te recuerda tu infancia, la época en que hacías con tu primo avioncitos de papel y los lanzabas al aire para que planeasen un rato y aterrizasen sobre una mesa de ping-pong, en la cual la red representaba el último freno que encuentran las naves en los portaaviones.

Comprendes que ya no eres ese niño y que ahora, por primera vez, el juego que iniciaste en torno a esa mesa verde se va tornando con cada milla que avanzas una pesadilla de la cual nunca podrás escapar. Piensas en la misión que tienes por delante y recuerdas lo que leíste en la revista *Life* sobre el piloto que dejó caer la bomba atómica sobre Nagasaki. Sabes que él, para seguir viviendo y no suicidarse por lo que ocasionó, se parapeta bajo el manto del deber cumplido y la obediencia debida. Sabes también que ninguna excusa esgrimida por ese piloto cambiará el carácter de lo que realmente hizo: aniquilar millares de vidas, destruir ciudades, diseminar la muerte, la enfermedad y el dolor entre generaciones enteras.

No eres, por fortuna, uno de esos pilotos, te dices para consolarte mientras examinas la impecable formación de la bandada que tiene el sol a un costado. Es un sol que ahora alumbra generoso la franja de tierra que juraste defender con tu vida. Por fortuna, no eres el piloto estadounidense. Pero estás cumpliendo una misión que nunca imaginaste. Porque hasta ahora creciste convencido de que un día tendrías que defender tal vez a tu patria combatiendo contra aviones, buques y tanques del enemigo. Eso es lo que creías mientras participabas en los ejercicios militares, sentado en tu cockpit, maniobrando febril en tu mono verde, ascendiendo como un cohete, cayendo como un pájaro muerto en picada, girando como un carrusel, perdiendo la conciencia por algunos segundos. Eso es lo que pensaste; sin embargo nunca, ni en las peores pesadillas, pasó por tu cabeza algo como lo que te está aguardando en un recodo de tu destino.

Sí, desde la infancia, desde que jugabas con los avioncitos de papel en torno a la mesa de ping-pong, imaginaste muchas batallas y guerras, comandante. Muchas. Demasiadas quizá. Pero nunca pensaste que un día tu blanco sería la bandera chilena que flameaba frente al palacio presidencial de tu patria.

74

¡Qué ganas de llorar en esta tarde gris!
En su repiquetear la lluvia habla de ti...
Remordimiento de saber
que por mi culpa, nunca,
vida, nunca te veré.

José María Contursi,
Mariano Mores, *En esta tarde gris*

—¿Rufino, ¿qué haces aquí? —exclamó el Doctor, que vestía esa mañana un suéter de rombos y cuello alto bajo la chaqueta de tweed. Del casco le colgaba suelta la correa de ajuste y del hombro derecho se asomaba el fusil ametralladora que le regaló Fidel Castro. Iba por el pasillo del segundo piso de La Moneda, flanqueado por tres escoltas y dos amigos médicos.

—¿No le dije que podía contar conmigo, Doctor? —repuso Rufino entre jadeos, envuelto en su desabotonado delantal de panadero.

El Doctor lo abrazó junto a la puerta del Salón Independencia. De afuera llegaban ráfagas de metralla, el rumor de tanques rodando por las calles, el tronar de explosiones y el rugido de las turbinas de los Hawker Hunters que sobrevolaban el palacio a baja altura.

—¿Y cómo entraste? —preguntó el Doctor posando una mano sobre el hombro de Rufino.

—Por la puerta de Morandé.

—¿Aún se puede entrar?

—Nadie me lo impidió. Subí de dos en dos las escaleras. Lo que está complicado es salir, Doctor.

—No me digas más Doctor, Rufino. Llámame por mi nombre, como cuando íbamos al taller del maestro Demarchi.

—¿Como cuando le ganaba al ajedrez, Doctor? —Rufino sonrió detrás de su gran bigote negro y sus anteojos de marcos metálicos redondos.

El Doctor se afincó las gafas de baquelita, sonriendo brevemente también, más como un saludo que como una sonrisa, y avanzó por el pasillo que corre paralelo a la calle Moneda, seguido de Rufino y la escolta. Un balazo entró silbando por una ventana, atravesó una puerta e hizo añicos con un estruendo el ventanal que mira al jardín interior.

—Solo me ganaste la última partida, y eso porque jugaste con las blancas y abriste con la apertura endemoniada de Spassky —gritó el Doctor bajo la escandalosa lluvia de cristales.

—No, Doctor, abrí con la jugada de Capablanca.

—Da lo mismo. No estaba en mi mejor día —dijo mientras una ráfaga descojonaba el marco de una puerta—. Dime, ¿es verdad que entraste sin problemas?

—No es un paseo llegar hasta aquí, Doctor. Pero de que se puede cruzar el cerco militar, se puede.

El Doctor entró a una sala amplia, desde cuyos balcones abiertos podía observar, a través de los barrotes, la plaza de la Constitución. Vieron dos tanques, varios camiones militares y una decena de soldados apuntando a La Moneda. De pronto se produjo un silencio profundo e inexplicable, una tregua, que envolvió al palacio y sus alrededores. Un intenso olor a pólvora y a barro seco inundó el ambiente. Desde un balcón, tendido en el suelo, un escolta de apellido Aguirre recargaba su ametralladora montada sobre un trípode.

—Tuve que dejar la camioneta en la Alameda, eso sí —añadió Rufino.

—¿Con tu cuaderno de apuntes maricas? —preguntó el Doctor, sonriendo de lado.

—No, Doctor. Ese se lo entregué a mi mujer antes de salir.

—Por lo menos esas páginas van a durar más que nosotros y la camioneta. Espero que no hayas escrito demasiados embustes. ¿Has tomado conciencia de eso? —El Doctor lo miró serio.

—Lo tengo claro. Soy panadero y sé cuándo el horno no está para bollos.

—Payita —gritó el Doctor. Ella se parapetaba en un rincón de la sala, detrás de una pequeña planta telefónica—. Llama a Miguel y dile que esta es la hora del MIR.

La mujer comenzó a marcar de inmediato.

—¿Crees que vendrá más gente a apoyarnos? —preguntó el Doctor a Rufino.

—Vi a francotiradores en algunos edificios, y a mucha gente, pero huyendo. El resto son soldados.

—No contesta nadie —respondió la Payita en medio de la sorpresiva ráfaga que roció Aguirre contra un tanque que se acercaba.

—¿Y qué pasa con Carlos? —rugió el Doctor, encogiendo la cabeza entre los hombros en el instante en que un proyectil de gran calibre impactaba en el frontis norte del palacio, arrancando polvo y derribando cuadros de las paredes.

—Nadie responde allí tampoco —dijo la Payita.

—Llama a Óscar.

—Lo mismo, presidente.

—Llama entonces a don Lucho.

—Tampoco responde, presidente. Quedamos aislados.

—¡Pal'coño de su madre! —exclamó el Doctor—. Deben estar reorganizándose para atacar por la retaguardia a estos traidores. No hay que perder la fe en los muchachos, Rufino. Pero dime, ¿tú cómo mierda vas a defenderte sin hierros? ¿No te pasaron nada?

—Nada, Doctor.

—Aquí ya no sirven los rodillos, Rufino. Razón tenía Miguel Enríquez, carajo. A ver —gritó el Doctor a un escolta—, convídale un hierro frío a mi amigo, que además de zapatero, panadero y cocinero cojonudo, es literato. A propósito de literatos, ¿hay algún escritor a estas alturas en el palacio, o solo doctores y un panadero?

—¿Entonces leyó mi carta, Doctor? —A Rufino se le humedecieron los ojos de emoción.

—La encontré en el disco de Sosa, cuando fui a escuchar de nuevo *Cambalache*.

—Y aquí estoy, Doctor. Tal como lo prometí en la carta.

Un estruendo azotó el palacio arrancando ventanas y puertas de cuajo. Los muros bailaron de arriba abajo y una lengua de fuego empezó a lamer la techumbre. Humo, polvo y llamas enrarecieron la sala. La metralla arreció. Un escolta identificó el ataque como un rocket arrojado por los Hawker Hunters.

—Ese Julio Sosa es un filósofo —gritó el Doctor tras ordenar a su gente replegarse al sótano. Corrieron todos hacia las escaleras de piedra—: Debimos haberlo tocado en las manifestaciones, Rufino.

—El filósofo fue Discépolo —dijo Rufino, bajando los peldaños junto al Doctor.

Pasaron frente a la puerta de Morandé 80, asegurada con una gruesa tranca metálica, cruzaron un patio con escombros y siguieron a toda carrera hacia el subterráneo.

—¿Dónde mierda están los hierros para Rufino? —gritó el Doctor impaciente, y luego ordenó a la cincuentena de hombres y mujeres que defendían el palacio que se refugiaran en una sala abovedada y sin ventanas. Adentro el aire, húmedo, se espesó de golpe.

Alguien puso otra metralleta en manos del Doctor.

—Toma, Rufino —dijo el Doctor al entregársela con un movimiento brusco—. Te advierto que esa culata desencaja hombros, pésimo para un panadero.

—Y pensar que ni usted ni yo hablamos nunca de la lucha armada —comentó Rufino mientras por el intersticio inferior de la puerta cerrada reptaba un humo negro—. Y mire en lo que andamos —agregó alzando el arma en el instante en que quedaban a oscuras en el refugio—. Mientras los otros...

—No juzgues a nuestros compañeros, Rufino —advirtió sosegada la voz del Doctor—. No me cabe duda de que en estos momentos ya deben estar combatiendo.

—Si nos viera Demarchi ahora, Doctor, estaría orgulloso.

El aire se tornó ácido, asfixiante, y les arrancó náuseas. La garganta se les cerraba como si alguien les estuviese oprimiendo el cuello en la oscuridad. Fue entonces que el Doctor dio una contraorden:

—A volver al segundo piso. Pediré una tregua para que salgan todas las mujeres y quienes deseen irse. Yo me quedo en el palacio. ¡Un presidente chileno jamás se rinde, mierda!

75

—Nunca más supimos de Rufino —dijo Amanda—. Ese día abandonó el horno que estaba reconstruyendo y se fue en la Ford al centro. No me confesó que iba a La Moneda. Nos enteramos de eso más tarde, por las fotos de la prensa. Rufino aparecía entre los prisioneros tirados de bruces frente al palacio, por la puerta de Morandé. Estaba herido. Se dice que se lo llevaron a un centro de torturas. Nunca más supimos de él ni de su camioneta.

La tierra empezó a estremecerse mientras por la ventana del living-comedor nos alcanzaba una ola de rumor sordo. Me acordé de los tanques frente a La Moneda en el último día de vida del Doctor y Rufino. Nos asomamos a la ventana. Una bulldozer comenzaba a excavar en el sitio de enfrente. Pronto echarían los fundamentos de otro edificio y el barrio cambiaría de rostro y nadie recordaría ya a quienes sufrieron y soñaron en esas cuadras.

—No supimos nada de él hasta hace medio año, cuando

llegó un funcionario del gobierno democrático a decirnos que dieron con él.

—¿Lo encontraron, entonces?

—Solo un huesito. En una tumba clandestina en el desierto de Atacama —afirmó la anciana, llorando—. Por un examen de ADN, hecho en Estados Unidos, nos enteramos de que era Rufino. Fue todo lo que encontramos de él. Un huesito. Al menos nos sirvió para darle cristiana sepultura en el cementerio de Valparaíso. Seguro que Rufino está junto a nuestro Señor, porque fue un hombre bueno, justo y valiente como pocos.

—Y ahora ha recobrado también su cuaderno —dije yo, tratando de consolarla, pensando en que yo contribuí a eso, en que creí que el Doctor era un hijo de puta, como decía Nixon, en que llevé a la práctica la orden de Kissinger de destruir esa economía para joder la estadía del Doctor en La Moneda. Y ahora aparecía ante mis ojos la primera de quizá cuántas víctimas que de una u otra forma yo contribuí a liquidar.

Tras untarse las lágrimas con un pañuelo, Amanda siguió hojeando el cuaderno. Pensé en mi afiebrada vida de esos años, en lo distante que me resultaba ahora la verde llanura de Minnesota, en los días en que postergaba a mi mujer y a mi hija porque me dedicaba a la tarea de impedir el avance del comunismo en el continente americano. Pensé también en que era mejor que Amanda no leyera el cuaderno. Había allí afirmaciones de Rufino que ella no debía conocer.

—No va a entender la letra —alegué.

Cerró el cuaderno dócilmente, como intuyendo que exploraba profundidades riesgosas, y me lo devolvió con suavidad. Luego se enjugó las lágrimas de nuevo. Afuera la excavadora continuaba su labor y temí que atravesara el pasaje y derribara la casa y lo que quedaba de la panadería Las Delicias.

—Al menos de Rufino tenemos su tumba y su diario —masculló Amanda al rato con amargura—. Porque de Héctor no me queda nada.

—¿Héctor? —Un escalofrío me resbaló por la espalda.

—Mi hijo. Héctor, que fue escultor y pintor, y vivía en Valparaíso. ¿Ve ese busto de Neruda sobre la repisa? Lo hizo él en madera de ciruelillo.

Contemplé atónito la representación del poeta. Allí estaban su nariz y orejas grandes, sus pómulos abultados, sus ojos de reptil triste y su gorra griega, ligeramente inclinada sobre la frente. Me acerqué a palpar esa figura, no por tocar el rostro del Nobel, sino por tocar con mis yemas la obra ejecutada por las manos que, decenios atrás, acariciaron a mi hija.

—¿Qué pasó con Héctor? —pregunté cogiendo de la pared el sombrero a lo Gardel, cuya cinta mostraba manchas de sudor. La excavadora se alejó con su bramido permitiendo así que emergiera ahora prístina la voz de un cantante que podía ser Julio Sosa.

76

Lo detuvieron en los días del golpe en el cerro Esperanza, de Valparaíso, donde vivía en una pensión. Lo acusaron de ser guerrillero por las herramientas y las tinturas que tenía en su poder, y lo hicieron desaparecer. Nunca más supimos de él. No quedó nada, ni un huesito siquiera como en el caso de su padre. Nada.

Permanecimos en silencio. Desde el sitio eriazo el bulldozer se acercaba ahora de nuevo haciendo temblar la cuadra como si fuese un gigantesco animal antediluviano. Julio Sosa comenzó a apagarse en el bullicio.

—¿Sabe usted cómo llegó a mis manos el cuaderno? —pregunté.

—Eso quería saber —dijo ella—. Porque yo se lo entregué poco después del golpe a una muchacha que llegó aquí en un auto que conducía alguien que nunca vi y que la esperaba con el motor en marcha.

—¿Cómo era ella?

—De pelo claro, liso y largo, que le caía más abajo de los hombros. Tenía los ojos verdes. Era linda como la primavera.

—¿De dónde era?

—Por su forma de hablar, supongo que era gringa.

—¿Era esta mujer? —pregunté yo, extrayendo de mi chaqueta la foto en que aparece Victoria con sus amigos.

Amanda examinó la foto y luego extrajo de su delantal unos anteojos reparados con alambrito y elástico.

—Ahora la veo bien. Es ella junto a mi querubín, mi hijo querido —exclamó emocionada—. A ella se lo di. Me dijo que se llamaba Tania y que era novia de mi hijo. ¿Dónde está ella ahora? ¿Por qué no volvió nunca más a preguntar por él?

—¿Usted entonces la conoció? —pregunté ya con un hilo de voz. Aún tenía el sombrero de Rufino en la mano.

—Héctor la nombró un par de veces. Aunque él era reservado, me contó que su novia era canadiense, pero solo la vi cuando vino a casa. Fue el catorce de septiembre, tres días después del bombardeo a La Moneda. Llegó poco antes del toque de queda —dijo ella mientras yo trataba de reconstruir ese día. ¿Dónde me encontraba yo en esos instantes? ¿En mi estudio o con los militares?—. Me contó que no sabía dónde estaba Héctor, pero que yo debía entregarle a ella una caja que él guardaba en un baúl. Venga, por favor...

Pasamos junto a una cocina y un baño que despedía olor a humedad, y entramos a un cuarto con piso de tablas, en donde había una cama, un velador, un escritorio y un antiguo baúl de madera, que crujió cuando la anciana lo abrió.

—Era su caja fuerte —afirmó Amanda—. Le perteneció a su abuelo, al Nono Cataldo. Lo trajo su familia de Italia. Héctor lo mantenía siempre con candado. La llave, según me explicó Tania ese día, estaba en un libro. Ella abrió el baúl, extrajo una caja y se marchó. Nunca más volví a verla.

—¿Y el cuaderno de Rufino?

—Me lo dio él antes de irse a La Moneda. Lo sacó de la caja de herramientas de la camioneta. Me dijo que nunca debía caer en las manos del enemigo.

—¿Y entonces?

—Cuando Tania cerraba la puerta de la reja para subir al vehículo que la estaba aguardando, la llamé con el cuaderno en las manos y le dije: «Lléveselo también. Es el diario de vida de mi esposo. Entrégueselo a Héctor, por favor, y dígale que no se lo muestre a nadie».

Amanda me abrazó sollozando. Yo también lloré al imaginar que mi Victoria había estado allí, junto a la reja, hace muchos años. Al imaginarla de pie, sola y horrorizada, mientras yo coordinaba asuntos inconfesables, fue como si ella volviese a existir.

—Nunca más vi a esa muchacha. Era su hija, ¿verdad? —preguntó Amanda.

—Es mi hija. Tampoco puedo hablar ya con ella.

—Se parecía a usted —dijo Amanda acariciándome la mano con sus manos de venas gruesas—. Los mismos ojos verdes y la misma mirada. ¿Desde cuándo ella no está ya con nosotros?

Se lo expliqué mientras apartaba una lágrima con un índice.

—No llore, señor —me suplicó Amanda, recuperado ya cierto sosiego—. Al menos usted pudo enterrarla y llevarle flores a la tumba. De Héctor no sabemos nada desde el día en que salió a Valparaíso de esta casa, el siete de septiembre de 1973.

—¿Su segundo nombre era Aníbal? —pregunté.

—No, Doménico. Nadie le decía Aníbal —afirmó Amanda—. Pero una tarde cuando yo estaba desesperada, examiné el baúl y encontré un carnet de identidad con el nombre de un tal Aníbal. Llevaba la foto de mi hijo. Ahí me di cuenta de que era el nombre que utilizaba para actividades clandestinas. Una madre no es tonta y se da cuenta de lo que hace su hijo aunque él no se lo explique.

Entendí todo de golpe. Entendí por qué Héctor se llamaba así para unos y Aníbal para otros, y entendí por qué mi hija se llamaba para casi todos Victoria, pero para unos cuantos Tania. Era la misma lógica, el mismo secreto, el mismo compromiso. Me sobrecogió descubrir una dimensión insospechada de mi hija. Me pregunté si Victoria me amó, si murió queriéndome y si comprendió la razón de mi trabajo, y si su negativa a revelarme lo que realmente hizo en los años de Santiago la inoculó de odio hacia su padre. Temblé de miedo e impotencia, atormentado por la posibilidad de que mi hija haya muerto despreciándome.

—¿Qué hizo con el carnet?

—Cuando intuí que Héctor ya no volvería, lo quemé para que no lo culpasen de nada más. No sé si hice bien.

Una conclusión horrenda cruzó por mi cabeza: yo contribuí a matar al novio de mi hija. Yo, junto con ayudar a destruir la economía de este país, destruí también al amor de Victoria y con ello hice imposible su felicidad.

—Lo siento —masculló.

—Mientras no aparezca su cuerpo, Héctor sigue vivo para mí. Lo espero todos los días y especialmente en mis cumpleaños, porque siempre venía con un regalo: un ramo de rosas, un *long play* de tangos o un chaleco de lana. Decía que aunque desapareciese por mucho tiempo, pues la vida de los artistas es impredecible, siempre vendría a saludarme para mi cumpleaños. Aún espero escuchar sus golpes juguetones a la puerta. Aún no está probado que haya muerto.

Cerré los ojos, agobiado por la excavadora que mugía amenazando con salir de su terreno como un toro del ruedo para aplastarnos.

—¿Puedo pedirle un favor? —preguntó la anciana al rato, cuando me ofrecía un vaso de agua fresca.

—Desde luego —repuse sin levantar la vista. El agua me supo a la de las vertientes de Minnesota.

—Usted, que es un hombre de influencia y cultura, un extranjero de un país rico, ¿no podrá interceder ante las autoridades para que encuentren a mi hijo?

77

El coronel (r) Edmundo Palacios me recibió a las diez de la mañana en su concesionaria de automóviles. Era el mismo que conocí en 1971, en un asado en Limache con otros oficiales del Ejército chileno, agobiados porque un socialista gobernaba en La Moneda. Era el mismo, pero un cuarto de siglo más viejo, lo que se le notaba en las mejillas abultadas, la cabellera rala y una barriga prominente.

Me abrazó con afecto, me ofreció una silla y volvió a sentarse detrás del escritorio de una oficina en que colgaban fotografías de vehículos y certificados profesionales. A mi derecha, un ventanal le permite al coronel monitorear la atención en la sala de ventas.

—Estás igualito —afirmó Palacios tras ofrecerme un café.

—Y a ti te hubiese reconocido en cualquier aeropuerto —mentí—. Prefiero un té.

—No inventes. Con esta vida sedentaria, de cócteles y asados, no hay cuerpo que resista. ¡Pero qué vida tan disciplinada la tuya para mantenerte joven, David! ¿Qué te trae por aquí?

—Ando buscando a un detenido desaparecido.

Extrajo lívido un cigarrillo de una cajetilla, lo encendió con parsimonia usando los fósforos y luego aspiró profundo el humo.

—Estás bromeando, ¿no? —preguntó con una mueca que pretendió ser una sonrisa.

—No. Ando buscando a un detenido desaparecido.

—¿Por encargo de quién?

—Por encargo propio. Ando en visita privada.

Imaginé lo que el coronel pensaba. Cuando lo conocí, era capitán, si no me falla la memoria. Lo atormentaban la crisis económica bajo Allende, la polarización política extrema y la probabilidad de que los países vecinos, aprovechando la división nacional, invadieran y se repartiesen Chile. Hicimos buenas migas desde un comienzo. Tras el golpe militar, en noviembre de 1973, Palacios había sido integrado a la Dina, la agencia que se encargó de reprimir a la izquierda en Chile y el extranjero.

—Estoy harto del pasado —me dijo Palacios y calló mientras una joven de minifalda ajustada y largas piernas me servía el té. Luego agregó—: ¿Qué te pasa? ¿Cómo que un estadounidense con tu currículo anda buscando a ese tipo de gente?

—También a mí me tiene harto ese pasado —dije revolviendo la taza, aunque no le había echado azúcar ni pretendía hacerlo—. Y eso que lo tenía bien enterrado.

—¿Entonces? —La ansiedad marcó unas arrugas profundas en la frente del exoficial.

—Hay todavía mucho muerto que no ha alcanzado la paz.

—No me digas que vas a comenzar como el carajo de Sting, que canta sobre almas en pena y pone a bailar sobre el escenario a mujeres solas, como si fuesen viudas. Lo único que persigue es vender más discos para abultar su billetera.

—Ustedes en efecto dejaron viudas.

—¿Nosotros? —El coronel se llevó una mano al pecho—. Nosotros lo hicimos también por ustedes, por salvar a esta parte del continente de la infiltración cubana, que tanto pánico les causaba. Solo de escuchar los nombres de Castro y Guevara les daba diarrea.

—Te recuerdo que ustedes tomaron la iniciativa. Ustedes trataron a los prisioneros como los trataron, no nosotros.

Palacios se puso de pie acalorado y se despojó de la chaqueta. Llevaba unos tirantes burdeos que armonizaban con el color de la corbata.

—Francamente nunca pensé que un día iba a escuchar esto de ti, David —comentó paseándose por la oficina con las manos agarradas a los tirantes—. Ustedes nunca nos pidieron suavizar el trato. Es cierto que en algunos casos exageramos, pero ustedes lo sabían y nunca dijeron nada. Por el contrario, solo buscaban información sobre armamento soviético y vínculos de extremistas con estadounidenses. Que venga alguien que participó en todo eso y pretenda lavarse ahora las manos como Pilatos es el colmo.

Enfurecido como estaba no me sería de ninguna utilidad. En lugar de convencerlo, lo estaba antagonizando.

—Lo hecho, hecho está, coronel —dije tras sorber de mi taza—. No pretendo culpar a nadie de cuanto pasó. Pero eso no quita que sigan vagando almas en pena y que los familiares sigan preguntando por ellas.

—Después de la guerra todos son generales —repuso el coronel y se dejó caer en su asiento con un aire de decepcionado—. Yo tuve que retirarme de la institución por los excesos cometidos por otros. Me la jugué por mi país y recibí el pago de Chile. —Abrió los brazos—. Si no me hubiese conseguido este boliche, estaría pasando penurias con la jubilación que nos entregan. Y ahora, con los gobiernos de la Concertación, ya sabes lo que se nos viene encima...

—Estoy hablando de otra cosa, coronel.

—Si avanzan por ese camino, a ustedes también les caerá la mierda encima. Nos van a tapar con procesos, se acabará la ley de amnistía, reabrirán todos los casos por violación de derechos humanos y haremos cola frente a los tribunales mientras las cámaras de televisión se darán el festín de su vida.

—Lo que a mí me interesa es otra cosa.

—Pero no sueñen con que ustedes saldrán libres de polvo y paja —advirtió Palacios, enfurecido—. A ustedes también los perseguirán. Estos activistas de los derechos humanos son incansables y tienen redes internacionales. Aplauden a Castro, pero les tocan un dedo y ponen el grito en el cielo. Los mueve el odio, el rencor y el resentimiento, y ocultan que aquí hubo una guerra civil. Si no hubiesen sido ellos, habríamos sido nosotros.

—No vine a juzgarlo, coronel —aclaré. Sus ojos refulgían irritados y temerosos a la vez—. Vine a pedirle ayuda, no a juzgarlo. Se trata de mi hija, que murió.

La sola mención de la muerte de Victoria lo hizo bajar la guardia y mirarme de otra manera.

—¿De qué se trata, David?

78

El coronel me esperaba en el segundo descanso del edificio de estacionamientos cercano a la Biblioteca Nacional. Santiago languidecía esa tarde bajo el sol veraniego.

—Nunca encontrarás al tipo que buscas —me anunció de sopetón. Iba en mangas de camisa y llevaba anteojos de sol y una gorra de beisbolero. Era difícil reconocerlo.

—¿Por qué? —pregunté, desalentado. La escalera del estacionamiento estaba vacía.

—Cayó en su ley. Pasaba por artista, pero tenía infiltrada la flota.

—¿Te refieres a Héctor Cataldo Salinas?

—Exactamente.

—Pero si era pintor y escultor. Yo mismo vi sus obras —reclamé—. Era un artista. Vivía de la venta de sus obras.

—Esa era su fachada, pero en verdad era un conspirador profesional. En la clandestinidad obedecía al nombre de Aníbal. Lo identificamos por un tipo al que dimos vuelta y colaboró con nosotros por mucho tiempo.

—¿Cómo se llamaba? —pregunté tenso.

—¿Quién?

—El informante.

El coronel alzó la cabeza y sospecho que me escrutó detenidamente a través de sus gafas oscuras. Sonrió sin despegar los dientes.

—Vamos, David, sabes mejor que nadie que no puedo decírtelo.

—En fin. Ese Héctor era un artista joven, hijo de un panadero.

—Veo que estás bien informado. Pero en realidad fue uno de los infiltrados a cargo de organizar la insubordinación de la marinería en caso de pronunciamiento militar. Su grupo se asiló en varias embajadas europeas y se exilió después en Alemania oriental.

—¿Fueron a Leipzig?

—A Leipzig —repitió, sonriendo—. Uno llegó incluso a la Universidad Karl Marx, donde a fines de los setenta sentaron las premisas teóricas para derrocar al gobierno militar por las armas.

Sentí una opresión brutal en el corazón, como si alguien posase su bota con encono sobre mi pecho. Ahora creía entender más. Recordé mi cita en el Völkerschlachtdenkmal de Leipzig, el interrogatorio en el sótano de la estación de trenes, la pérdida del contacto con el grupo con el cual se relacionaba Héctor desde su muerte, del mismo modo como Victoria se relacionaba desde su muerte con Héctor y Aníbal. Comprendí que fui yo quien activó las alarmas en el Círculo de Leipzig al mencionar el nombre de Aníbal junto al de Héctor. Solo la persona que sabía que ambos nombres eran la misma persona podía ser el culpable de la detención y posterior desaparición del joven. Habían sospechado de inmediato de mí o tal vez de mi hija. Una cosa era clara: la organización aún buscaba al delator que, algo que ellos ignoraban, se hallaba en sus propias filas.

Pensé en todo eso y en la soledad de Amanda, en el relato escrito por Rufino y en su sacrificio por una causa opuesta a la mía. Pensé una vez más que yo, por acción y omisión, contribuí al asesinato del joven al que mi hija amó como nadie en el mundo.

—¿Qué le hicieron a Héctor? —pregunté con la garganta oprimida.

—Lo llevaron al Palacio de la Risa —repuso el coronel con frialdad—. No lo llevaron como Héctor sino como Aníbal.

Sé lo que era el Palacio de la Risa. Era el fuerte Papudo del cerro Playa Ancha, en Valparaíso, sitio donde torturaron a decenas de prisioneros en 1973. Su apodo venía de los bramidos de dolor que por las noches despertaban al vecindario.

—¿Y después? —Vi el bello rostro de Héctor sonriéndole a Victoria, y luego su mirada de espanto e impotencia al caer detenido.

—A una base aeronaval.

—¿Y después?

Se despojó de los anteojos y dejó al descubierto una mirada gélida que me advertía que yo me estaba internando por un territorio que no me concernía. Recordé el interrogatorio al que fui sometido en Leipzig y las celdas de tortura que el coronel administró en el pasado en varios centros de detención.

—Después se lo llevaron en helicóptero —continuó sin dejar de mirarme a los ojos.

—¿Adónde?

—¿Es que no entiendes o ya lo olvidaste todo, gringo de mierda? —Volvió a calzarse los lentes.

—¿Adónde lo llevaron y por qué? —Mi voz resonó desesperada entre las paredes del edificio.

—Cálmate, porque aunque grites, no lo vas a encontrar.

—¿Adónde lo llevaron? —Necesitaba averiguarlo para recuperar al menos una parte de su cuerpo, un hueso, un trozo de su cuero cabelludo o un retazo de su ropa para que Amanda y mi hija y el mismo Héctor alcanzasen la paz—. ¿Adónde lo llevaron? —insistí mientras lo cogía por el cuello y lo arrinconaba contra la pared.

Convulsionado, Palacios trató de calmarme poniendo sus grandes manos sobre las mías.

—Salió mar adentro con otros —explicó.

—Mar adentro. ¿Y después? —Lo solté y me sacudí las manos con desprecio.

El exmilitar se arregló sus ropas y me miró a través de la barra oscura de sus cristales. Tragó saliva y dijo:

—Todos viajaron mar afuera, David. Cada uno atado a un trozo de riel.

—¿**D**avid?
  —Con él.

Respondí el teléfono casi sin darme cuenta. Había estado soñando que vivía con Casandra en una casa frente a las olas del Pacífico, lo que en sí era imposible pues ella, en realidad, no respondía a mis llamados desde la despedida en el aeropuerto de Santiago. Abrí los ojos. La ciudad reposaba en silencio y parecía intacta. Eran las cinco de la mañana y un resplandor púrpura levitaba sobre Los Andes.

—Te habla Jeff.

Era mi buen amigo acreditado en Bruselas. Recordé nuestro encuentro en el lobby del hotel Amigo, el paseo por la Grande Place nevada y la ulterior conversación en el restaurante entre imágenes postimpresionistas. Sin su ayuda desinteresada no habría llegado tan lejos en mi investigación.

—¿Alguna novedad? —pregunté.

—Solo una y muy breve —repuso Jeff.

—¿Sobre el asunto que tengo entre manos?

—Exactamente.

—Dime.

—Supimos que fuiste a reclamar ante unos exsocios nuestros en Santiago.

Tardé en entender a quién se refería.

—¿Tan rápido te llegó la noticia?

—Hubo quejas por tu estilo.

—Se lo merecen, Jeff. Lo que hicieron no tiene nombre.

—No debiste hacerlo, David.

Me senté en la cama, desconcertado por el tono de Jeff.

—Tenía que decírselo —agregué—. Son culpables de muchos crímenes.

—Deja mejor que el alquitrán cubra los desniveles de la carretera.

—¿A qué te refieres?

—A que no sigas escarbando.

—Es mi vida. Se trata de mi hija, Jeff. Fue su felicidad la que aniquilaron.

—No es tu vida. Deja ya ese asunto —reiteró, sosegado.

—Dime: ¿informaste acaso a la Compañía de lo que conversamos en Bruselas? Me prometiste que no lo harías.

—No me quedaba otra, David. Todos somos uno.

—¿Y ahora quieres imponerme la autoridad de la Compañía? Recuerda que ya no pertenezco a ella y que hago lo que me viene en gana —reclamé.

—No te lo discuto. Puedes hacer lo que te venga en gana. Para eso eres jubilado. Pero al César lo que es del César y a Dios lo que es de Dios. Este asunto no es de tu incumbencia. Y deja tranquilos a nuestros socios, que no son tuyos, sino de la Compañía.

—Me estás exigiendo demasiado.

—Escucha bien, David. Preferiría no decírtelo, pero tu obstinación no me deja otra alternativa: abandona de inmediato ese asunto y márchate de ese país cuanto antes. Me da lo mismo lo que tengas que hacer, pero debes salir de ahí en menos de cuarenta y ocho horas.

—¿Y si no me voy?

—En ese caso, considérate *vogelfrei*. Sabes lo que eso significa. Hubiese preferido no hacer este llamado, David, pero los plazos son los plazos. Como amigo te sugiero respetarlos escrupulosamente. *I really love you, my friend. Take care.*

El taxi nos dejó frente al muelle de Valparaíso y caminamos bajo el cielo nublado hacia las escalinatas que des-
cienden al mar. Aferrada a mi brazo, Amanda cargaba un ramo
de claveles rojos. El tibio sol de esa mañana de enero apenas
rasgaba las nubes. Atrás quedaba el rumor de la ciudad con
sus techos multicolores, la filigrana de sus miradores y el resplandor juguetón de sus calles inclinadas. El Pacífico se extendía liso, cercenado al fondo por el molo y los barcos de la
flota.

Cuando descendimos por los peldaños de concreto bajo
las gaviotas que graznaban mientras planeaban en círculos, el
hálito marino inundó nuestras bocas. De uno de los botes de
casco verde y amarillo nos llegó el saludo de la voz de Carlos
Gardel.

—¿Una vuelta por la bahía, caballero? —gritó un patrón.

Era el del bote del tango. Su voz subió entreverada con la
de Gardel como si la ciudad se confabulara para recluirme en
otra época. El patrón era un tipo mayor, de espaldas anchas y
gorra griega, con anteojos redondos y bigote negro que me
recordó a Rufino y, por qué no, al Doctor. Su bote se llamaba
Esperanza.

Me advirtió que tendríamos que esperar por más pasajeros para zarpar.

—Salga ahora. Yo pago el viaje completo —grité de vuelta.

—Cerrado entonces el trato: paseo exclusivo para el caballero y su señora madre —anunció el patrón mientras nos ayudaba a abordar la nave con motor fuera de borda.

Acomodó a doña Amanda en la embarcación y nos entregó los chalecos salvavidas.

—¿Turistas? —preguntó echándole una mirada a la urna que yo cargaba entre mis manos.

—Doña Amanda es porteña.

—¿Y usted?

—Estadounidense —dije sin dudar.

—¿De los buenos o los malos?

—De los que aprenden...

—Yo soy Damián Pérez, para servirle, caballero. ¿Vamos al paseo de siempre o prefiere algo especial? —preguntó desde la popa, haciendo arrancar el motor.

Doña Amanda tenía la vista clavada en los buques de guerra atracados al molo de abrigo.

—Vamos mar afuera, Damián, y con los tangos a todo *full*.

Damián obedeció. En aquel instante comenzaba otro tango, tal vez *El choclo* o *La Cumparsita*, no los distingo bien. En fin, algún día me los sabré de memoria como Rufino, que me contagió, al igual que a Amanda, la pasión por la música de Buenos Aires y sus letras de amores idos.

El oleaje se encrespó mientras navegábamos entre los barcos y esquivábamos el molo para salir mar afuera, donde el viento soplaba con fuerza desde el horizonte, convertido ahora en una costura de plata bruñida.

El bote enloquecía con la vastedad del paisaje, los cortes del bandoneón y la voz de Julio Sosa. Íbamos de tumbo en tumbo sobre las olas ribeteadas de espuma, que a ratos escondían el horizonte y a ratos la ciudad, como si se propusiesen poner a prueba nuestro coraje. En ese vaivén ventoso Amanda se aferraba a los claveles y yo a mi urna, y ambos al relato de Rufino sobre su primer encuentro con el Doctor, sus conversaciones en la cocina, su pasión por el tango y su lealtad infinita hacia su amigo presidente.

Cierro los ojos para escuchar mejor el resoplido de los fuelles y el revoloteo de los violines, para gozar el rumor sincopado de las olas y del motor, y admirar el espacio infinito que se despliega bajo la cúpula transparente que se alza ahora sobre nosotros.

Fue entonces que Damián apagó el motor y la radio, y los tres nos quedamos a merced del balanceo y el silencio del Pacífico. Minutos más tarde me puse de pie, destapé la pequeña urna y, sin decir palabra, comencé a esparcir sobre las olas las cenizas de Victoria, cuyo gran amor yo mismo contribuí a asesinar. Oré en silencio para que, desde donde Dios la tuviera, mi hija me perdonara y pudiera disfrutar el reencuentro con Héctor en el fondo marino, en esa cita que tardó un cuarto de siglo en consumarse.

Y mientras pensaba en eso vi de pronto, entre lágrimas, cómo Amanda también se ponía de pie y arrojaba uno a uno los claveles al Pacífico. Al rato se volvió hacia mí con el último que le quedaba en las manos y me lo entregó para que yo lo lanzara en postrero homenaje a Victoria y Héctor, esa pareja de amantes que por fin volvían a estar juntos como debieron haberlo estado siempre.

Iowa City-Berlín-Valparaíso-Ciudad de México
6 de enero de 2012

Agradecimientos

Deseo expresar un agradecimiento especial a las siguientes personas e instituciones, sin cuyo respaldo e información no habría sido posible escribir esta historia:

Hínde Pomeraniec
Hugo Bertolotto
Hugo Tilly
José Antonio Carreño Fraile
Jorge Rodríguez
Tomás Moro 200
Centro de Eventos El Arrayán
Palacio de La Moneda
Guillermo Schavelzon
Felipe Lira Ibáñez, en cuya etérea casa porteña finalicé este manuscrito
y a mi esposa, Ana Lucrecia Rivera Schwarz, por su apoyo constante.